Für Roland, Privatgelehrter mit Forschungsstipendium an der NYU, ist die Sache mit den Frauen eigentlich kein Thema mehr. Aber als er bei einer Trauerfeier in Manhattan Leyla begegnet, sieht plötzlich alles ganz anders aus. Leyla bringt ihn dazu, sich in eine Beziehung zu werfen, die ein enormes Glückspotenzial besitzt, aber auch in unlösbare Konflikte führt. Während er zwischen seinem New Yorker Appartement und seinen Lehrverpflichtungen in Berlin hin- und herpendelt, hat er genügend Zeit, Leyla zu vermissen und seine Prinzipien infrage zu stellen. So entsteht ein Beziehungspanorama, das äußerst überraschend, sehr lehrreich und extrem unterhaltsam ist.

Peter Schneider, geboren 1940 in Lübeck, wuchs in Freiburg auf, wo er sein Studium der Germanistik, Geschichte und Philosophie aufnahm. Er schrieb Erzählungen, Romane, Drehbücher, Essays und Reden. Schneider lebt in Berlin.

Peter Schneider bei btb
Die Lieben meiner Mutter
An der Schönheit kann's nicht liegen

Peter Schneider

# Club der Unentwegten

Roman

btb

Verlagsgruppe Random House FSC® N001967

1. Auflage
Genehmigte Taschenbuchausgabe September 2019
btb Verlag, in der Verlagsgruppe Random House GmbH,
Neumarkter Str. 28, 81673 München

Covergestaltung: semper smile, München
nach einem Entwurf von Rudolf Linn, Köln
unter Verwendung eines Motivs von © lama-photography/
photocase.de
Druck und Einband: GGP Media GmbH, Pößneck
MK · Herstellung: sc
Printed in Germany
ISBN 978-3-442-71701-9

www.btb-verlag.de
www.facebook.com/btbverlag

# 1

Das war vorbei. Er lebte längst in einer anderen Zeit – jenseits des Wunsches auf ein letztes Reiseabenteuer im Landrover zum »Ursprung der Menschheit«, Äthiopien zum Beispiel, jenseits der Hoffnung auf eine unerhörte Begegnung mit dem anderen Geschlecht, jenseits alter Leidenschaften. Wenn er in einer Familienserie im Frühstücksfernsehen ein Paar sah, das einen Zungenkuss vortäuschte, wechselte er den Sender.

Allerdings war ihm nie der Satz über die Lippen gekommen, er habe seinen Teil von solchen und anderen Vergnügungen derart reichlich genossen, dass er jederzeit bereit sei abzutreten, wenn es dem Herrn über sein Leben denn gefiele, ihn dazu aufzufordern. Warum sollte er dazu bereit sein? Selbstverständlich erkannte er die Endlichkeit seines Lebens an. Aber gab es etwas Überflüssigeres, als den Feind willkommen zu heißen, weil man ihn nicht besiegen konnte? Der Ursprung aller religiösen Erleuchtungen war die Angst vor dem Tod.

Nein, er würde nicht zu irgendeinem Glauben an

ein Weiterleben übertreten, auch nicht vor dem letzten Seufzer. Sondern würdig, ohne Hoffnung, sterben, ohne Gruß an den Widersacher, doch mit vielen Grüßen und Hoffnungen für jene, die ihm im Leben lieb gewesen waren.

Sein Adressbuch wurde schon seit Jahren immer kürzer. Die Zahl der Freunde und Freundinnen, die er hatte streichen müssen, übertraf die Handvoll neuer Einträge um ein Vielfaches. Früher hatte er die Adressen der Verstorbenen noch mit Tinte, später mit dem Kugelschreiber durchgestrichen – ein brutaler Vorgang, auf den er beim Suchen nach einer aktuellen Adresse immer wieder stieß. Das Adressbuch von Outlook ersparte ihm solche Begegnungen. Ein Druck auf eine Taste – und der Eintrag war gelöscht. Und danach nicht mehr auffindbar.

Er vermied Beerdigungen. Sobald er sein Kommen ankündigte, wurde er auch gleich gebeten, die Grabrede zu halten. Roland habe nun einmal ein Händchen für Trauerreden, begründete ein Freund seine Bitte und korrigierte sich, als er in Rolands versteinertes Gesicht blickte: »ein Talent für die Gattung letzte Worte«. Roland schützte Heiserkeit vor, Gedächtnisverlust, einen nie überwundenen Konflikt mit dem Toten – selten war es ihm vergönnt, einem der sich häufenden endgültigen Abschiede schweigend beizuwohnen.

Die Einladung für ein Stipendium in New York war ihm als eine Gelegenheit zur Abwechslung und zur Rückkehr in ein vertrautes Territorium willkommen. Aber musste er ausgerechnet in dieser Stadt, kaum war er aus dem Flugzeug gestiegen, gleich wieder auf eine Trauerfeier gehen?

Zumindest musste er dort keine Rede halten, sondern konnte sich – neben drei Dutzend anderen Auserwählten – mit einer zweiminütigen Lesung aus dessen Werk begnügen. Es handelte sich auch gar nicht um eine Begräbnisfeier, sondern um ein »Memorial«, eine Gedenkveranstaltung zu Pauls Ehren. Paul war vor zwei Jahren verstorben.

Der Veranstaltungsort war ein italianisierendes Brickstone-Gebäude aus dem 19. Jahrhundert in der Nähe der New York University. Schon vor dem Eintreten wurde ihm klar, dass die Gäste alles andere im Sinn hatten, als eine Trauerzeremonie für einen berühmten Toten abzuhalten. Eine erstaunlich große Ansammlung von Rauchern ballte sich vor dem Eingang zusammen und schickte Hunderte der verpönten weißen Wölkchen in den blassblauen Himmel von Manhattan. Die Rauchlust dieser Gäste war kaum als eine letzte Reverenz an Paul zu verstehen. Sie erklärte sich ganz einfach daraus, dass fast alle von Pauls Freunden mehr oder weniger hemmungslose Raucher waren. Da er verhältnismäßig »jung« verstorben war – »die Sechziger sind die neuen Vierziger«, verkündeten inzwischen die Zeitgeist-Magazine –, war auch die Mehrheit der geladenen Gäste eher jung. Jünger jedenfalls als Roland. Für die Feier einer anderen großen Leidenschaft von Paul, die den Label-Sorten von Johnny Walker gegolten hatte, war es offensichtlich noch zu früh. Aber ein Vermerk auf Rolands Einladungskarte versprach, dass auch dieser Vorliebe Pauls im Anschluss an die Veranstaltung gedacht werden würde.

Als Roland den großen Saal betrat, herrschte eine getragene, aber durchaus heitere Stimmung. Er begrüßte einige Gäste, die er kannte, aber der übliche Small Talk – seit wann, wie lange in der Stadt – blieb aus. Er fühlte sich in eine Gemeinschaft aufgenommen, die an diesem Tag den Geist eines Autors auferstehen lassen wollte, den alle irgendwie geliebt, gehasst, bewundert, verdammt und doch wieder rehabilitiert hatten. Und alle, alle waren sie gekommen: Pauls unerschütterliche wie auch seine tief enttäuschten Freunde, seine wieder versöhnten und seine immer noch erbitterten Feinde – Berühmte und Unbekannte aus der gesamten englischsprachigen Welt. Was sie alle hier zusammenführte, worauf sich alle einigen konnten, war Pauls Brillanz, sein rascher Witz, seine Lust an der Provokation. Die Redekunst, das wusste Roland, wurde in den Vereinigten Staaten nicht weniger geschätzt als im alten Rom. Wer gut reden konnte, konnte es in Rom zum Konsul und in Washington zum Präsidenten bringen.

Kaum hatte Roland auf dem mit seinem Namen bezeichneten Sitz Platz genommen, fühlte er sich vom Geist des toten Freundes angesprochen. Ja, es schien ihm, dass Paul ganz persönlich zu ihm sprach in jenem leicht beschwingten Ton, der ihm nach zwei, drei Gläsern Black Label eigen war – good to see you, Roland, and by the way, the bar is open! Über die Wand hinter dem Rednerpult wanderten Bilder, die Paul in jeder Phase seines Lebens zeigten. Und auch ein Foto von dem randvoll mit Whisky gefüllten Pappbecher in der Hand fehlte nicht, aus dem Paul in den Talkshows den einen oder anderen Schluck nahm, während seine Kontrahenten ihren Durst aus durchsichtigen Wassergläsern stillten.

Roland bewunderte die angelsächsische Disziplin, mit der das Zeremoniell der Reden und der Lesungen ablief. Kaum einer der Festredner überdehnte die ihm zugestandene Redezeit, auch die Lesungen aus Pauls Werken beschränkten sich auf genialische Textsplitter. Kurze Lachgewitter liefen durch die Reihen, wenn eine von seinen an George Orwell und Oskar Wilde geschulten Pointen Anlass dazu gab. Nie zuvor war Roland Zeuge einer derart beschwingten Gedenkveranstaltung gewesen. Und während er sich in den auf und ab schwellenden Wogen des Beifalls zu Pauls Weis- und Bosheiten treiben ließ, wurde er von einer Erinnerung aus dem Raum getragen.

Paul, wie er Roland barfuß in seiner großen Wohnung zum ersten Mal begrüßte. Larry, ein gemeinsamer Freund, hatte Roland Pauls E-Mail-Adresse gegeben, und Paul hatte ihm sofort angeboten, ein paar Tage bei ihm zu wohnen, bis die Gästewohnung der New School frei wäre. Roland war verblüfft, dass Paul ihn mit der Frage begrüßte: Wo ist denn nun die echte Mona Lisa? Dank Larrys Vorarbeit hatte Paul einen höchst umstrittenen Artikel von Roland gelesen, der im *New Yorker* veröffentlicht worden war. Darin hatte Roland, gestützt auf eine gewagte Hypothese und hundert Fußnoten, behauptet, dass es sich bei der im Louvre ausgestellten Mona Lisa um eine Fälschung handele. Paul hatte auch die Kommentare zu Rolands Artikel nachgelesen und offengelassen, auf welche Seite er sich in diesem Streit stellte. Aber daran, dass ihm Rolands Vorstoß gefiel, auch wenn er womöglich nicht zu halten war, ließ er keinen Zweifel. Sie hatten sofort in Pauls Hausbar Platz genommen und über Gesprächen, die von der arabischen Renaissance in Toledo bis zum Anschlag auf das World Trade Center reichten, eine Flasche Black Label geleert. Schon bei dieser ersten Begegnung war Roland klar geworden, dass Paul über ein Gedächtnis verfügte, dem der Alkohol nichts anzuhaben vermochte. Ohne jedes Stocken konnte er die Namen von entlegenen Autoren und ganze Sätze abrufen, die er vor Jahren gelesen hatte. Zwischendurch empfahl er sich, drückte Roland die *New York Times* in die Hand und versprach, ihm in exakt eineinhalb Stunden wieder Gesellschaft zu leisten. Er müsse nur einen Artikel von 10000 Zeichen schreiben und an seine Redaktion schicken. Tatsächlich kam er noch vor der angesagten Zeit wieder, beschied Rolands Frage mit der Antwort: abgeschickt, und schenkte sich und ihm ein. So ging es in den nächsten Tagen weiter. Gegen elf Uhr morgens trafen sie sich zu einem kurzen Espresso-Frühstück, wechselten in die Bibliothek und setzten ihre Gespräche fort, die Paul mit dem Satz eröffnete: The bar is open!

Als es an Roland war, den von ihm ausgewählten Text zu lesen, hatte er Mühe, sich von seiner Erinnerung loszureißen. Zum Glück hatte er den Vortrag vorher geübt. Einmal, als er von seinem Text aufsah, verfing sich sein Blick in dem Blick einer dunkelhaarigen Schönheit, die seitlich von den vorderen Sitzreihen am Rand des Saales stand. Es war immer hilfreich, wusste er aus Erfahrung, einen bestimmten Adressaten im Publikum ins Auge zu fassen, wenn man etwas vortrug. Deswegen suchte Roland mit den Augen noch zwei, dreimal die Unbekannte, obwohl er sich diese Freiheit wegen seiner Unsicherheit mit dem englischen Text eigentlich nicht leisten konnte. Bei einer von Pauls messerscharfen Spitzen, die Roland offenbar gut inszeniert hatte, lachte seine Adressatin derart ungeniert auf, dass sie alle, die in ihrer Nähe saßen, mit ihrem Lachen ansteckte. Anschließend schlug sie sich, als erschrecke sie über die Wirkung ihres Lachens, leicht auf den Mund und sah sich entschuldigend um.

Als er das Pult für den nächsten Redner freimachte, steuerte er auf die Stelle zu, an der die Unbekannte eben noch gestanden hatte. Sie war verschwunden. Er schob sich durch das Gedränge seitlich der Sitzreihen. Je länger er nach ihr suchte, desto größer wurde sein Verlangen, sie zu finden. Dabei war er gar nicht sicher, ob er sie wiedererkennen würde und was er ihr eigentlich sagen wollte. Als er wieder auf seinem Platz saß, war ihm sein Anfall peinlich. Offenbar war er selbst ein Opfer jener Lebensgier geworden, die er bei Beerdigungen so oft beobachtet hatte. In der Gegenwart des Todes erscheint ein Augenflirt, eine versehentliche Berührung plötzlich als ein Signal für ein neues Leben.

## 2

Für den späten Abend hatte Larry ihn zu einem Drink in einer russischen Bar eingeladen. Er werde noch zwei oder drei Freunde mitbringen, die sich darauf freuten, Roland kennenzulernen. Roland war sich klar darüber, was Larrys Ankündigung bedeutete. Er würde seine »zwei, drei Freunde« vor diesem Treffen ausgiebig über Roland – und über seinen berühmt-berüchtigten Artikel über die gefälschte Mona Lisa im Louvre – unterrichtet haben. Nichts hasste Roland mehr, als sich mit Dilettanten über seine spektakuläre Abhandlung zu streiten. Aber er kannte Larry. Wenn Larry Freunde miteinander bekannt machte, überließ er nichts dem Zufall. Bevor sie sich an denselben Tisch setzten, hatte jeder ein Bild, eine Anekdote und womöglich auch die letzte Liebesgeschichte des anderen im Kopf. Larrys Personenskizzen waren genau, selektiv, aber nie abträglich – sie erzeugten Interesse. Er besaß einen phänomenalen Überblick über die Projekte und aktuellen Bewegungen der Mitglieder seines Freundeskreises. Fragte man ihn nach einer Telefonnummer, konnte er sie meist auswendig aufsagen und wusste in der Regel auch, wo ihr Inhaber sich gerade aufhielt. Erstaunlicher als Larrys hoher Informationsstand war jedoch sein Instinkt dafür, wer mit wem zusammenpasste. Wenn aus einem von ihm arrangierten Treffen eine Freundschaft, eine Liebesgeschichte oder gar eine Lebensgemeinschaft wurde, vergaßen die Beteiligten in der Regel, wem sie ihre erste Begegnung zu verdanken hatten. Das nahm Larry nicht übel. Er versah seine Vermittlerdienste diskret und uneigennützig; er schien es gar nicht zu bemerken, wenn sie Erfolg hatten. Gelegentlich, manchmal erst nach Jahren fragte er zwei Eheleute wie nebenbei, wo und wie sie sich eigentlich kennengelernt hatten. Dann gerieten sie ins Grübeln, widersprachen einander und riefen plötzlich: Stimmt, hatten wir ja ganz vergessen! Und fielen Larry um den Hals. Solche Bestätigung freute ihn, aber er nahm es nicht übel, wenn sie ausblieb. Falls es im Leben von Künstlern, Filmern und Schriftstellern glückliche Zufälle gab, war Larry ihr heimlicher Regisseur.

Larry saß allein an seinem Stammtisch, als Roland ihn in der plüschigen, mit viel Rot ausgelegten Bar begrüßte. Ein müder Barpianist improvisierte zu einem uralten Gospel: O Lord, don't let me be misunderstood. Sie sprachen eine Weile über das Memorial, das beide sehr gelungen fanden. Wann hast du Paul eigentlich kennengelernt, fragte Larry. Roland erinnerte ihn an die E-Mail, der er den ersten Kontakt mit Paul verdankte. Stimmt, sagte Larry, in welchem Jahr war das noch? Diskret überhörte er Rolands Dank für dessen

Vermittlung eines Treffens, die der Beginn einer langen Freundschaft geworden war, und erzählte ihm von einer gewissen Leyla, der er gleich mit ihrem amerikanischen Schriftstellerfreund begegnen werde – a striking beauty from Iran, aufgewachsen in New York und eine gute Freundin von Paul. Leider sei sie unerreichbar, weil sie einer alten Liebe nachtrauere. Aber er sei sicher, dass Roland die Begegnung nicht bereuen werde; zufällig habe Leyla Rolands Artikel im *New Yorker* gelesen – weil du ihn ihr geschickt hast?, fragte Roland – und ihn bereits über »this crazy German Professor« ausgefragt.

Wieso denn »crazy«? Larry kam nicht mehr zu einer Antwort, weil er Leuten zuwinkte, die gerade die Bar betraten: Leyla und ihr Begleiter.

Nach der Begrüßung stellte sich heraus, dass auch Leylas Bekannter »ein guter Freund von Paul« gewesen war. Roland hörte Larrys Vorstellung des blassen Begleiters nicht zu, weil Leylas Erscheinung ihn verwirrte. War dies nicht die Frau, deren Anblick ihn während seines Vortrags gefangen genommen hatte? Die den halben Saal mit ihrem Lachen angesteckt hatte? Leylas Haare waren schwarz wie ihre Augen, sengend schwarz. Aber hatte sie beim Memorial nicht ein knöchellanges dunkles Kleid getragen? Konnte sie dieselbe Frau sein, die ihm jetzt in weißen Hosen und einer bunten Seidenbluse gegenübersaß? Leylas starkes Make-up und ihr Begrüßungslächeln verliehen ihr etwas Puppenhaftes, das zu dem Bild in seiner Erinnerung nicht passen wollte. Höflich hörte Roland den

Anekdoten über Paul zu, die Larry und Leylas Begleiter austauschten; er kannte sie fast alle. Nur um sich selbst ins Gespräch zu bringen, trug auch Roland eine eher peinliche Geschichte bei – die Geschichte seiner letzten Begegnung mit Paul.

Die beiden hatten sich über G. W. Bushs Irakkrieg, den Paul heftig verteidigt hatte, in Rage geredet und dabei wieder einmal eine Flasche Black Label geleert. Roland, der gerade ein schlagendes Argument auf der Zunge hatte, sah sich gezwungen, den Streit mitten im Satz zu unterbrechen, weil er dringend auf die Toilette musste. Sei es aus Wut, sei es wegen seines Rausches konnte Roland die Toilette in der weitläufigen Wohnung nicht finden, in der ihn Paul vor Jahren beherbergt hatte, und landete in der Kleiderkammer. Während der viel zu langen Suche nach der richtigen Tür war es dann passiert. Roland kehrte mit nassen Streifen auf seiner Hose, die man kaum missdeuten konnte, in Pauls Bar zurück. Da er noch am selben Abend seinen Flug nach Berlin erreichen musste, hatte ihm Paul, der einen Kopf kleiner war, eine seiner Bluejeans angeboten. Immerhin gelang es Roland, den Knopf der viel zu kurzen Jeans zu schließen. In Pauls wadenlangen Jeans hatte er sich in ein Taxi gestürzt, mit dem Abschiedssatz in den Ohren: »You look great, my dear!«, hatte im Hotel sein Gepäck zusammengerafft und die Heimreise angetreten.

Niemand hörte mehr Rolands Schlusssatz, weil Leyla in ein Lachen ausbrach, das den ganzen Tisch mitriss und einige Köpfe an der Bar dazu veranlasste, sich der

Quelle dieser Laute zuzuwenden. Es war ein Lachen, das Leylas ganzen Körper wie ein Blitz durchfuhr, vom hell offenen Mund abwärts bis zum Schoß, sich dort neue Kräfte zu verschaffen schien, in Schüben wieder aufstieg und sich neu entlud. Der strenge Ausdruck ihres perfekt modellierten Gesichts zerfloss, sie rang nach Atem, wischte sich mit einem Taschentuch schwarze Tränen von den Wangen und schüttelte entschuldigend den Kopf. Roland hätte nicht sagen können, welche Stelle, welches Bild in seiner Erzählung dieses unbändige Lachen ausgelöst hatte, das Leylas Make-up verheerte. Aber sein Zweifel war besiegt. Leylas Lachen war – wie der Ton einer Stradivari oder der Strich Leonardos – unverwechselbar. Sie warf ihm einen direkten, beinahe vorwurfsvollen Blick zu, ergriff ihre Handtasche und entfernte sich. In Richtung Kleiderkammer, sagte sie.

Die drei Männer unterhielten sich noch eine Weile über Paul und das Memorial. Aber in Leylas Abwesenheit wirkten alle Anekdoten plötzlich fad. Als sie mit wiederhergestelltem Make-up zurückkehrte, entschuldigte sie sich und schlug Larrys Einladung, wieder bei ihnen Platz zu nehmen, aus. Sie müsse morgen früh aufstehen, erklärte sie.

Roland war ratlos, nahezu verzweifelt. Er wollte protestieren, aber alle Sätze, die ihm einfielen, kamen ihm blöde vor. Als sie sich kurz vor dem Ausgang wie aus Versehen noch einmal umschaute, legte er ein paar Scheine auf den Tisch und folgte ihr.

Sie war nicht erstaunt, als er zu ihr ins Taxi stieg.

Ich glaube, wir haben denselben Weg, sagte er.

Sie fragte nicht, wo er wohne, bat ihn aber auch nicht auszusteigen.

Sie fuhren zehn Blocks durch die von Lichtblitzen durchzuckte Nacht, ohne ein Wort zu wechseln, Richtung Soho. Irgendwann ergriff er ihre Hand. Sie ließ es geschehen. Später entzog er ihr seine Hand und legte sie auf ihren Oberschenkel. Es schien ihr nicht zu missfallen.

Als das Taxi vor ihrem Haus hielt, sagte sie: I guess you don't want to go home! Und lachte kurz, ohne Aufwand.

Leylas Appartement war eine Art Mini-Suite in einem schmalen dreistöckigen Haus mit Holztreppen im teuersten Viertel von Manhattan. Von ihrer Miete hätte er sich wahrscheinlich ein ganzes Haus in Berlin-Schmargendorf leisten können. Trotz Platzmangels gab es einen gewaltigen Computer-Screen und ein Kingsize-Bett. Er fragte sich, wie die Möbelträger das enorme Teil durch die Tür gehievt hatten – aber in Sachen Bett, das ahnte er, machte Leyla keine Kompromisse. Übrigens auch nicht hinsichtlich der Größe ihrer Lautsprecherboxen – mächtige dunkle Säulen in einem winzigen Tempel. Ansonsten war Leylas Reich mit jener Disziplin eingerichtet, wie man sie von Schiffskabinen auf einer Zwölf-Meter-Jacht kennt. Die wenigen Möbel, zentimetergenau eingepasst, verrieten einen französischen Geschmack. Das Gleiche galt für die Musik, die sie, kaum hatten sie die Tür geschlossen, mit einem Druck auf eine herumliegende Tastatur in Gang setzte. Melancholische, orientalische Klänge, die ihn an »Take this Waltz« von Leonard Cohen erinnerten. Leyla nannte den Namen einer libanesischen Gruppe, von der er nie gehört hatte.

Sie stellte ein Glas Weißwein auf den Beistelltisch neben der Chaiselongue und verschwand im Bad. Er setzte sich und starrte auf die rhythmisch bewegten lilaroten Bilder auf dem Screen. Als er sich fragte, was sie so lange machte, kam sie in einem schwarzseidenen Negligé zurück – schwer zu entscheiden, ob es ihr Hauskleid war oder ein Nachtgewand. Sie setzte sich dicht neben ihn. Er rückte nicht zur Seite, obwohl auf der Chaiselongue nach rechts noch Platz war.

Er war auf diese Situation nicht vorbereitet, auch wenn er sich beim Hinaufgehen genau diese Szene vorgestellt hatte. Er hatte solchen Reflexen vor Jahren die Kommandogewalt entzogen – oder hatten sie sich ganz einfach nicht mehr geregt? Wie kam Leyla dazu, ihn derart anzugehen? Ihm fiel ein, dass er immer schon ein gutes Jahrzehnt jünger ausgesehen hatte, als er war – ein nicht weiter begründbares Täuschungsmanöver seiner Gene. Fairerweise musste er Leyla, die wahrscheinlich dreißig Jahre jünger war als er, über sein Alter aufklären, und am besten gleich. Nein, nicht gleich.

Er nahm sie in den Arm und küsste ihre Ohrmuschel. Diese wunderschöne Muschel unter den unglaublich schwarzen Haaren. Sie wendete den Kopf und sah ihn neugierig an, beinahe ungläubig. Hielt er das für einen Anfang? Du kitzelst mich, sagte sie, ohne ihm auch nur die Andeutung eines Lachens zu gönnen.

Aber nun ging es nicht mehr um ihr Lachen. Er gehorchte dem Programm, das dem Lauf der Küsse und Berührungen folgt und alle anderen Instanzen ausschaltet. Dem Programm, das nichts gelten lässt als den nächsten Augenblick, die nächste, etwas weitergehende Berührung. Ihm war daran gelegen, seine Lust zurückzustellen. Und es war leicht, wunderbar leicht, Leyla zu erregen, so leicht und selbstverständlich, als hätte er in seinem Leben nie einen anderen Auftrag gehabt als diesen.

You know how to do this, sagte sie. Und dann, mit einem kurzen Auflachen: Ich glaube fast, du machst das nicht zum ersten Mal!

Die bereits abgeschaltete Instanz, sein Hirn, meldete, dass er flüchtig enttäuscht war über diesen Witz. Er war immer überzeugt gewesen, dass Lachen und Erregung sich ausschließen; dass dumme und auch kluge Kommentare beim Sex nichts zu suchen haben. Aber bei Leyla war es anders. Als wäre es ein und dieselbe Melodie, ging ihr Lachen in ein Seufzen, in ein Stöhnen und schließlich in Jubel über.

Dann, nach einem langen Ausatmen, sagte sie kurz und trocken: Now you can go!

Offenbar gefiel es ihr, ihn irritiert zu sehen.

This is my turn, sagte sie, stand auf und beugte sich über ihn. Sie sprach aber nicht zu ihm, sondern zu dem Analphabeten unter seinem Nabel, der sich schon lange nicht mehr geäußert hatte und nur über ein erbärmlich begrenztes Bewegungsritual verfügte: sich aufrichten, drängen, eindringen und/oder schrumpfen und sich verkriechen. Sie nahm ihn in die Hand, sprach und schimpfte mit ihm wie mit einem Kind, liebkoste ihn, richtete ihn zur vollen Höhe auf, um ihn gleich wieder fallen zu lassen.

Einen Augenblick lang schien sie enttäuscht, ja ratlos zu sein. Er wollte sie ermutigen, aber auf keinen Fall mit einem Satz wie: You know how to do this. Er suchte nach einem anderen, einem poetischen Einfall. Aber es gab keine Gleichzeitigkeit von höchster Erregung und einem Rilke-Satz – es war doch immer das Versagen, ja die Verweigerung von Lust, die poetische Sehnsuchtsschreie von höchster Qualität hervorgerufen hatte. Und während er noch nach dem richtigen Wort oder Seufzer suchte, hatte Leyla ihren Weg gefunden. Und brachte ihn zu einer Eruption, die ihn an den Ursprung aller Dinge zurückbeförderte.

Später lagen sie in Leylas Kingsize-Bett und sagten einander Liebesworte in verschiedenen Sprachen ins Ohr.

Als er im Morgengrauen im Taxi saß, wunderte er sich, wie leicht sich alles gefügt hatte! So leicht, dass es fast belanglos war. Er hätte jetzt aus dem Taxi aussteigen, ein Hotdog mit Sauerkraut verspeisen und die aufsteigende Sonne grüßen können.

In Wahrheit musste er eine Ewigkeit zurückdenken, um auf ein ähnlich »belangloses« Ereignis zu stoßen. Er fühlte sich lächerlich jung und unverletzbar, als sich die automatischen Glastüren seines Hochhauses öffneten. Der Doorman erwiderte seinen Gruß mit einem Stirnrunzeln. Erst vor dem Spiegel im Fahrstuhl fiel

Roland auf, dass er sein Jackett verkehrt herum angezogen hatte.

Als er die Tür zu seinem Apartement aufschloss, war er verblüfft über das Zittern, das sein immer noch aufgeregter Körper an seine Hände weitergab. Er öffnete eine Rotweinflasche, setzte sich an die Fensterfront und blickte in den künstlichen Lichterhimmel der Stadt. Mit den Augen zeichnete er die Konturen der nahe stehenden Wolkenkratzer nach, hörte den Geräuschen der erwachenden Stadt zu, verfolgte das blinkende Licht eines aufsteigenden Flugzeugs, bis es am Horizont verschwand. Streckte die Arme aus, wünschte sich längere Arme, spürte das Bedürfnis, jemandem zu danken. Aber wem? Leyla, dem Leben, seinem unbekannten Gönner dort oben, sich selbst? Der gute alte Name Gott ließ sich in diesem Augenblick durch politisch korrekte Bezeichnungen wie »Zufall« oder »Glück« nicht recht ersetzen.

# 3

Sein Gäste-Appartement im siebten Stock eines Hochhauses in Downtown-Manhattan war, was die Ausstattung betraf, eine Zumutung. Es gab keinen Toaster, keinen Korkenzieher, keine Zitronenpresse, keinen Büchsenöffner, kein scharfes Messer, keine Blumenvase. Der Desktop-Computer und der Drucker funktionierten nicht. Auf den Desktop konnte er verzichten, aber keinesfalls auf einen Drucker. Ohne Drucker, sagte er dem Leiter der Stiftung, die das Appartement seit Jahrzehnten verwaltete, könne er nicht arbeiten. Mindestens einmal am Tag müsse er auf gewöhnlichem Papier sehen, was er – in ständigem Misstrauen gegen die Haltbarkeit seiner Geistesblitze – auf dem Screen erzeuge. Was nicht schwarz-weiß auf Papier stehe, existiere für ihn nicht.

Am Telefon entstand eine längere Pause. Immerhin, so versicherte ihm der Leiter, war für das Appartement vor einer Woche ein neues Kingsize-Bett angeschafft worden – mehr sei im Budget nicht drin gewesen. Er unterdrückte die Frage, was ein Kingsize-Bett mit einem Drucker zu schaffen habe, und bestellte einen Drucker auf eigene Kosten.

Er untersuchte die Oberseite der gewaltigen Matratze und freute sich darüber, dass sie tatsächlich jungfräulich war. Er musste sie nicht mit Dutzenden von Stipendiaten teilen, die dort in den letzten dreißig Jahren ihre Körperflüssigkeiten hinterlassen hatten. Wenn einer hier irgendwelche Spuren für die Nachwelt hinterließ, wäre er es.

Aber seine Wohnung hatte auch erstaunliche Vorzüge. Für ein One-bedroom-Appartement in unmittelbarer Nähe zum Washington Square war sie ungewöhnlich groß – eher ein Saal als ein Wohnzimmer. Und der Ausblick war grandios. Aus einer wohl acht Meter breiten Fensterfront blickte er auf einen gepflegten Platz mit mehreren Cafés, auf einen Bio-Supermarkt und ein paar luxuriöse Wohntürme gegenüber. Dort hatten amerikanische Textilunternehmen noch bis in die Sechzigerjahre ihre Büros und Nähereien unterhalten. Direkt unter ihm lagen sechs Tennis-Hartplätze, deren gemalte weiße Linien aufreizend in der Sonne schimmerten. Aber weder morgens, mittags noch abends sah er dort jemanden spielen. Der Blick auf die perfekten leeren Plätze, die es mit den Anlagen der US Open hätten aufnehmen können, machte ihn verrückt. Von früheren Aufenthalten in New York besaß er noch einen Tennisausweis der Stadt, der ihm erlaubte, auf allen öffentlichen Anlagen im Central Park und in anderen Grünanlagen zu spielen. Aber die Luxusplätze unter seinem Fenster waren nicht öffentlich, sie waren Eigentum der New York University, der ein ständig wachsender Teil von Greenwich Village gehörte. War er nicht Gast dieser Universität? Seine zahllosen Telefonate mit der zuständigen Dienststelle führten nur zu der Auskunft, dass sein Universitäts-ID ihn keineswegs dazu berechtigte, die Anlage unter seinem Fenster auch nur zu betreten.

Hin und wieder gab die Fensterfront seltsame Geräusche von sich. Unter dem Fenstersims waren uralte gusseiserne Heizkörper angebracht, aus deren Innerem ein stark klopfendes metallisches Geräusch zu hören war. Es gab keine Ventile, mittels derer sich die Heizkörper hätten abstellen lassen. Sie verbreiteten Hitze, auch wenn die Sonne stundenlang ins Appartement schien. So verbrachte er denn die kalten Monate meist unter weit geöffneten Fenstern.

Bei starkem Wind oder Sturmwind entstand an der Fensterfront im Spiel mit den wild bewegten Lamellen-Vorhängen ein eigentümlicher schriller Gesang. Wenn dieses Hörstück ertönte, das John Cage bestimmt in eine seiner Kompositionen aufgenommen hätte, war er froh, dass er nicht im 25. Stockwerk wohnte.

Er hatte sie gänzlich vergessen, die alltäglichen Geräusche von Manhattan: die Alarmsirenen der Polizei, die anders getakteten Warnschreie der Ambulanzen und – sie alle übertönend – die mächtigen Brunstlaute der Feuerwehr. In keiner anderen Stadt der Welt drangen die Sirenen so brutal durch Mark und Bein wie hier. Die Stadt war ein Kriegsschauplatz, auf dem verschiedene Armeen des öffentlichen Wohls um die akustische Oberhoheit stritten. Wenn draußen plötzlich Ruhe herrschte, hörte er aus dem Stockwerk über sich, immer zur selben Zeit, die Revolutions-Etüde von Chopin, die jedoch immer an derselben Stelle – kurz vor der Revolution! – ins Stolpern geriet. Es ärgerte ihn, dass der Musikstudent – oder die -studentin – nie auf die Idee kam, ein langsameres Tempo anzuschlagen, um die Finger für den entscheidenden Lauf zu trainieren.

Auch andere Eigenarten des New Yorker Alltags hatte er vergessen. Dass man alle paar Meter an einem Bettler vorbeiging, der einem Gottes Segen wünschte, auch wenn man ihm nichts gab. Das Formlose in der Kleidung der meisten Passanten: Sneakers, T-Shirts, irgendwelche unförmigen Jacken über kurzen Hosen – schon beim ersten Sonnenstrahl wurden viele New Yorker Männer von dem Bedürfnis erfasst, ihre bloßen Beine spazieren zu führen. Dazwischen die White-Collar-Arbeiter – bei gutem Wetter mit Anzughose, weißem Hemd und Schlips –, das Jackett hielten sie im Büro bereit. Und wieder, als sähe er es zum ersten Mal, war er erstaunt über das Begrüßungsritual zwischen Bekannten gleich welchen Geschlechts. Wenn sie sich auf der Straße begegneten und umarmten, stellten sie sich von der Hüfte abwärts so weit auseinander, dass ihre Körper ein umgekehrtes V bildeten, als fürchteten sie, sich an einer intimen Stelle zu berühren.

Auf dem Anrufbeantworter seines Netz-Telefons fand er eine Botschaft von Leyla.

Warum sehe und höre ich nichts von dir? Ich ertappe mich bei einer neuen Unart: Wenn ich ein Taxi nehme, warte ich unwillkürlich darauf, dass noch jemand einsteigt. Miss you.

Was ist mit deinem amerikanischen Handy? Deine Inbox scheint voll zu sein!

## 4

Das Problem seiner digitalen Kommunikation mit Leyla war, dass er ihre Botschaften unter einer Lawine von unerwünschten Botschaften herausfischen musste. Der Verkäufer in der 14. Straße hatte ihm verschwiegen, dass er die Nummer des neuen Kunden sofort an Dutzende von Geschäftspartnern weitergegeben hatte. Kaum hatte Roland sein amerikanisches Handy initiiert und die Funktionen des Menüs aufgerufen, fand er in seiner Inbox zahllose »Liebesbriefe« von unbekannten Absendern, die ihn alle mit seinem Vornamen begrüßten: »Dear Roland ...« Wütend war er in den Laden zurückgekehrt, hatte auf der Türschwelle nach einem etwas milderen englischen Wort für Betrug gesucht und den Verkäufer dann mit dem Satz: »I was somewhat surprised ...« zur Rede gestellt. Der Verkäufer zeigte keine Schuldgefühle. Er habe Roland nur einen Gefallen tun wollen. Denn es handele sich ausschließlich um seriöse Anbieter und um beachtenswerte Angebote. Aber natürlich werde er diese Anbieter unverzüglich bitten, Rolands Adresse zu streichen.

Auch das hatte er vergessen: das zärtliche Verhältnis der Amerikaner zu ihren Großunternehmen. Bei jedem Einkauf im Supermarkt hinterließen sie bereitwillig ihre Adresse und beklagten sich nicht darüber, dass ihr virtueller und physischer Briefkasten ständig mit Werbung überfüllt war. Niemand wollte Spielverderber sein und sich der patriotischen Pflicht entziehen, den amerikanischen Versorgern seine Adresse anzuvertrauen.

Die »seriösen Anbieter« blieben Roland erhalten. Mühsam lernte er, einen nach dem anderen zu sperren. Schwierigkeiten einer anderen Art bereiteten ihm Leylas Botschaften.

Er hatte es mit einer Frau zu tun, die ihm im Umgang mit jenem Gerät, das die Schrift als Kommunikationsmittel wiederentdeckt hatte, eine Generation voraus war. Er hatte Leyla dabei beobachtet, wie sie mit ihren roten Fingernägeln in unbegreiflicher Geschwindigkeit in die winzige Tastatur ihres Handys pickte. Und hatte sich ihr Tempo damit erklärt, dass sie sich aus Rechtschreibfehlern nicht viel machte. Er irrte sich. Da er nun selbst zum Adressaten ihrer Paganini-schnellen Botschaften wurde, stellte er fest, dass ihre Texte fehlerfrei waren. Zwar ersetzte sie ein Wort, eine Vorsilbe, eine Konjunktion gern einmal durch eine Zahl oder ein Sonderzeichen; aber diese Vorliebe schien eher ihrer Spielfreude als einem Abkürzungswahn zu gehorchen. Im Übrigen beugte sie sich nicht der im SMS-Verkehr üblichen Vermeidung der Satzzeichen und des Konjunktivs. Ihre Sätze waren kurz und pointiert. Und sie benutzte gern ausgefallene Wörter, die im Handy-Wörterbuch nicht verzeichnet waren.

Ich vermisste dich heute auf der Party von Harper's Magazine. Du hast nichts verpasst, nur meine Küsse. Ich werde unruhig. Ich kann es nicht erwarten, dich einfach nur zu SPÜREN!

»Restless«, hatte sie geschrieben, aber »unruhig«, wie er sich das Wort übersetzte, traf es nicht. »Rastlos« oder »erregt« würde die Gefühlslage, die Leyla andeutete, wohl eher treffen.

Es fühlt sich nicht gut an, schrieb er zurück, nach den aufregenden Stunden in deiner Wohnung wieder allein zu sein.

»It doesn't feel good …«, was für ein schwacher, sprachloser Halbsatz. Überhaupt beunruhigte ihn das Gefühl, dass er viel zu verhalten reagierte, weil ihm die Sprache der Leidenschaft auf Englisch nicht zur Verfügung stand. Trotz seiner zahlreichen Aufenthalte als Gastprofessor hatte er noch nie eine amerikanische Geliebte gehabt. Am liebsten hätte er lateinisch mit Leyla kommuniziert, da ihm Ovids *ars amatoria* vertrauter war als die angelsächsische Liebesliteratur. So blieb er auf den kargen Wortschatz beschränkt, den ihm die Worterkennung seines Handys anbot.

Ich wollte mutig sein und entschied mich, dir nicht zu schreiben, sondern einfach anzurufen. Du hast dich nicht gemeldet, wer weiß, wo du dich herumgetrieben hast. Jedenfalls habe ich eine erstklassige Liebesarie auf deiner Voice-Mailbox hinterlassen. Meister Verdi hätte sich gewünscht, sie zu vertonen. Wünsche einen angenehmen Abend.

Natürlich wollte er Leylas »Arie« sofort hören. Sein Handy zeigte zwar eine Funktion namens Voicemail an, widerstand aber allen Versuchen, sie zu Gehör zu bringen. Er wurde nach einem Passwort gefragt, das er nach seiner Erinnerung nie eingegeben hatte. Zögernd probierte er die Passwörter aus, die er sonst benutzte. Das Handy beschied ihn mit der Warnung: »Wrong password. You have one more try!«

Es ärgerte ihn, dass er sich von Leyla – bei einem kurzen Mittagsimbiss – belehren lassen musste, wie einfach es war. Er hätte nur zwei Sekunden lang auf die Zahl 1 drücken müssen, um ihre Botschaft zu hören.

Vergeblich versuchte sie, ihre Arie in seiner Voicemail aufzurufen.

Offenbar hast du sie gelöscht. Und jetzt gilt sie sowieso nicht mehr. Pech gehabt!

Nach ein paar Tagen konnte er mehrere Varianten von Leylas Lachen unterscheiden. Das flache Zustimmungs- oder Spottlachen, das sich mit einer einzigen Tonhöhe begnügte und ihre Schultern und Brüste nicht mitnahm. Das Überraschungslachen, das eine gelungene Bemerkung belohnte und eine halbe Oktave umspannte. Schließlich das rückhaltlose Leylalachen, das ihren ganzen Körper in ein Resonanzinstrument verwandelte und Sternschnuppen in ihren Augen erzeugte.

Liebste, ich zähle drauf, dass wir uns morgen treffen. Um den stummen Dialog zwischen unseren Körpern fortzusetzen, bei dem wir uns so viel gesagt haben. Tut mir leid, dass ich nicht angerufen habe. Ich war nie allein und falle jetzt in Schlaf.

»Um den stummen Dialog fortzusetzen …« Er hätte sich umbringen können wegen dieser ungeschickten Wendung. Handelte es sich nicht um einen Dialog der Lippen, der Zungen und der Hände? Und was denn, was hatten sie sich in diesem stummen Dialog gesagt? War diese Botschaft nicht ein Anlass, etwas tiefer in die Tasten bzw. in die Handy-Tastatur zu greifen?

Umgehend erhielt er eine Botschaft, die er sich nicht erklären konnte. Leyla stimmte dem von ihm vorgeschlagenen Ort ihres nächsten Treffens zu und fuhr fort: Nur nebenbei, ich stelle mir gerade vor, auf deinem Lap zu sitzen – nackt, in deinem Appartement!

Er traute ihr alle möglichen Marotten zu, auch Liebesspiele, die er nicht kannte. Aber was in aller Welt wollte sie auf seinem Lap? Meinte sie den geschlossenen oder gar den offenen Laptop? Wollte sie ihn testen, herausfinden, was ihm wichtiger war: seine in seinem Laptop aufbewahrten und ungenügend gesicherten Mona-Lisa-Texte oder sie, die nackte Leyla?

Er war nicht sicher, ob er Leyla richtig verstand. Sie würde also auf oder neben seinem Laptop vor ihm sitzen und er ihr gegenüber auf dem Stuhl, in Augenhöhe mit dem schwarzen Busch zwischen ihren Beinen? Und hatte er nicht manchmal, wenn er mit einem Text nicht weiterkam, exakt so eine Szene herbeifantasiert?

Was meinst du mit Lap? Handelt es sich um eine sexuelle Spielart oder um ein Missverständnis?

Keine Ahnung, was man hier missverstehen kann. Brauchst du wirklich nähere Erläuterungen?

Vielleicht ist es eine Frage des Reims. Lap reimt sich auf App. Was wäre denn der nächste Reim?

Verpasse ich gerade einen akademischen Test? Dich zu küssen, dich zu berühren, ist genau das, was ich in diesem Augenblick tun möchte. Wie viel Punkte gibst du mir dafür?

Er musste endlich doch im Lexikon nachschlagen, um herauszufinden, dass das Wort »Lap« ganz einfach »Schoß« bedeutet: Weil man den Laptop auf dem Schoß halten und befingern kann, war er von seinen Erfindern so genannt worden! Roland allerdings war zum ersten Mal auf dieses Wort gestoßen, als er sich seinen ersten Laptop kaufte und hatte das Wort Lap von da an mit dem teuren neuen Gerät gleichen Namens verbunden.

Leyla lachte ihr Spottlachen, als er ihr seinen Irrtum am Telefon erklärte.

Let's go, sagte sie, als sie am selben Nachmittag sein Appartement betrat. Wo ist dein Lap?

Entschlossen ging sie zu seinem Schreibtisch, streifte den Slip ab und machte Anstalten, sich auf seinen offenen Laptop zu setzen. Im letzten Augenblick schob sie das Gerät zur Seite und setzte sich einen Fingerbreit daneben auf den Schreibtisch.

Mitlachen oder ausrasten? Beides gleichzeitig zu tun war nicht möglich. Mit dem Fuß angelte Leyla nach dem Schreibtischstuhl, lud ihn ein, darauf Platz zu nehmen, und spreizte ihre Beine.

Hic Leyla, hic salta!, sagte diese Geste. Schluss mit den ewig unfertigen Texten und ihren Dutzend Fassungen, hier ist eine andere Kunst gefordert! Ich bin Screen, Verleger, Publikum und Rezensent in einem und entscheide über Sieg oder Niederlage!

Später, als sie auf seinem Bett lagen, fragte sie ihn, ob er eigentlich wisse, was für ein Glückspilz er sei.

Da bist du gerade erst in die große Stadt New York hereingeschneit und hast nach ein paar Tagen ausgerechnet mich getroffen – mich, die sich mühsam genug den Ruf erworben hat, jeden Bewerber grausam abzuweisen. Kannst du mir irgendeinen überzeugenden Grund für dein Privileg nennen?!

Veni, vidi, vici, schlug Roland vor. Und übersetzte frei: Ich kam, du sahst mich und ich gefiel dir.

So naiv kannst du nicht sein. Keine Frau lässt sich einfach so auf jemanden ein, nur weil er ihr gefällt.

Männer tun es, in jedem Alter.

Weil sie Idioten sind. Nein, da gibt es jemanden, der ein bisschen nachgeholfen hat – und du weißt auch, wer.

Larry? Was hat er dir denn über mich erzählt?

Nichts Genaues, du kennst ihn. Aber die Wörter »a good looking single«, »talented and very special« sind in seiner Beschreibung vorgekommen. Und natürlich auch: »a good friend of Paul's«.

Und das hat dich beeindruckt?

Hätte Larry mich nicht vorbereitet, hätte ich wahrscheinlich gar nicht hingesehen, als du deinen Auftritt beim »Memorial« hattest.

Roland konnte seine Enttäuschung nicht verbergen.

In unserem Alter, meinte Leyla und schloss ihn großzügig in den Plural ein, gibt es nur noch arrangierte Zufälle. Und was hat Larry über mich erzählt?

Ziemlich dasselbe wie das, was er dir über mich gesagt hat. »Highly talented, very special and a good friend of Paul«. Statt »good looking« wählte er allerdings die Bezeichnung »a striking beauty«. Die aber leider nicht zu haben sei, weil sie einem verstorbenen Liebhaber nachtrauere.

Und das hat dich nicht abgehalten?

Eher im Gegenteil.

Etwas haben wir gemeinsam: Wir beide sind »good friends of Paul's«.

Sie lagen dicht nebeneinander und genossen die leere, gewichtlose Zeit und die Nähe des anderen. So viele Geschichten waren in ihrem Gespräch angeklungen – was verbarg sich hinter Larrys Rede vom allein lebenden Roland, was hatte es mit Leylas Trauer um einen verstorbenen Geliebten auf sich? Das alles wollten sie nicht wissen und ergründen, nicht jetzt. Irgendwann rief Leyla in ihrem Handy die Musik auf, die ihn in ihrem Appartement bezaubert hatte. Die Zeit verging nicht, sie stand still.

# 5

Inzwischen verfluchte er seine Nachgiebigkeit. Kurz vor seiner Abreise nach New York hatte ihn die Präsidentin der Kunstakademie in Berlin beschworen, seinen Studenten für die Zeit seiner Abwesenheit eine Brücke zum nächsten Semester zu bauen. Wenigstens zweimal im Semester könne er doch sein beliebtes Seminar über Leonardos Mona Lisa als Blockseminar weiterführen! Zuerst hatte er den Vorschlag abgelehnt. Nach der Zusicherung eines Forschungssemesters im kommenden Jahr hatte er sich umstimmen lassen. Jetzt, da er im Flugzeug saß und sich an die Lektüre der ihm zugeschickten Seminararbeiten machte, bereute er seine Zusage. Wie viel lieber hätte er statt der Seminararbeiten Leyla auf dem leeren Platz neben sich gehabt. Warum hatte er sie eigentlich nicht für ein Wochenende nach Berlin eingeladen?

Die Zweige der Bougainvillea und der beiden Oleandersträucher auf seiner Charlottenburger Dachterrasse hingen traurig nach unten. Die Blätter krümelten und fielen ab, als er sie berührte. Die Erde in den

Tontöpfen, in denen er Thymian, Basilikum, Zucchini und Tomaten zog, war trocken. Einzig das Zitronenbäumchen hatte neue Blätter getrieben. Er pflückte ein Blatt ab, zerrieb es zwischen den Fingern und genoss den Duft: Italien.

Der Dachgarten war ihm in den Jahren des Alleinlebens ans Herz gewachsen. Andere in seiner Lage trösteten sich mit einem Hund, mit einer Katze, mit einem Vogelpärchen. Rolands Haustiere waren die mediterranen Pflanzen auf seinem Dachgarten, und sie hatten seine Zuneigung bisher erwidert. Jedem Gast erzählte er von seiner Entdeckung, dass italienische Gewächse in Berlin, wenn man sie in Traufhöhe kultivierte, so gut gediehen wie in der Toskana.

Sein Nachbar Max, mit dem er sich die Dachterrasse teilte, kam ihm im Rollstuhl entgegen, als er an dessen Fenstertür klopfte. Roland erschrak und verkniff sich die Frage, warum Max den Dachgarten nicht gewässert habe. Der Hosenstall von Max' Jeans stand offen, er hatte sich seit Wochen nicht rasiert. Max, erfuhr Roland, war mit seinem beträchtlichen Gewicht von der Leiter gefallen, als er vom obersten Bord seiner Bücherwand nach einem Buch von Montaigne gegriffen hatte. Es war eine Sonderausgabe, die die doppelte Höhe und Dicke eines normalen Buches hatte. Sie war so schwer, erklärte Max, dass er sie mit einer Hand nicht habe halten können. Als sie ihm entglitt, habe er in einem albernen Reflex – wer war denn wichtiger, der lebende Max oder das Werk eines längst begrabenen Schriftstellers? – nach dem fallenden Buch gegriffen und dabei seinen Halt auf der Leiter verloren. Er war auf den Rücken gefallen und hatte einen Bandscheibenschaden erlitten.

Halb so schlimm, schloss Max seinen Bericht, ich kann immer noch alles machen, was mir Spaß macht – fast alles. Aber bald sind wir wieder so weit!

Eine bewundernswerte Eigenart von Max: Er verlor nicht den Mut, beklagte sich nie und nahm, was immer ihm widerfuhr, mit Bereitwilligkeit, ja mit einer Art Neugier hin. Plötzlich hatte Roland einen Satz in den Ohren, den Max ihm bei seinem letzten Geburtstagsfest auf den Weg gegeben hatte: Wenn du jemals aufhörst, an das eine zu denken, bist du tot, dann brauchst du gar nicht mehr zu sterben!

Roland versprach, ihm in den nächsten Tagen mit einer Flasche Rotwein Gesellschaft zu leisten und Max' Pflanzen aufzupäppeln. Aber leider sei er nur noch bis zum Dienstag da, da er nach New York zurückmüsse. Wir müssen einen Gärtner für unseren Dachgarten finden!

Eine Gärtnerin, meinte Max. Was hältst du von Anita?

Wie kommst du auf Anita? Ich kann sie fragen.

Die schöne Anita, die mit ihrem bezaubernden Kind zwei Stockwerke unter Roland wohnte – wie hatte sie sich bloß in dieses Haus verirrt? –, erzählte ihm eine ganz andere Version von Max' Unfall. Sie habe das Unglück nur entdeckt, weil sie durch verdächtige Geräusche im Hausflur geweckt worden sei. Im Halbschlaf sei sie, nur mit einem Morgenmantel bekleidet, die

Stufen zu den beiden Dachwohnungen hinaufgehastet. Auf dem obersten Treppenabsatz habe sie zwei Männer gesehen, die offenbar gerade überlegten, in welche Wohnung sie einbrechen sollten – in die von Max oder in die von Roland. Anita habe die Einbrecher so laut angeschrien, dass sie die Flucht ergriffen hätten; sie sei von den nach unten stürmenden Männern fast umgerannt worden. Mit dem ihr anvertrauten Schlüssel habe sie dann Max' Wohnungstür geöffnet und ihn nach Atem ringend auf dem Boden des Flurs gefunden. Die beiden Einbrecher seien verschwunden gewesen, als die Polizei und der Notarztwagen eintrafen.

Roland überlegte, was Max dazu bewogen haben mochte, Anita und ihm so verschiedene Versionen von seinem Unfall aufzutischen. Ein Sturz von der Leiter beim Griff nach einer Sonderausgabe von Montaigne wirkte irgendwie vitaler als ein Schwächeanfall im Flur der eigenen Wohnung. Oder hatte Max zwei Stürze hinter sich?

Auch den im Parterre wohnenden Nachbarn Edgar Brunner, erzählte Anita, habe sie ins Krankenhaus begleiten müssen, nachdem er im Treppenhaus gestolpert war und nicht mehr aufstehen konnte. Ausgerechnet Brunner, der sie auf Max' letzter Party sturzbetrunken angemacht und ihr ins Gesicht gesagt hatte, er finde sie begehrenswert, habe sie aber immer für eine Vertreterin des liegenden Gewerbes gehalten. Später hatte er sich mit einem gut gewählten Geschenk für ihre Tochter entschuldigt – und Anita hatte seine Entschuldigung angenommen.

Die rätselhafte Anita! Als weitaus jüngste Mieterin lebte sie in einem Haus, das ansonsten von allein lebenden Männern bewohnt war, die an Diabetes, Bluthochdruck oder Demenz litten und sich alle dennoch Chancen bei ihr ausrechneten! Dass es nie aufhört!, dachte Roland. Wie konnte Max nach seinem Sturz oder seinen Stürzen oder Brunner, der nach mehrfachen Schlaganfällen wie der leibhaftige Tod aussah, Anitas Hilfsbereitschaft mit erotischem Interesse verwechseln? Sonst durchaus vernünftige Männer waren auf ihrer Jagd nach dem letzten Glück offenbar zu jeder Selbstüberschätzung bereit. Kurz irritierte Roland der Gedanke, dass er in Leylas Augen womöglich ebenfalls wie ein zukünftiger Patient aussah.

Am frühen Abend hatte er sie mehrfach angerufen und ihr schließlich eine Voicemail hinterlassen. Es beunruhigte ihn, dass sie nicht zurückrief und ihm auch keine SMS schickte.

## 6

Wenn es einen gab, der sich mit der Konstellation »Alter Mann/junge Frau« auskannte, war es Clemente. Roland rief ihn an und verabredete sich in seiner italienischen Stammkneipe. Ja, jetzt gleich, wenn möglich! Er sei in eine Affäre geraten, die ihn irgendwie an Clementes Geschichte mit der Archäologin in B. erinnere. Wie hieß sie noch? Elena?

Wie kommst du auf Elena? Sie heißt Alice.

Er freute sich auf den Rechtsanwalt aus Rom, dem es in Berlin so gut gefiel, dass er seinen Besuch bei seiner in Berlin lebenden Tochter von Monat zu Monat verlängerte.

Clemente gehörte mit Roland zu einer losen Gruppe von Freunden, die sich in unregelmäßigen Abständen traf. Irgendwann hatte sich der Freundeskreis darauf verständigt, dass es eigentlich nur ein Thema gab, über das zu reden sich lohnte: Liebesabenteuer und Liebesunfälle »in einem gewissen Alter«. Solche Geschichten waren entschieden nützlicher und unterhaltsamer als Gespräche über die Zeitläufe.

Die Verabredung hatte zu einem Ritual geführt, das trotz des Einflusses teurer Rotweine mit erstaunlicher Konsequenz eingehalten wurde. Kommentare zur Politik waren verboten. Antworten auf die Frage nach dem gesundheitlichen Wohlbefinden – höchstens zehn Minuten. Diese Regel, die anfangs als wohltuend empfunden wurde, hatte sich im Lauf der Zeit als zu starr erwiesen. Immer öfter kam es vor, dass der eine oder andere die gesamte für Krankheiten vorgesehene Redezeit für sich in Anspruch nahm. Was sollte man auch dagegen sagen? Ein PSA-Wert von 8,5 verlangte schließlich freundschaftliche Beratung, zumal mindestens einer aus der Runde einschlägige Erfahrungen hatte. Auch die Unruhe über einen plötzlichen Bluthochdruck von 180 oder einen Zuckerwert von 260 ließ sich mit dem sturen Verweis auf die Regeln nicht abstellen. Ähnliches galt für Themen wie »Vergesslichkeit«, »Demenz« und die Frage eines »würdigen Abgangs« à la Gunter Sachs. Zum Glück fand sich dann immer einer, der diskret darauf hinwies, dass jeder diese Dinge mit einem Arzt, mit einer Psychiaterin, mit seiner Bürgerinitiative oder Selbsthilfegruppe besprechen könne, aber bitte nicht hier! Es ging um eine kostbare und gefährdete Pflanze, die keine Hashtag-Gruppe und kein Greenpeace-Aktivist auf dem Zettel hatte: um das Schicksal der Liebe jenseits der Ehe. Natürlich stand es jedem frei, wie viel er preisgeben wollte. Aber für alle Geschichten galt, dass sie nach bestem Wissen und Gewissen wahr sein mussten. Und wenn eine Geschichte einmal eröffnet war und Interesse fand, musste sie auch zu Ende erzählt werden. Da aber immer einer plötzlich gehen musste oder ein anderer sich verspätet einstellte, wurden die Unterbrechung und die Unvollständigkeit jeder Geschichte zum bestimmenden Prinzip der Erzählungen. Frauen waren willkommen; allerdings hatte sich herausgestellt, dass Männer in Gegenwart des anderen Geschlechts ganz anders redeten als unter ihresgleichen – was offenbar auch auf Frauen zutraf.

Es war ein absurd warmer Freitagnachmittag im März. Vor dem Cinque und in den angrenzenden und gegenüberliegenden Bars und Kneipen standen Tische auf den Trottoirs und waren voll besetzt. Die meisten Gäste hatten ein Glas Wein vor sich stehen; und obwohl die Mittagszeit vorbei war, schien niemand es mit dem Zahlen und Gehen eilig zu haben. Nicht zum ersten Mal fragte Roland sich, welcher Arbeit all diese Leute nachgingen. Ein vergleichbarer Anblick an einem Werktag in New York war schwer vorstellbar. Berlin schien die Welthauptstadt der flexiblen Arbeits- und Entspannungszeit zu sein.

Er winkte Clemente zu, der auf der anderen Straßenseite stand und den Blick über die Tische schweifen ließ. Offenbar war er nicht sicher, in welchem italienischen Restaurant sie verabredet waren. Mit seinen schlohweißen Haaren unter dem Strohhut und dem hellen Sommeranzug wirkte er leicht overdressed. Als er Roland entdeckte, begrüßte er ihn, indem er theatralisch die Arme in die Luft warf.

Ma quanta gente, rief er. Es sieht hier aus wie an einem italienischen Strand im August, aber wo ist das Meer?

Clemente setzte sich zu ihm und bestellte einen Regaleali bianco.

Gratuliere. Du hast dich verliebt – in eine Frau, die deine Tochter sein könnte?

Du weißt, ich habe mir solche Geschichten immer vom Leib gehalten. Ich finde sie peinlich. Aber was soll ich tun, es hat mich erwischt.

Du Ärmster! Soll ich dich etwa trösten? Gib zu: Es ist unendlich besser, peinlich verliebt als würdevoll allein zu sein. Dumm ist nur, dass die Trennung fünfmal so lange dauert wie das Glück.

Was? Ihr seid getrennt? Habt ihr nicht eben erst geheiratet!

Damit hat das Unglück angefangen, erwiderte Clemente und stieß einen jener italienischen Flüche aus, die entweder auf eine Beleidigung Gottes, der Jungfrau Maria oder ihres Sohnes Jesus Christus hinauslaufen. Er trank sein Glas auf einen Zug leer. Roland machte sich klar, dass Ratschläge von Clemente jetzt nicht zu erwarten waren.

Ein Zufall, erinnerte Roland sich, hatte Clemente und Alice am Strand in B. zusammengeführt. Clemente hatte keine Ahnung, dass Alice gerade in einer kostspieligen Scheidung steckte; sie konnte nicht wissen, dass sie einem berühmten Scheidungsanwalt über den Weg gelaufen war. Über ihre Scheidung kamen sie dann ins Gespräch. Clemente erzählte ihr, dass er die Scheidungen der Familie Agnelli und anderer großer Familien Italiens betreut hatte. Und dass alle danach glücklicher gewesen seien als vorher. Einige der von ihm geschiedenen Paare hätten später sogar wieder geheiratet. Mit Clementes Hilfe war Alice aus ihrem Scheidungsprozess gegen einen schwulen italienischen Modezaren als strahlende Siegerin hervorgegangen. Erst nach der Scheidung hatte Clemente Alice seine Gefühle zu erkennen gegeben. Von Clementes Erzählung über seine lange Werbung um Alice war Roland nur ein Detail in Erinnerung geblieben: Wann immer sie ihn mit ihrem leicht abwesenden Blick angesehen habe, habe er nie gewusst, ob ihr Blick ihm galt oder einem Oleander, einer Hauswand, einer Person in seinem Rücken. Clemente hatte es sich zur Aufgabe gemacht, Alices Blick zu finden.

Er hielt sich in Form, indem er sein tägliches Schwimmpensum erweiterte – jeden Tag schwamm er vom Strand in B. bis zum Hafen und wieder zurück. Er organisierte waghalsige Segeltouren nach Tunis und Ägypten, um Alice die Originale der Meisterwerke vorzuführen, die sie in dem kleinen Museum von B. nur von Kopien und aus Büchern kannte. Und endlich, in einem Museum in Tunis, passierte es. Beim Anblick eines Kopfes von Ulysses, den sie in B. nach Zeichnungen und Fotografien rekonstruiert hatte, brach sie in Tränen aus. Anschließend sprudelte es aus ihr heraus. Sie hatte alles richtig gemacht, ihre Rekonstruktion war besser als das Original! Nie in seinem Leben hatte er jemandem so lange zugehört wie Alice. Und als sie wieder

Atem holte, hatte sie ihn endlich angeblickt, als sähe sie ihn zum ersten Mal.

Hattest du mir nicht gesagt, fragte Roland, die Monate nach der Tunisreise seien die glücklichsten deines Lebens gewesen?

Vorbei, erwiderte Clemente. Was dennoch kam, ist eine Wendung der Geschichte, die ich jedem Drehbuchschreiber wegen ihrer Unwahrscheinlichkeit, nein, wegen ihrer Banalität um die Ohren schlagen würde. Leider hat das Leben aber keine Angst vor Banalitäten, ganz im Gegenteil: Es hat eine ausgesprochene Vorliebe dafür. Das Unglück begann damit, dass ich Alice einen Heiratsantrag machte – ich, der Scheidungsanwalt, der sich geschworen hatte, nie und unter keinen Umständen wieder zu heiraten …

Roland unterbrach Clementes Erzählung, weil er einen anderen Freund durch das Labyrinth der Tische irren sah. Erst nach mehreren Zurufen reagierte Winfried und kam zögernd näher. Er war immer dünn gewesen, aber nie so dünn wie jetzt – so dünn, dass es wahrscheinlich kein Kompliment war, als Roland ihn mit den Worten begrüßte: Mensch, Winfried, du bist aber dünn geworden!

Winfried quittierte den Satz mit einem sportlichen Lächeln.

Ich bin immer ein extrem guter Futterverwerter gewesen. Einer, der unendlich viel isst und trotzdem immer wie ein Hungerleider aussieht.

Aber nie sooo dünn wie jetzt, beharrte Roland.

Winfried gehörte zum weiteren Kreis der Freunde,

den er spöttisch den »Club der Unentwegten« nannte, kam aber selten, weil er den langen Weg aus Süddeutschland in seine alte Heimatstadt Berlin scheute. Da Clemente und Winfried sich noch nicht kannten, stellte Roland die beiden einander vor. Der »extrem gute Futterverwerter« sei Professor für Nanophysik, der in Karlsruhe auf einem berühmten Lehrstuhl sitze und gerade – bitte entschuldige die Indiskretion, aber Clemente und ich waren gerade bei diesem Thema! – eine Scheidung nach 15 Jahren Ehe hinter sich habe.

Leider habe ich die Scheidung noch vor mir, korrigierte Winfried.

Der beste Scheidungsanwalt sitzt hier am Tisch, sagte Roland.

Er verstehe sich nur auf das italienische Recht, gab Clemente zu bedenken. Aber er sei gern bereit, Winfried zu beraten. Denn im Prinzip ähnelten sich die Strukturen eines Scheidungsprozesses auf geradezu langweilige Weise. Komplikationen würden vor allem durch zwei Faktoren entstehen: gemeinsame Kinder und die ökonomische Abhängigkeit eines Partners.

In meinem Fall kommt noch ein dritter Faktor dazu, meine Wut!, sagte Winfried.

Er nahm einen großen Schluck aus dem Glas, das Clemente ihm offerierte. Was würden Sie tun, fragte er, wenn Sie erfahren würden, dass Ihre Frau, die Mutter Ihrer zwei halbwüchsigen Kinder, einer Bande angehört, einer akademischen Frauengang, die sich dazu verabredet hat, ihre Männer zu betrügen?

Ein Italiener meiner Generation, erwiderte Clemente, würde wahrscheinlich sein Messer aus dem Stiefel ziehen. Aber irgendwie kann ich Ihre Andeutungen nicht ganz glauben. Kann es nicht sein, dass diese Frauen sich an ihren Männern rächen wollten? Zum Beispiel dafür, dass sie alle schon einmal von ebendiesen Männern betrogen worden waren?

Vielleicht unterschätzen Sie die Unternehmungslust von Frauen!, gab Winfried zurück. Was meine Frau und mich betrifft, kann ich das Rachemotiv ausschließen.

Roland konnte aus anderen Gründen nicht glauben, dass ausgerechnet Winfried das Opfer einer derartigen Intrige geworden war. Er kannte ihn seit Jahrzehnten und hatte ihn als einen asketischen, höchst attraktiven Intellektuellen in Erinnerung, der sich des Ansturms von weiblichen Fans kaum hatte erwehren können. Wenn einer gerade nicht dem Klischeebild eines Naturwissenschaftlers entsprach, der allenfalls kraft seiner mathematischen Begabung und seines C4-Gehalts Interesse weckte, so war es Winfried. Er war ein exzellenter Tänzer, ein Ass im Tennis, eine auffällige und stilsichere Erscheinung, die sexuellen Appetit ausstrahlte und auf sich zog.

Aber Winfried war nach seiner explosiven Exposition zu keiner weiteren Erläuterung bereit. Vergeblich pochten Clemente und Roland auf die Regel, eine einmal angefangene Geschichte zu Ende zu erzählen. Winfried verweigerte sich und forderte Clemente auf, seine eigene Geschichte fortzusetzen; schließlich habe er ihn dabei unterbrochen.

Du hattest dir also geschworen, nie wieder zu heiraten, nahm Roland den Faden wieder auf.

Nicht nur wegen meiner eigenen Erfahrungen mit dieser Lebensform, fuhr Clemente fort, sondern vor allem dank des erdrückenden Beweismaterials, das ich in meinem Beruf hatte sammeln können. Deswegen gebe ich jedem meiner Freunde – und dies gratis! – den Rat: Heirate nicht, selbst dann nicht, wenn du ganz sicher bist, dass du die Frau deines Lebens gefunden hast! Denn in dem Augenblick, da du sie heiratest, ist sie nicht mehr die Frau deines Lebens. Sie wird unaufhaltsam eine andere. Und was passiert mir, ausgerechnet mir, dem Scheidungsprediger? Ich heiratete Alice. Und zwar nicht, weil sie eine Heirat zur Bedingung unseres weiteren Zusammenlebens gemacht hätte. Es war umgekehrt. Ich war derjenige, der ihr zu ihrer und meiner Überraschung einen Antrag machte! Weil es mich irritierte, dass Alice nie auch nur mit einer Silbe von Heirat oder Ehe sprach! Männer in meinen Jahren, die sich mit einer Frau im Alter ihrer Tochter liieren, gehen davon aus, dass dieses Thema irgendwann auf den Tisch kommt. Nichts dergleichen bei Alice. Sie vermied das Wort »Heirat«, ja jeden Plan, der über das nächste Wochenende hinausreichte, derart konsequent, dass ich misstrauisch wurde. Was hat sie vor, fragte ich mich. Sieht sie in mir nur den Trostonkel für eine Übergangszeit und schickt mich danach ins Seniorenheim? All diesen Ungewissheiten machte ich ein Ende, indem ich um ihre Hand anhielt.

Und Alice?

Ich kann nicht behaupten, dass sie mir nach meinem Antrag um den Hals gefallen wäre oder gar Freudentränen geweint hätte. Sie drehte sich um, ging wie Maria Sharapova vor ihrem nächsten Aufschlag an die Wand, hielt dort wie im Selbstgespräch inne, drehte sich wieder um – und sagte Ja. Falls sie mich durch ihr Abwarten zu diesem Antrag hatte bringen wollen, so hatte sie ihre Absicht erreicht. Meine Tochter Patrizia, die in Alices Alter ist, hatte größte Mühe, sich auf meine neue Lebensgefährtin einzustellen. Sie bemäkelte Alices Kochkunst, stellte ihre archäologische Kompetenz infrage, fand Alices Lippenstift zu grell und ihre Absätze zu hoch. Das Verhältnis zwischen den beiden besserte sich erst, als ich Patrizia dazu brachte, mich zu Alices Arbeitsstelle im Museum von B. zu begleiten. Die Stille in den hohen Ausstellungsräumen, der Respekt der Mitarbeiter und des Direktors, die Alice mit »dottore« ansprachen, beeindruckten Patrizia.

Kaum waren wir von unserer Hochzeitsreise aus Syrien zurück, wurde Alice krank. Aber ich rede nicht von einer jener Krankheiten, die nach ein paar Wochen ausgestanden sind. Das Problem mit Alices Beschwerden war, dass man ihnen keinen Namen und keine Ursache zuordnen konnte. Alice wechselte ständig den Arzt. Empfehlungen von Freunden und erst recht von mir schlug sie in den Wind. Einige Ärzte bescheinigten ihr eine Schilddrüsenüberfunktion. Sie hielt das für eine Fehldiagnose. Plötzlich war sie überzeugt, dass meine Wohnung ihrer Gesundheit schade, dass sie zu feucht, zu staubig, ja zu hell sei. Nach wochenlangem

Streit zog sie zu ihrer Mutter. Aber auch dort kam sie nicht zur Ruhe. Sie verlor immer mehr Gewicht. Ihre Laune und ihr Betragen änderten sich stündlich. Eine Schilddrüsenüberfunktion lässt sich heute mit Tabletten oder mit einer Routineoperation kurieren. Aber davon wollte Alice nichts wissen. Sie ging zu esoterischen Messen; suchte Rat bei indianischen Gurus und Wunderheilern – mir blieben die Rechnungen.

Schließlich reiste sie zu einem Arzt nach Indien, der sich ihr auf seiner Website wohl vor allem durch die Behauptung empfohlen hatte, dass er des Italienischen mächtig sei. Vor Ort stellte sich dann heraus, dass er außer einem rudimentären Englisch nur Italienisch konnte. Kurz, er war Italiener und hatte sich nach seiner Pensionierung in Goa niedergelassen, wo er sich ahnungslosen Patienten aus Europa als indischer Naturheiler vorstellte. Immerhin hatte er sich so viel Patriotismus bewahrt, dass er Alice dringend riet, sofort nach Italien zurückzukehren und sich dort einer Schilddrüsen-Operation zu unterziehen.

Statt diesem Rat zu folgen, suchte sie andere Naturheiler in Indien auf, die nicht Italienisch konnten und für ihre ebenso seltsamen wie unverständlichen Ratschläge viel Geld verlangten. Schließlich kehrte sie nach Rom zurück – um sich auf keinen Fall operieren zu lassen.

Die indischen Abenteuer hatten Alice desillusioniert, führten aber nicht zu einer neuen Verständigung zwischen uns. Weil wir uns nur noch stritten, stellte ich Alice vor eine Entscheidung. Ich sei sicher, sagte ich ihr, dass wir wieder das glückliche Paar werden könnten, das wir einmal waren – wenn sie dem Rat ihres ursprünglichen Vertrauensarztes folgen würde und sich operieren lasse. Wenn sie sich weigere, sähe ich keinen anderen Weg als die Scheidung.

Ja, es war eine Art Erpressung. Aber hatte ich eine andere Wahl? Inzwischen habe ich die Scheidung eingereicht – die Scheidung eines bald Achtzigjährigen treibt selbst meinem Anwalt, den ich seit Jahrzehnten kenne, den Schweiß auf die Stirn. Jeden zweiten Tag ruft er mich an, um mir die Sache auszureden. Aber warum sollte eine Ehe, nur weil man sie im Alter eingeht, gegen das Scheitern gefeit sein? Ein einsamer Tod ist einem Dahinsiechen in unglücklicher Zweisamkeit entschieden vorzuziehen! Erstaunlich ist, dass man in der Liebe mit den Jahren kaum klüger wird. Ein Greis, der sich verliebt, ist fast der gleichen Euphorien und Torheiten fähig wie ein Dreißigjähriger. Deswegen empfindet er die Schmerzen und Verletzungen einer Trennung mit derselben Wucht wie als junger Mann. Bei der Liebe scheint es sich um einen Trieb zu handeln, der nicht altert und gegen Erfahrungen nahezu immun ist.

Ist das nicht großartig?, fragte Winfried, der Clementes Erzählung mit deutlichen Zeichen des Spotts und der Missbilligung in seinem Mienenspiel zugehört hatte.

Fragen Sie mich das, wenn ich mich wieder einmal verliebt habe, erwiderte Clemente. Erstaunlich ist, was Alice in ihrem prekären Zustand noch zustande bringt. Neulich hat sie in einem Museum in Rom eine Ausstellung inszeniert, die die Reaktionen von Blinden auf moderne Malerei und von Gehörlosen auf Zwölftonmusik dokumentierte. Die Feuilletons überschlugen sich vor Begeisterung, mehrere Minister kamen zu Besuch, die Ausstellung war ein Publikumserfolg. Auch mir hat Alices Veranstaltung gefallen, obwohl ich kaum etwas begriffen habe, weil ich weder blind noch taub bin. Aber ich leugne nicht, dass ich stolz auf Alice war. Was mich immer noch beschäftigt, ist der Gedanke, dass es womöglich gerade mein Heiratsantrag war, der den Ausbruch von Alices Krankheit ausgelöst hat. Hätte ich ihn unterlassen, wer weiß, vielleicht wären wir heute noch zusammen.

Wollen Sie etwa sagen: Alice wäre vielleicht nie krank geworden, wenn Sie sie nicht geheiratet hätten?, fragte Winfried.

Wer weiß das schon. Aber ist es nicht verrückt, dass ich, der um Jahrzehnte Ältere, zu Alices Krankenpfleger wurde? Zum Begleiter einer Krankheit wohlgemerkt, die nach Alices Willen unheilbar war?

Vielleicht wollte Alice Sie für etwas strafen?

Schon möglich. Aber wofür? Statt darüber zu spekulieren, würde ich jetzt lieber die Geschichte über die Bande von Betrügerinnen hören, der Ihre Frau sich angeschlossen hat.

Heute nicht mehr, sagte Winfried, stand auf und legte einen Geldschein auf den Tisch. Ich habe einen Termin bei meinem Scheidungsanwalt.

Winfried ging.

Entschuldige. Ich glaube, du wolltest mich etwas fragen, sagte Clemente zu Roland.

Die meisten meiner Fragen hast du schon beantwortet, erwiderte Roland.

Am Abend rief er Clemente noch einmal an. Nur kurz, sagte er, war es nicht doch der Altersunterschied?

Clemente lachte. Dass ich ausgerechnet von dir so etwas Dummes hören muss. Der Altersunterschied zwischen Alice und mir war nie ein Thema. Natürlich hat sie einen Vaterkomplex. Aber welche Frau hat ihn nicht?

# 7

Vor seiner Abreise hatte Roland seinen amerikanischen Studenten eine Aufgabe gestellt: »Stellen Sie Bezüge her zwischen Leonardo da Vincis Theorie von Licht und Schatten und dem Lächeln der Mona Lisa«.

Er hatte das Allerweltsthema Mona Lisa in den Mittelpunkt seines Oberseminars gestellt, weil sich in seinen Augen die Arroganz, die Selbstinszenierung und Korruption der Stars des Kunstbetriebs an keinem Beispiel besser zeigen ließen als an den Expertisen über das angeblich beste Gemälde der Welt. Nirgendwo tummelten sich so viele Scharlatane, Wichtigtuer, Spekulanten und Theorieproduzenten wie auf diesem Feld. Die Erfolgreichen unter ihnen traten später als Berater in die Dienste von Baulöwen und Finanzgurus, die ihre unsauberen Geschäfte durch eine Sammlung kostspieliger Meisterwerke zu nobilitieren suchten und Leonardo für den Schöpfer der Sixtinischen Kapelle hielten.

Allerdings verfolgte Roland mit seinem Seminar auch ein persönliches Motiv. Seine Behauptung, die im

Louvre aufgehängte Version der Mona Lisa sei eine Fälschung aus dem frühen 20. Jahrhundert – bekanntlich kehrte das Bild erst zwei Jahre nach dem Diebstahl im Jahre 2013 an seinen Platz zurück –, war ein paar Wochen später von der Museumsleitung in der Luft zerrissen worden. Bei der Rekonstruktion der Vorgänge, die mit der Rückkehr des Bildes und der Verhaftung des Diebes endeten, war Roland ein Fehler unterlaufen. Die Aufdeckung dieses Fehlers, die seine Fälschungsthese gar nicht berührte, führte dann zur Diskreditierung des gesamten Aufsatzes und seines Autors. Rolands kurzem Weltruhm war eine entschieden längere Periode des Spotts und Schweigens gefolgt. Doch nach wie vor weigerte sich die Museumsleitung, das Alter der Farbpartikel und der Holztafel, auf die das Bild gemalt war, untersuchen zu lassen. Durch andere Arbeiten – über den Einfluss der ebenfalls auf Holz ausgeführten römischen Malerei auf die Kunst der Renaissance – hatte Roland seine Reputation halbwegs wiederhergestellt. Seine Niederlage hielt ihn nicht davon ab, seine alten Zweifel an der Echtheit der im Louvre ausgestellten Mona Lisa »zur Diskussion zu stellen«.

Solche technischen Erörterungen waren für spätere Stunden seines Seminars bestimmt. Die Arbeiten, die er im Flugzeug gelesen und benotet hatte, waren höchst unterschiedlich ausgefallen. Einige hatten ihm gescannte handschriftliche Arbeiten geschickt, die die Rechtschreibkontrolle nicht durchlaufen hatten – er musste zahllose orthografische und grammatische Fehler überlesen, um zu den Aussagen der Verfasser vorzustoßen. Andere hatten im Übermaß das Copy-and-paste-Verfahren angewendet im Vertrauen darauf, dass ihr Professor die Quellen nicht kannte. Es gab zwei Arbeiten, die er mit A benotete. Ein gewisser Noah Arbingail vertrat die Ansicht, dass Mona Lisa gar nicht lächelte. Der Eindruck des Lächelns werde weder durch Lachfalten noch durch ein Grübchen, noch durch Mona Lisas Gesichtsausdruck unterstützt. Er ergebe sich allein aus den Schatten um Mona Lisas Mund. Die These war alles andere als neu. Aber der Verfasser hatte das Für und Wider der endlosen Literatur zu diesem Thema so penibel dokumentiert, dass man geneigt war, seinem Urteil zuzustimmen. Wesentlich gewagter war die These einer anderen Arbeit: Das im Louvre ausgestellte Gemälde könne gar nicht von Leonardo stammen, weil es dessen Theorie über Licht und Schatten widerspreche. Ohne seinen Namen zu nennen, schien es Roland, als habe die Studentin versucht, seinen berüchtigten Aufsatz zu rehabilitieren. Vergeblich suchte er sich ihr Gesicht in Erinnerung zu rufen. Er würde Analisa Corrente namentlich aufrufen müssen, um sie identifizieren und loben zu können. Aber das ging ihm mit Noah Arbingail nicht anders.

Einigermaßen ratlos saß Roland nach dreiwöchiger Pause vor seiner Klasse. Die meisten Gesichter waren ihm bekannt; ihre Namen konnte er aus den Kopfzeilen ihrer Seminararbeiten ersehen. Aber die Zuordnung der Namen zu den Gesichtern wollte ihm nicht gelingen. Um diese ihm seit einigen Jahren bekannte Schwäche zu kompensieren, hatte er zu Beginn des Semesters die Sitzordnung aufgezeichnet, in der die Studenten Platz genommen hatten. Da sie die Plätze jedoch immer wieder wechselten, hatte er den Namen unveränderliche Merkmale der Namensträger zugeordnet wie: »Oberlippen-Piercing«, »Leberfleck unter linkem Augenlid« oder »Drachen-Tattoo auf Oberarm«. Aber was waren solche Eintragungen wert, wenn der Leberfleck plötzlich fehlte oder der Student mit dem Tattoo lange Ärmel trug? Zuverlässiger waren Merkmale wie »Stirnglatze«, »rote Haare«, »Übergewicht« oder »Busen!«. Falls jedoch ein Student seinen Merkzettel finden und ins Netz stellen würde, war ihm eine hochnotpeinliche Befragung durch die Präsidentin sicher.

Kollegen seines Alters hatten ihn beruhigt: Das Vergessen von Namen sei kein Alarmzeichen. Denn das Namensgedächtnis sei in einem separaten Teil des Gehirns untergebracht, der nichts mit den sonstigen Gehirnleistungen zu tun habe. Die Vorstellung von einer diskreten Verbrennungsanlage im Gehirn, die einen Teil der viel zu vielen dort gespeicherten Namen vernichtete, hatte ihm gefallen. Allerdings schien diese Anlage völlig autonom zu arbeiten und zwischen überflüssigen und aktuell wichtigen Namen nicht zu unterscheiden. Und ein Professor, der einen mündlichen Beitrag nicht benoten konnte, weil er dem Vortragenden keinen Namen zuordnen konnte, setzte sich dem Vorwurf aus, zu einer fairen Beurteilung nicht fähig zu sein.

Roland stellte eine Frage über Licht und Schatten in den Raum, ignorierte die zwei, drei Finger, die sich meldeten, und rief Analisa Corrente auf, die sich nicht gemeldet hatte. Eine schmale blonde Frau, die noch nie das Wort ergriffen hatte, verblüffte ihn durch ihre präzise Antwort. Roland bat sie, die These ihrer Seminararbeit vor der Klasse zu erläutern. Analisas Darstellung von Leonardos Theorie über Licht und Schatten war brillant, ihre kühne Schlussfolgerung dagegen löste heftige Reaktionen in der Klasse aus. Roland schwärzte das Wort »Busen« neben ihrem Namen und gab ihr ein A Minus.

# 8

In der Ankunftshalle des J.F.K.-Flughafens fiel Roland ein Banner auf, das er bei seiner Einreise vor drei Wochen nicht bemerkt hatte. »Don't make Jokes about Security!« Das war offenbar kein Witz. Von einer Kollegin hatte er gehört, dass sie eine Nacht im Gefängnis verbracht hatte, weil sie sich während der peniblen Durchsuchung ihrer winzigen Handtasche zu der Bemerkung hinreißen ließ, zu ihren Accessoires gehöre eine kleine, von Victoria's Secret entworfene Bombe.

Ich kann es aber nicht versprechen, hatte Leyla kurz vor seiner Abreise geantwortet, als er ihr seine Ankunftszeit mitteilte. Nachdem er seine zehn Fingerabdrücke hinterlegt und seinen Rollkoffer durch den Zoll geschoben hatte, entdeckte er sie unter den Wartenden. Sie hatte sich herausgeputzt, und als er sie mit einem strahlenden Lächeln auf sich zukommen sah, fiel ihm ihre Frage ein: Womit hast du dieses Glück eigentlich verdient?

Die Taxifahrt verging mit kurzen, immer wieder unterbrochenen Erzählungen und der Wiederentdeckung von Leylas Lippen, Händen, Armen, Achseln und ihrem Lachen. Als sie in seinem Appartement anlangten, fielen sie mit dem Ungestüm von Verliebten übereinanderher, die einander zu lange entbehrt hatten. Leyla gab sich ihm so unbefangen hin, dass er seine durch Clementes Erzählung wieder aufgefrischten Zweifel an seinem Recht auf diese Liebe vergaß. Ja, sie war jung, zu jung für ihn, und hatte wahrscheinlich einen Vaterkomplex. Aber das änderte nichts an der Anziehung zwischen ihnen, nichts an ihren Küssen, nichts an dem Spaß, den sie miteinander hatten. Sollte er sie etwa gegen ihre Lust auf ihn in Schutz nehmen? Nichts außer einer gewissen anderen Sache bereitete ihr so viel Vergnügen wie ihr Talent, ihn zum Lachen zu bringen. Und war das Lachen nächst dem sexuellen Glück nicht das einzige Vergnügen, das Menschen erlaubte, im Augenblick zu leben? Und allen sonstigen Glückserfahrungen darin überlegen, dass dem Lachen ja – anders als beim Gipfelglück des Bergsteigers, anders als beim Zieleinlauf des Marathonläufers und anders als beim Höhenrausch im Sex – keinerlei Anstrengung vorausging? Hätte er nicht ein Masochist sein müssen, um die Freuden, die ihm Leyla so freigebig schenkte, auszuschlagen?

Später setzten sie sich an die Fensterfront des Apartments und blickten in die Fensterzeilen der gegenüberliegenden Wolkenkratzer. Nach und nach erlosch die Beleuchtung in den mittleren und unteren Etagen, nur ganz oben, in den Büros unter den Dächern, brannte Licht. Wer ging dort jetzt noch irgendeiner Arbeit nach, fragte Roland, oder gab vor, um diese Zeit immer noch an seinem Platz zu sein? Leute wie wir, sagte Leyla.

Roland wollte wissen, warum Leyla so lange nichts von sich habe hören lassen. Es sei doch merkwürdig: Hier in New York, wo sie sich ständig sehen könnten, schreibe sie ihm täglich und sei ungehalten, wenn er nicht in derselben Minute reagiere. Kaum sei er weg, gebe es von ihr kein Lebenszeichen mehr!

Leyla blickte ihm forschend in die Augen. Einstweilen, sagte sie, begnüge sie sich mit der New Yorker Version von Roland. Was wisse sie denn, was er in Berlin treibe. Womöglich habe er dort auch eine Geliebte, wie es bei Männern seines Schlages üblich sei. Sie und ihre Freundinnen hätten ihre Erfahrungen mit sogenannten Witwern und alleinlebenden Junggesellen. Männer seien zu jeder Lüge bereit, wenn sie eine Frau gewinnen wollten.

Das alles sagte sie sachlich, ohne Vorwurf, als wolle sie das Argument bei Roland testen. Roland war empört. Männer, das verlogene Geschlecht! Ob sie ihm einen einzigen gelogenen Satz von ihm vorhalten könne. Er habe keine Statistik über die Häufigkeit von Witwern und Junggesellen zur Hand, die im Internet betrügerisch nach einer »dauerhaften Beziehung« suchten. Er jedenfalls gehöre nicht zu dieser Sorte.

Die Geschickteren lügen nicht, indem sie eine Unwahrheit sagen, erwiderte Leyla. Sie lügen, indem sie das Entscheidende verschweigen.

Und das wäre?

Dass sie immer noch an irgendeine Ex gebunden sind, dass sie die Alimente für ihre unehelichen Kinder nicht bezahlen, dass sie an Parkinson oder sonst einer unheilbaren Krankheit leiden, dass sie drogensüchtig und/oder unfruchtbar sind – noch ein paar Beispiele gefällig?

Leyla funkelte ihn aus ihren schwarzen Augen an. Um ihr den Schwung zu nehmen, erzählte er vom letzten Treffen seiner Berliner Freunde und von dem strikten Wahrheitsanspruch, der unter ihnen galt.

Leyla war überrascht.

Und es dürfen nur Liebesgeschichten erzählt werden?

Liebesabenteuer und -katastrophen!

Leyla lachte. Ich unterhalte mich mit meinen Freundinnen ständig über solche Dinge. Aber dazu müssen wir uns nicht verabreden. Was für Geschichten hört man denn bei euch? Hast du ihnen schon die Geschichte von Leyla und Roland erzählt?

Nein. Und ich werde es auch nicht tun.

Warum nicht?

Weil diese Geschichte gerade erst angefangen hat und mich glücklich macht.

Also erzählt ihr euch nur von gescheiterten Liebesgeschichten?

Niemand macht Vorgaben. Aber gib zu: Es ist viel schwieriger, vom Glück einer Liebe zu erzählen, als von ihrem Scheitern. Außerdem bin ich abergläubisch.

Was hast du in deinem Club denn von deinem Liebesleben erzählt?

So gut wie gar nichts. Denn als es mit meiner Ehe vorbei war – es ist ziemlich genau zwölf Jahre her –, kannte ich niemanden, mit dem ich darüber hätte reden können.

Höchste Zeit, dass du es tust. Ich weiß ja so gut wie gar nichts von dir!

Roland war auf Leylas Aufforderung nicht gefasst. Sie zog das Netz weg, auf das er bei seinen Freunden zählen konnte: das nie definierte und dennoch zuverlässige Einverständnis unter Männern. Er habe jetzt keine Lust, beschied er sie, es sei alles zu lange her und nicht mehr wichtig. Aber Leyla wollte sich auf keinen Aufschub einlassen. Er werde nie etwas über sie erfahren, drohte sie, wenn er sie nicht sofort als einen Gast aus New York in seinen Club aufnehme.

Ich warne dich! Es ist keine fröhliche Geschichte.

Lachen verboten?

Es geht um ein winziges, eigentlich lachhaftes Missgeschick. Von dem allerdings nie erzählt wird, weil es den, dem es zustößt, in ein ungünstiges Licht rückt.

Ich höre!

Alles fing damit an, dass ich mich in Simones Rücken verliebte. Es passierte während einer Feierstunde in einem Schloss in Berlin. Irgendein runder Geburtstag von Alexander von Humboldt wurde gefeiert, und nachdem der Bundespräsident einige Worte für den Jubilar geäußert hatte, nahm ein Quartett auf dem Podium Platz. Frag mich nicht, welches Quartett von Brahms die vier Instrumentalisten spielten, ich hatte nur Ohren und Augen für die Cellistin. Sie saß wenige

Meter von mir entfernt mit dem Rücken zu mir – in einem tief ausgeschnittenen Abendkleid. Und ich konnte nicht anders, als die Bewegungen, die jedes Forzato, aber auch ein Pianissimo auf diesem herrlichen Rücken erzeugten, zu verfolgen. Nie ist mir eine Komposition von Brahms so zu Herzen gegangen, nie habe ich mich beim Zuhören derart auf ein einziges Instrument konzentriert. Als das Quartett geendet hatte, standen die Musiker auf und verbeugten sich. Ich war der Letzte, der mit dem Klatschen aufhörte, und bildete mir ein, dass sie mir kurz vor ihrem Abgang einen Blick zuwarf.

Mein Begleiter suchte nach dem Konzert die Nähe des Bundespräsidenten. Ich erklärte ihm, ich müsse noch einer dringenden Aufgabe nachgehen, und werde später zu ihm stoßen – oder auch nicht.

Ich entdeckte die Cellistin in dem angrenzenden Saal. Lässig mit übergeschlagenen Beinen saß sie auf der Lehne eines Sessels. Nachdem ich mich mit einem überschwänglichen Kompliment vorgestellt hatte, blieb ich vor ihr stehen, als gäbe es in dem großen Saal keinen anderen Platz für mich. Es entstand eine lange Pause. Sicher wusste ich zu diesem Zeitpunkt nur, dass ich diese Frau – wie es mit dem Männerwort heißt – unbedingt »haben« wollte. Nicht dass sie irgendeinem inneren Bild entsprach, das ich mir von meiner Wunschfrau gemacht hätte. Vielmehr machte mir ihr Anblick erst das Ideal bewusst, von dem ich gar nicht wusste, dass ich es in mir trug. Ich bin die Frau, die du immer gesucht hast, schien mir Simones Blick zu sagen. Ein poetischer Zauber ging von ihr aus, etwas

Schwebendes. Ihr Deutsch hatte einen leichten Akzent, den ich nicht zuordnen konnte. Sie sagte Sätze, die ich nicht immer verstand, sodass ich mich fragte, ob sich ihre Ausdrucksweise aus einer eigenartigen Weltsicht oder aus einer Suche nach dem richtigen Wort ergab. Nach meinem Gefühl haben wir damals mindestens eine Stunde lang miteinander gesprochen – vielleicht waren es aber auch nur fünf Minuten. Immerhin hätte sie ja aufstehen und weggehen können.

Simone und ich wurden ein Paar – nach dem Urteil einer Jury aus Freunden und Verwandten ein Traumpaar. Wir fühlten uns unverletzlich in unserem Glück und teilten es mit unseren Freunden. Alle drei Wochen veranstalteten wir in unserer großen Berliner Wohnung Hauskonzerte, Diskussionsrunden und Lesungen. Dazu lud Simone, Tochter eines bulgarischen Regisseurs und einer französischen Sängerin, auch ihre schwierigen Eltern ein. Die Mutter kam nur, wenn Vater wegblieb, und umgekehrt. Bei den Hauskonzerten wurde Simone meist von ihrem inzwischen arbeitslosen Vater begleitet, der dann meist einige Wochen bei uns blieb. Ich war stolz auf sie, wenn sie den Saiten ihres Instruments mit der Hingabe, der sie in der Musik fähig war, Töne entlockte, die bei mir ein nie gekanntes Glückgefühl erzeugten.

Simones Auffassung von ihrer Kunst folgte einem strengen, nahezu soldatischen Konzept. Sie hatte höchste Ansprüche an ihr Spiel, übte mit großer Disziplin und war überzeugt, dass sie – mit oder ohne ihr Quartett – zu den Besten der Welt gehören würde. Unter jedem Misston, den sie selbst oder ihre Mitspieler hervorbrachten, schien sie physisch zu leiden. Ich bewunderte die Fraglosigkeit, mit der sie ihrer Mission folgte, fragte mich aber manchmal, woher sie ihre Siegeszuversicht nahm.

Der Ruhm von Simones Rücken und ihren Soli zog auch die Prominenten der Stadt in unsere Wohnung. Plötzlich hatte ich Ausgaben zu bewältigen, denen meine Einkünfte als Privatdozent nicht gewachsen waren. Es kam zu Streitigkeiten zwischen uns über die Frage, ob man sämtliche Zutaten zu einem Essen für dreißig Gäste unbedingt bei Butter-Lindner einkaufen musste.

Irritationen ganz anderer Art traten hinzu. Wenn Simone nach einem Auftritt ein Glas zu viel getrunken hatte, entfuhren ihr manchmal Sätze, die ein ratloses Schweigen erzeugten. Etwa die Bemerkung zu einem Politiker, den sie nicht mochte: Ist Ihnen eigentlich bewusst, dass Ihr Schlips wie eine Blutlache aussieht?

Nachträglich entschuldigte sie sich bei mir für solche Ausfälle. Sie habe erst im Alter von zwölf Jahren Deutsch gelernt und den deutschen Humor, genauer, den erstaunlichen Mangel desselben, nie begriffen. Simones Freundinnen verteidigten solche Anwandlungen als »erfrischend« oder als »authentisch«; Simone habe eben nicht gelernt, sich zu verstellen. Die von Simones Ausfällen betroffenen Gäste ließen sich dann nicht mehr blicken.

Mir selbst machten Simones Entgleisungen nichts aus. Ich nahm sie in Schutz, da ich wusste, dass sie im Scheidungskrieg ihrer Eltern viel allein gelassen worden war und ihre Kinderjahre weitgehend auf den Bäumen im Garten verbracht hatte.

Schwerer zu verkraften war die Kälte zwischen uns, die sich nach dem Abschied der Gäste einstellte. Wenn wir die Wohnung aufgeräumt hatten und in unser Schlafzimmer gingen, war es, als würden wir einen Kampfplatz betreten. Bis eben waren wir noch ein perfektes Paar gewesen; kaum hatten wir die Schwelle überschritten, wurden wir uns plötzlich fremd. Nicht dass Simone sich mir verweigert hätte. Sie erwartete und verlangte, dass ich sie begehrte und dies auch zeigte. Aber bitte ohne »ewige Vorspiele und Fummeleien«. In der Anfangsphase unserer intimen Begegnungen hatte sie mir empfohlen, mich ganz auf meine Lust zu konzentrieren; sie sei eine Frau, die man »nehmen« müsse. Ich verstand diese Anweisung zunächst als eine von Simones Trotzgebärden, als eine tapfere Ansage gegen die feministische Verteufelung der Penetration. Im Übrigen litt ich ihr gegenüber nie an einem Mangel des Begehrens – ich brauchte meine Hand nur auf den Anschwung ihrer Hüfte zu legen und war erregt.

Allerdings entging mir nicht, dass Simone selten eine Andeutung jenes schnelleren Atmens hören ließ, das ich von früheren Liebschaften kannte. Einmal erkundigte ich mich, ob ich zu rasch gekommen sei. Alles bestens, sagte sie. Und zur Vortäuschung eines Orgasmus, dieser »von Männern erwarteten Veranstaltung«, sei sie nicht bereit. Übrigens sei nichts schlimmer als ein Mann, der nach vollbrachter Tat frage, wie er oder es eigentlich gewesen sei.

Ich nahm mir vor, sie nie mit einer derartigen Frage zu belästigen. Damit habe es keine Eile, sagte ich mir und ihr. Tatsächlich liebte ich sie ja, wie ich keine andere Frau zuvor geliebt hatte. Außerdem hatte ich keinerlei Zweifel an meinen Fähigkeiten als Liebhaber. Irgendwann und ganz nebenbei gestand sie mir, ein einziges Mal sei es zwischen uns fast so weit gewesen. – Was heißt fast? – Es heißt: eben nicht ganz! – Für meine Nachfrage nach dem Ort und den Umständen des Ereignisses hatte sie nur ein nachsichtiges Lächeln übrig: Vergiss es, du hast es ja nicht einmal gemerkt!

Was mich zunehmend irritierte, war ihre – wie soll man es nennen – Geistesgegenwart nach der Liebe. Während ich schwitzte wie ein Marathonläufer, blieb ihr Körper trocken. Und während ich noch halb im Rausch und nach Atem ringend neben ihr lag, brachte sie unbegreifliche Sätze hervor, Sätze wie: Hast du eigentlich daran gedacht, die Party bei Theo abzusagen?

Wie würdest du reagieren, fragte ich sie einmal, wenn ich mich nach dem Ende einer Solo-Partita von Johann Sebastian Bach erkundigen würde, ob du eigentlich daran gedacht hast, die Kartoffeln vom Gas zu nehmen? Sie brach in Lachen aus, kniff mich in den Hintern und verschloss mir mit einem Kuss den Mund.

An einem Sonntag – es war im vierten oder fünften Jahr unserer Ehe und unser Babysitter führte gerade unseren kleinen Sohn spazieren – trat mir Simone aus dem Bad entgegen und stellte sich vor den großen

Spiegel im Flur der Familienwohnung. Wir hatten eben miteinander geschlafen und waren beide nackt, ich stand hinter ihr. Schau sie dir an, deine Frau, sagte sie. Hat sie nicht einen perfekten Körper? Aber in diesem Körper regt sich nichts und wird sich nie etwas regen.

Ich war zutiefst erschrocken und versuchte ihr dieses Bekenntnis, das sie ganz undramatisch vorgebracht hatte, auszureden. Ich führte es auf ihre bekannte Neigung zu verstörenden Äußerungen zurück und sagte ihr, dass ich in diesem Punkt ausnahmsweise keinen Spaß verstünde. Solange sie nicht mehr dazu sage, könne ich nichts damit anfangen.

Aber das ist es doch, erwiderte sie, es gibt keine Erklärung, du wirst damit leben müssen.

Das Glück und der Stress eines Familienlebens mit einem kleinen Kind brachte es mit sich, dass wir diese Szene vergaßen. Nicht dass ich Simone nicht mehr begehrte; ich fand mich damit ab, dass mein Platz im Ehebett von unserem kleinen Sohn Adrian eingenommen wurde.

Es war ein heißer Sommertag, als ich Simone in der Eingangstür zu dem Mietshaus, in dem wir wohnten, begegnete. Sie war mit Adrian auf dem Weg zu einem Supermarkt, ich kam gerade von einer Vorlesung zurück. – Du bist also der Mann, sagte sie in einem Anfall ihres alten Übermuts, mit dem ich den Rest meines Lebens verbringen werde. Weißt du eigentlich, was für ein Glück du hast? – Ihre Augen glühten vor Erwartung und Angriffslust.

Sie sah hinreißend aus in dem leichten Sommerkleid,

das sie angeblich nur noch mir zuliebe trug, weil es, wie ich fand, das Mädchenhafte ihrer Erscheinung betonte.

Ein Riesenglück. Es fehlt nur eine Kleinigkeit.

Ach du meinst meinen Ojemine? Der Ausdruck war ihre Abkürzung für den Terminus technicus, der mit dem Omega-Buchstaben beginnt.

Als wisse ich nicht, was sie meinte, zuckte ich mit den Schultern und ging die Treppe hinauf.

Das wirst du leider nie schaffen!, rief sie mir hinterher.

Ihre Prophezeiung hallte im Treppenhaus nach. Hatte sie es etwa darauf angelegt, sie vor Zeugen zu verkünden?

Sollte es so sein, rief ich zurück, werde ich noch mit siebzig, notfalls im Rollstuhl, die Wohnung verlassen und mein Glück woanders suchen!

Stopp, sagte Leyla. Was war denn so schlimm an eurem Malheur?

Frauen können einen Mann lieben und Lust empfinden, auch wenn sie mit ihm selten oder nie zum Orgasmus kommen. Wenn sie es allerdings mit jemand zu tun haben, der auf dieses Ereignis fixiert ist, kommt ihnen die Lust und am Ende auch die Liebe abhanden. Simone war mutig. Sie hat dir nicht, wie es tausend Frauen tun, etwas vorgetäuscht. Sondern klipp und klar gesagt: So ist es nun einmal bei mir. Finde dich damit ab. Hättest du nicht damit leben können?

Genau das habe ich doch versucht. Lassen wir es, Simone, ich meine: Leyla.

Übrigens wette ich, dass Simone euer Problem längst gelöst hat: mit deinem Nachfolger.

Kann sein, sagte Roland.

Sorry, sagte Leyla und blickte auf den Screen ihres Handys. I need to take this one. Sie sagte ein paar Sätze auf Englisch und sprach dann auf Persisch weiter. Roland ging in die Küche, um eine neue Flasche Weißwein zu öffnen und etwas Käse aufzuschneiden. Leyla war noch immer mit ihrem Gespräch beschäftigt, als er mit dem Tablett zurückkehrte.

Tut mir leid, meine Mutter, sagte Leyla. Wo waren wir stehen geblieben?

Am Ende der Geschichte.

Stimmt nicht!

Aber Roland wollte nicht weiterreden, Leyla wiederum hatte keine Lust auf Käse und Wein. Sie zog die Bettdecke über sich und schlief rasch ein. Lange lag er mit offenen Augen neben ihr und hörte ihren regelmäßigen Atem.

# 9

Sein Geburtstag fiel in die Woche nach seiner Rückkehr. Er hatte sich entschlossen, diesen Tag, der die vor ihm liegenden Jahre plötzlich auf einen Bruchteil seiner bisher verbrachten Lebenszeit zusammenschnurren ließ, auf keinen Fall zu feiern. Aber da er das Datum flüchtig erwähnt hatte, bestand kein Grund mehr, Leyla über sein Alter im Unklaren zu lassen. Sollte er etwa damit warten, bis sie ihn »ertappte«?

Wie alt wirst du eigentlich am 18. März?, fragte sie.

Das weißt du doch, oder nicht?

Du hast es mir nie gesagt.

Was schätzt du?

Sie verschätzte sich mehrmals und schmeichelhaft, wie man sagt. Aber er wusste, dass Leyla ihm kein Kompliment machen, sondern eher sich selber einen Gefallen tun wollte. Er fühlte sich schuldig, als er ihr sagte, dass sie sich um mindestens zehn bis fünfzehn Jahre geirrt hatte. Die trockene Angabe seines Geburtsjahres löste einen kurzen, rasch überspielten Schock bei ihr aus. Er konnte sehen, wie ein Abstand in ihre Augen trat, etwas wie ein zweites Hinsehen – welche Zukunft konnte sie sich mit so einem alten Kerl ausrechnen?

Er werde sich für diese Laune der Natur – sein jugendliches Aussehen – nicht entschuldigen, erklärte Roland. Und sie solle ihn jetzt bitte nicht nach dem Bildnis auf dem Dachboden fragen, das sein wahres, sein korruptes und unendlich verrunzeltes Gesicht zeige. Zu viele Leute seien bereits auf diese Idee gekommen. Ja, es gebe dieses Bild, aber er habe es für einen stattlichen Vorschuss bereits einem japanischen Sammler versprochen. Er lebe ja von diesem Vorschuss!

Und erstaunlich gut, meinte Leyla und deutete ein Lachen an, das ihr nicht recht gelingen wollte. Natürlich feiern wir deinen Geburtstag!

Drei Tage vor dem Fest fing er an, ein paar Gäste in sein Appartement einzuladen.

Was seine einheimischen New Yorker Freunde anging, nahm er an, dass sie in ihren iPhones Termine für mindestens zwei Monate mit sich herumschleppten. Tatsächlich sagten sie alle per SMS mit euphorischen Glückwünschen und Ausdrücken tiefstem Bedauerns ab – bis auf seinen alten Tennispartner Sam. Er hatte Sam auf einer der freien Tennis-Anlagen kennengelernt, die die Stadt in der Höhe der zweihundertsten Straße am Hudson River unterhielt. Sam hatte in seinem langen Leben schon mindestens fünf Berufe ausgeübt – darunter Ballettmeister, Opernsänger und Übersetzer. Inzwischen verdiente er sein Geld mit dem Verfassen von Kreuzworträtseln. Der geniale britische Mathematiker Alan Turing, hatte ihm Sam am Tennisnetz erzählt, habe ebenfalls mit Kreuzworträtseln angefangen. Turing hatte die Nazi-Code-Maschine Enigma geknackt und damit zum Sieg der Alliierten beigetragen. Sams Ehrgeiz ging nicht ganz so weit, aber seine Rätsel, die inzwischen von den großen Zeitungen der USA veröffentlicht wurden, waren so vertrackt, dass sie manchmal erst nach Monaten gelöst wurden. Den größten Teil seiner Zeit jedoch verbrachte Sam mit gleichaltrigen Kumpeln auf dem Tennisplatz. Er verfügte über lichtschnelle Reflexe am Netz und eine tückische Vorhand.

Sam traf als Erster auf Rolands Geburtstagsparty ein und verehrte ihm eine zweihundert Seiten starke Fibel mit seinen Kreuzworträtseln. Die deutschen Freunde aus New York trudelten trotz der späten Einladung ziemlich vollzählig ein – offenbar ein Vorteil der analogen Kommunikation. Denn die meisten von ihnen hatte Roland auf ihrem Netztelefon angerufen, weil er annahm, dass sie entweder kein Handy besaßen oder nicht damit umzugehen wussten.

Allerdings hatte er nicht daran gedacht, seine Gäste nach dem Gesichtspunkt ihrer politischen Kompatibilität zu sortieren. Seine Studienfreundin Margot war, nach ihren gelegentlichen Rundschreiben zu urteilen, eine beinharte Altlinke geblieben – »an unreconstructed leftist«, wie man das Phänomen in den USA nannte –, während der ehemalige Trotzkist Olaf, inzwischen Ordinarius für Biochemie an der Columbia-Universität, sich mit erstaunlicher Unerschrockenheit nach rechts bewegt hatte. Der Linguist Moritz aus Princeton, den Roland eigentlich nur von gemeinsamen schwarzen Abfahrten in den Dolomiten kannte, war durch seine lebenslange Verehrung für Paul de Man in eine Identitätskrise geraten. Es hatte sich herausgestellt, dass aus der Feder des berühmten belgischen Philosophen eine Reihe von faschistischen Artikeln stammte. Olaf hatte Roland am Telefon auf den kritischen Zustand von Moritz vorbereitet: Dessen Frau Leslie habe sich kurz nach Paul de Mans Entlarvung von Moritz getrennt.

Im Übrigen hatte Roland vergessen, seine Gäste nach ihren Essgewohnheiten zu fragen. Wahrscheinlich hatte sich kaum einer von ihnen den mit religiöser Inbrunst geführten Kämpfen um eine gesunde und moralisch zu verantwortende Ernährung entziehen können. Womöglich war der eine oder andere zum Veganer oder zum Anhänger der indischen Wasser-Diät mutiert. Ideologische Zusammenstöße der einen oder anderen Art würden sich kaum vermeiden lassen.

Leyla wusste nichts von diesen unsichtbaren, im Raum aufgestellten Fallen. Mit großer Selbstverständlichkeit übernahm sie die Rolle der Dame des Hauses und bewegte sich auf ihren Plateauschuhen wie eine extraterrestrische Erscheinung durch das Appartement. Sie ordnete die Geschenke – entweder Flaschen mit Hochprozentigem oder Bücher – auf der einzigen Stellfläche im Appartement an: auf seiner Schreibtischplatte. Ebenso wie Roland war sie zunächst ratlos, wo sie die mitgebrachten Blumen lassen sollte. Unerschrocken verteilte sie Papierservietten, Plastikteller und -becher und reichte die Gerichte herum, die er in einer von ihr empfohlenen thailändischen Stehbar gekauft hatte. Er konnte sich denken, welche stummen Kommentare Leyla bei seinen Gästen hervorrief: Ganz schön mutig, unser Roland, aber wann verlässt sie ihn? Und wie oft kann der Ärmste noch im Bett? Nicht dass sie schadenfroh waren oder ihn beneideten. Sie arbeiteten bereits an den tröstenden Sätzen, die sie ihm sagen würden, sobald Leyla ihn verlassen hatte.

Wo sind die Vasen?, rief Leyla aus der Küche.

Leider gibt es keine, weil diese Wohnung von einem der ärmsten Länder der Welt betreut wird – von Deutschland!

Oh, you didn't tell me!

Gleich darauf kam sie aus der Küche zurück – im einen Arm einen ½-Gallon-Milchkarton, in dem ein großer Strauß mit weißen Rosen steckte, im anderen einen mit roten Lilien gefüllten Wischeimer. Sie stellte beides auf den Boden zwischen die Gäste. Mit diesem Auftritt, das konnte Roland sehen, fegte sie alle Vorbehalte hinweg, die sich hinter den Stirnen angestaut hatten. Und der eine oder andere der anwesenden Männer hätte Leyla in diesem Augenblick am liebsten auf Knien um eine halbe Nacht gebeten – wenn er sich getraut hätte.

Sam lehnte den teuren Greco di Tufo, den Roland in einem italienischen Liquorstore erstanden hatte, ab und beschränkte sich auf stilles Wasser. Margot blickte mit Ekel auf die frittierten Garnelen aus dem Thaishop, lobte aber die al dente gekochten Broccoli und Möhren. Moritz behauptete, er esse und trinke im Prinzip alles, könne aber seinem Magen derzeit gar nichts zumuten. Olaf dagegen stürzte sich auf das halbwarme Rindfleisch und trank binnen Minuten eine halbe Rotweinflasche aus. Zögernd kam ein Gespräch in Gang, das sich in wenigen Minuten zu einem Streit auswuchs – leider gab es keine Musikanlage im Appartement, in die Leyla ihr mit französischen Chansons und persischer Musik überfülltes Handy hätte stecken können. Jedes der aktuellen Reizwörter hallte in dem leeren Appartement nach. Die amerikanische Frage: »How are you?«, die bekanntlich als Gruß gemeint ist, verführte den enttäuschten Paul-de-Man-Anhänger Moritz zu einer sehr deutschen Antwort. »Beschissen!« Moritz führte dann auf Englisch aus, dass seine Frau Leslie inzwischen mit der Frau seines besten Freundes Simon auf die Insel Lesbos abgehauen sei – nein, sie habe nicht die geringste Angst vor dem Klischee! –, um dort eine neue Art der Liebe für sich zu entdecken. Ob seine Frau ihm fairerweise nicht bereits vor fünfundzwanzig Jahren hätte sagen können, fragte Moritz, dass sie lesbisch sei. Inzwischen schicke sie ihm Bilder, die sie in inniger Umarmung mit Simons Frau zeigten.

Aber vielleicht hat deine Frau diese Neigung erst in der Ehe mit dir herausgefunden?, überlegte Margot.

Olaf, der sonst keine Gelegenheit zur Konfrontation mit Margot ausließ, begnügte sich mit einem strafenden Blick. Die Sirenen einer ganzen Kolonne von Feuerwehren übertönten das Gespräch. Sam und Margot gingen zur Fensterfront, um zu erkunden, ob es ein Feuer in der Nähe gäbe. Roland hatte gehofft, dass die Unterbrechung zu einem Themenwechsel führen würde. Aber Margot nahm den Faden wieder auf.

Wie Moritz und sein Leidensgenosse denn auf die Flucht ihrer Ehefrauen reagiert hätten, wollte sie wissen.

Er habe sich in psychiatrische Behandlung begeben, erwiderte Moritz trotzig. Sein Freund Simon dagegen sei weder per E-Mail noch am Telefon erreichbar. Er, Moritz, sei nicht einmal sicher, ob Simon noch am Leben sei.

Was ist eigentlich so verwerflich daran, fragte Margot, wenn zwei mutige Frauen in ihren Fünfzigern ein solches Experiment wagen? Schließlich ist das Geschlecht ein soziales Konstrukt und jeder Mensch sowohl homo- wie heterosexuell!

Und im Zweifelsfall transsexuell, polterte Olaf los. Das ist doch totaler Bullshit. Niemand könne sich per Willensakt von seiner angeborenen sexuellen Orientierung befreien, auch nicht durch eine Operation. Kein Mann werde zu einer Frau, keine Frau zu einem Mann, wenn er oder sie sich auf dem Operationstisch entsprechend zurichten lasse. Inzwischen verlangten Zwölf- bis Vierzehnjährige eine Geschlechtsumwandlung, möglichst auf Krankenschein.

Von Operation und Geschlechtsumwandlung war doch gar nicht die Rede, erwiderte Margot mit einem aggressiven Lächeln, sondern von einer Liebe zwischen Frauen. Im Übrigen, mischte sich nun auch Roland ein, seien Ausdrücke wie Bullshit, auf seine Gäste bezogen, an seinem Geburtstag nicht zugelassen.

Olaf fing sich und suchte dem Disput eine neue Wendung zu geben. Vielleicht sei Griechenland jetzt nicht der rechte Ort für eine sexuelle Neuorientierung. Die Griechen erwarteten von den Deutschen derzeit wohl eher Kredite als bejahrte deutsche Urlauberinnen, die sich tagsüber nackt auf graue Felsen legten und abends eng umschlungen in einer Strandbar Ouzo tranken.

Die Griechen und Europa! Ein neues, vergleichsweise unverfängliches Thema war geboren. Rasch stellte sich heraus, dass sich Margot und Olaf, eben noch Antipoden, in der Verurteilung der »Austeritätspolitik« der deutschen Regierung nahezu einig waren. Plötzlich ergriff Leyla das Wort.

Roland hatte sie noch nie in einer größeren Gesellschaft erlebt und keine Ahnung, wie sie sich in dieser Runde von akademischen Besserwissern behaupten würde. Gleichzeitig plagte ihn eine andere Angst: dass Leyla die Runde seiner Gäste, deren Alter man schwerlich unterschätzen konnte, in den nächsten zehn Minuten unter irgendeinem Vorwand verlassen würde.

Was habt ihr bloß gegen die Deutschen, fing sie an. Ich finde Deutschland wunderbar!

Höfliches Schweigen machte sich breit, das zu einem jähen Abfall aller bisherigen Erregungen führte.

Leyla fuhr unerschrocken fort. Da sich offenbar alle in New York und auch Rolands Gäste in der Verurteilung der Deutschen einig seien, wolle sie ein Wort für sie einlegen. Ihr jedenfalls habe die Entschiedenheit imponiert, mit der der Verband deutscher Kinderärzte sich gegen die Beschneidung jüdischer Kinder in Deutschland ausgesprochen habe. Es widerspreche dem ärztlichen Eid, habe der deutsche Verband argumentiert, Patienten gleich welchen Alters überflüssige und medizinisch riskante Eingriffe zuzumuten. Von den feigen amerikanischen Kinderärzten habe sie nie etwas Ähnliches gehört!

Um Himmels willen, dachte Roland. Das jüdische Beschneidungsritual und die deutschen Kinderärzte – wo kam das jetzt her? Auch seinen Gästen schien klar zu sein, dass Leylas Lob auf ein neues, stark vermintes Gelände führte. Niemand war geneigt, es zu betreten.

Aber Leyla ließ nicht locker. Offenbar wollte sie unbedingt die Meinung von Rolands Freunden zur Beschneidung und zu den deutschen Kinderärzten hören. Sie habe einem jüdischen Freund, erklärte sie, bevor sie dessen Heiratsantrag beinahe angenommen habe, die Frage nach seiner Haltung zur Beschneidung gestellt. Würde er im Fall eines gemeinsamen Kindes, eines Jungen, auf einer Beschneidung bestehen? Da er die Frage bejahte, habe sie sich gegen ihn entschieden. Übrigens habe ihr Lob für den Mut der deutschen Kinderärzte bei ihren iranischen Facebook-Freunden zu einem Shitstorm geführt.

Die Diskussion folgte dem Muster, das Roland aus den Internet-Kommentaren zu einem strittigen Artikel oder Blogeintrag kannte. Mit jeder Wortmeldung entfernten sich die Kontrahenten weiter vom Ausgangspunkt und verhedderten sich in erbitterten Repliken gegeneinander. Es ist doch ein starkes Stück, wenn ausgerechnet die Deutschen ein jüdisches Ritual kritisieren, das zehntausend Jahre alt ist. Es ist übrigens auch ein muslimisches Ritual. Wird es dadurch besser? Die Sklaverei und die Menschenopfer sind ebenfalls Tausende von Jahren alt. Die Menschheit hat ein Recht darauf, sich weiterzuentwickeln. Das barbarischste Menschenopfer haben die Deutschen in der Neuzeit mit dem Holocaust inszeniert. Was hat der Holocaust bitte mit der Kritik an der Beschneidung zu tun? Ich habe nur gesagt …

Sam verfolgte die zunehmend hitzige Debatte, die Leyla und ihm zuliebe auf Englisch geführt wurde, mit einer Art sportlichem Interesse. Er, der einzige Jude im Raum, schien keine Meinung zu den hier abgehandelten Fragen zu haben und reagierte auf die hin- und herschießenden Argumente wie der Zuschauer eines Tennismatches. Olaf, der zu schnell getrunken hatte, wurde immer ausfallender und rief mit vollem Bass »bullshit«, »idiots«, »another stupidity« in die Runde. Als er Margot schließlich das F-Wort gab, verbot Roland ihm weiterzureden. Es entstand eine peinliche Pause, die Leyla zum Nachfüllen der Gläser nutzte. Roland ergriff die Gelegenheit, die Teller und die Essensreste abzuräumen. Sam half ihm dabei.

Warum seine deutschen Freunde sich im Meinungsstreit so sehr erhitzten, fragte Sam ihn in der Küche.

Vielleicht weil wir jenseits unserer Meinungskämpfe so wenig andere Freuden haben!

Don't be silly!, sagte Sam und schlug ihm auf die Schulter. You're the lucky guy here!

Als alle gegangen waren, nahm Leyla ihn an der Hand und zog ihn über den Flur zu einem Appartement, das schräg gegenüberlag. Sie hatte entdeckt, dass die Eingangstür bloß angelehnt war, stieß sie auf und machte Licht. Die Wohnung war mindestens doppelt so groß wie seine und gerade renoviert worden. Sie roch nach frischer Farbe und war vollkommen leer.

Sie durchstreiften einen Salon, der groß wie ein Tanzsaal war. Die Küche war mit nagelneuen Geräten, einer Abzugshaube und einer elektronischen Herdplatte ausgestattet und fast so groß wie sein Wohnzimmer. Das Marmorbad mit Jacuzzi-Wanne lud ein zum ersten Gebrauch. Die angrenzenden Räume – Schlaf- und Gästezimmer – eigneten sich zum Rollerskating.

Hier könnten wir wohnen, sagte Leyla.

Der Satz war leichthin gesprochen, eher ein Einfall als ein Vorschlag.

Jedenfalls hätte die Wohnung genau die richtige Größe für uns, sagte er.

Was heißt »hätte«. Sie hat genau die richtige Größe, sagte Leyla.

Wahrscheinlich wird sie gerade für den Sohn eines saudischen Scheichs zurechtgemacht, der die NYU mit einer entsprechenden Spende bedacht hat.

Vielleicht sollten wir der NYU auch etwas spenden, meinte Leyla.

Sie löschte das Licht, ging zur Fensterfront des Salons und stützte ihre Ellbogen auf das breite Fensterbrett. Auf der Straße unter ihnen sahen sie den immer wieder abreißenden Strom der Autos, deren Geräusche sie dank der schalldichten Fenster nicht erreichten. Roland verfolgte die Lichtgarben, die die wandernden Scheinwerfer auf Leylas Profil und Nacken schickten. Er blickte auf Leylas schlanke Schultern, auf die Biegung ihres Rückens, auf die sanfte Ausbuchtung ihrer Hüften. Von oben – leiser als in seiner Wohnung – hörte er die Revolutionsetüde und wartete auf die Stelle mit dem Fehler.

Leyla warf den Kopf zurück und sah ihn an. Sie hob ihr Kleid, zog den Slip in die Kniekehlen und zeigte ihm unter dem hochgerafften Seidenkleid ihren Po, der im Spiel der Lichter aufglänzte und wieder dunkel wurde. Er küsste ihren Nacken, während sie ihn mit einem nach rückwärts langenden Arm an sich drückte. Vorsichtig rieb er sich an ihr, bis er von einer vergessenen Gier erfasst wurde.

Später lag er neben ihr auf dem Parkett und folgte den Befehlen ihrer Küsse und ihrer Hand, die sich mit seinem Abschlaffen nicht abfinden wollte. Irgendwann lösten sie sich voneinander. Leyla sprang auf und führte in dem leeren Raum einen Tanz auf. Sprang über Roland hinweg, hüpfte vor den Fenstern herum, verschwand in den Tiefen des Raums.

O Lord, O Jimmy! What was that name?

Ojemine.

Inzwischen habe ich schon zwei Jimmys gehabt. So what? Are you happy?

Ja, sagte Roland.

Leyla wollte nicht schlafen, als sie auf dem Bett in seinem Appartement lagen.

Ich erzähle dir jetzt die Geschichte einer Freundin, die sich immer in den falschen Mann verliebt. Ich nenne sie Nazrin, weil du ihr womöglich eines Tages über den Weg laufen wirst. Aber besser nicht! Denn eigentlich würdest du ganz gut zu ihr passen!

Als ein weiterer falscher Mann?

Wer weiß, vielleicht wärest du der richtige! Jedenfalls würdest du mich, wenn du sie sehen würdest, sofort stehen lassen. Wenn ich mit Nazrin ausgehe, bin ich das hässliche Entlein – und du weißt, ich leide nicht an Komplexen. Leider hat Nazrin einen Spleen, und sie weiß, dass sie ihn hat. Aber wenn sie sich verliebt, gewinnt dieser Spleen sofort die Oberhand. Inzwischen ist sie so verunsichert, dass sie mich zu ihren Verabredungen mitnimmt, wenn ein neuer Prinz vor der Tür steht. Ich forsche dann den Kandidaten aus, schlüpfe in die Rolle einer Personalleiterin, erkundige mich nach seinem Vorleben – Beruf, Gehalt, Kinder, Grund für die letzte Trennung –, stelle Fangfragen, auch indiskrete, wie die nach der Farbe seiner Unterhosen oder nach seiner bevorzugten Stellung beim Sex. Nazrin versinkt bei diesen Befragungen in den Boden vor Scham, aber meist stellen sich die Kandidaten meinem Verhör, denn sie wollen ja unbedingt den großen Preis: Sie wollen Liebhaber von Nazrin werden. Anschließend fragt sie mich dann: Und was sagst du? Ich gebe ihr eine ehrliche Antwort, aber es ist hoffnungslos. Wenn ich ihr ausnahmsweise zu einem Bewerber rate, atmet sie tief ein, seufzt und gesteht mir: Inzwischen finde ich gar nichts mehr an ihm! Senke ich den Daumen, korrigiert sie mich und sagt: Du hast völlig recht, aber ist er nicht süß? – Warum hast du mich dann überhaupt mitgenommen?, frage ich. – Ich habe eben erst gemerkt, wie toll er ist, entschuldigt sie sich, gibt mir einen Kuss und stolpert in die nächste Katastrophe. Wie neulich, als sie sich mit diesem Maler aus Italien eingelassen hat. Schau dir seine Hände an, sagt sie und deutet auf ein Foto in ihrem Handy, auf diese schmalen Hände mit den feingliedrigen Fingern – und wenn du ihn dann erst beim Malen siehst! Ich habe sie in die Ausstellungseröffnung begleitet, zu der ein hauptsächlich weibliches Publikum kam. Ich gebe zu, auch ich war von seinen Graffiti-Bildern hingerissen. Vielleicht hat er wirklich, wie eine Zeitung schrieb, das Potenzial zu einem Weltstar. Seine Hände, meinetwegen, sage ich zwischendurch zu Nazrin, aber hast du das Tattoo auf seinem Unterarm bemerkt? Womöglich ist er von Kopf bis Fuß tätowiert! – Was hast du gegen Tätowierungen?, blafft sie mich an und hat noch in dieser Nacht mit ihm geschlafen. Anderntags ruft sie mich an. Nein, der Maler sei keineswegs über und über tätowiert. Übrigens stelle das Tattoo auf seinem Unterarm einen Schwan dar, einen sehr seltenen, einen schwarzen japanischen Schwan, habe er erklärt. Aber sonst? Sie habe sich in seinem Bett wie ein mit einem groben Pinsel übermaltes Motiv gefühlt und das Hotelzimmer in derselben Nacht verlassen. Aber dann habe sie die mit Rötel gezeichnete Aktzeichnung betört, die er ihr ins Hotel geschickt habe – und alle Wünsche, alle Träume seien wieder wach geworden. Sie werde, sie müsse ihm eine zweite Chance geben.

Und wie ging es weiter?, fragte Roland.

Manche Frauen, erwiderte Leyla, verlieben sich in einen Mann, weil er einen Traum bei ihnen ausgelöst hat, der vielleicht wenig oder gar nichts mit diesem Mann zu tun hat. Und stehen dann vor der Wahl, sich entweder für den Mann oder für ihren Traum zu entscheiden. Nazrin hat sich bisher immer für ihren Traum entschieden.

# 10

Am nächsten Morgen fiel ihm Leylas Vorschlag mit der anderen Wohnung wieder ein. Was sich seinem Gedächtnis eingeprägt hatte, war das »Wir« in ihrem Satz – ihre Bereitschaft, mit ihm zusammenzuwohnen. Es gab keinen Grund für einen Zweifel: Leyla meinte es ernst mit ihm. Sie hatte sich in ihn verliebt und er – nach anfänglichem Zögern – mehr und mehr in sie. Die Vorstellung eines gemeinsamen Lebensentwurfs jedoch hatte er sich strikt verboten. Mach dich nicht lächerlich! Ja, du hast Glück gehabt, aber verliere deswegen nicht den Verstand! Genieße jeden Tag mit ihr, jeden Augenblick, und frage nicht nach morgen.

Im Übrigen hielt Leylas Vorschlag seinen Vermögensverhältnissen nicht stand. Alle Gelegenheiten, sich nach seiner Doktorarbeit zum Ordinarius zu qualifizieren und sich einen Lebensabend mit festen Bezügen zu sichern, hatte er ausgeschlagen. Mit seinem Grundzweifel an der Seriosität seiner Wissenschaft und seiner Abneigung gegen das Ellbogengerangel in seiner Fakultät hatte er sich entschieden, Privatgelehrter zu bleiben.

Am Ende hatte ihm sein Jugendstreich jede Aussicht auf eine feste Stelle verbaut.

Er würde Leyla kaum darüber aufklären müssen, dass Halb-Prominente wie er, deren Gesicht hin und wieder in einer Talkshow oder in einer Zeitung zu sehen war, im Zeitalter der digitalen Medien nicht viel mehr besaßen als ihre Namen. Die wirklich Reichen ließen sich nicht blicken und achteten auf Anonymität.

Was wusste er eigentlich von ihr? Sie war noch ein Kind gewesen, als die Familie aus dem Iran ausgewandert war. Aber in ihren Träumen kehrten das Licht und die Gerüche im Frühling wieder und der Schnee auf den Bergen über Teheran. Und die Erinnerung an die Blumen, die sie in ihre Lieblingsbücher eingelegt hatte.

Sonst erzählte sie nicht viel von sich. Eher von ihrer Mutter, die sich von ihrem Mann getrennt hatte, in New Mexico lebte und dort einen zauberhaften Garten geschaffen hatte – ein Kunstwerk, in dem es unendlich viel zu riechen gab. Sie redete mit dieser Mutter über alles, auch über ihre Affären. Ja, selbstverständlich auch über ihre Liebesgeschichte mit diesem alten Kerl aus Deutschland – was ist eigentlich ein Privatgelehrter, habe ihre Mutter gefragt. Übrigens ist sie ein paar Jahre jünger als du, sagte Leyla.

Dann kann ich mir ja ausrechnen, was sie dir rät.

Du hast keine Ahnung von ihr. Sie gibt mir keine Ratschläge, sie hört mir zu. Und wenn sie mir lange genug zugehört hat, weiß ich, was ich zu tun habe.

Und was empfiehlt sie, hatte Roland gefragt und keine Antwort erhalten.

Sonst wusste er von Leyla nur, dass sie in einer kleinen Galerie in Soho Bilder von meist zwanzig- bis dreißigjährigen spanischen Künstlern verkaufte.

Nein, nein, das alles wollte er nicht. Es war nicht nur Clementes Geschichte, die ihn warnte. Immer wieder hatte er Kollegen beobachtet, die sich mit viel zu jungen Frauen eingelassen hatten. Und hatte sich den Preis gemerkt, den solche Verbindungen kosteten. Meist hatten diese Männer rasch ein Kind mit ihrer jungen Frau gezeugt, falls sie dazu noch in der Lage waren. In aller Regel verfügten sie über ein beträchtliches Vermögen, das ihnen gestattete, ihrer Frau und dem Kind ein ausreichendes Einkommen für die Zeit nach ihrem Ableben zu sichern. Und wenn sie dann – irgendwann zwischen siebzig und achtzig – sprunghaft zehn Jahre älter wurden und dramatisch abbauten, wenn an ihren Schultern kein Fleisch mehr war und ihre Gesichter durchsichtig wurden, traten sie die Entscheidungsmacht an ihre jungen Frauen ab. Von nun an ließen sie sich wie Affen an der Hand ihrer Frauen durch die Salons führen. Was missfiel ihm eigentlich an dieser Vorstellung? Selten hatte Roland das Gefühl, dass die jungen Frauen dieser plötzlich invaliden Männer ihre neue Macht ausnutzten. Sie beschützten sie, liebten sie womöglich immer noch, aber nahmen energisch die Rolle wahr, die ihnen durch den rapiden Energieabfall ihres Partners zugewachsen war. Versahen deren Geschäfte, einigten sich mit den Kindern über die Erbschaft, organisierten das Begräbnis.

Nichts für ihn. Er würde sich keinesfalls an Leylas

Hand durch seine letzten Jahre führen lassen. Das würde er ihr, selbst wenn sie diese Rolle auf sich nehmen würde, nicht zumuten. Ganz abgesehen davon, dass er ihr zutraute, rechtzeitig abzuspringen.

Andererseits konnte er nicht leugnen, dass ihn inzwischen etwas an Leyla band – ein Gefühl, das sich mit der Aussicht auf ein paar weitere aufregende Nächte oder Nachmittage nicht begnügen wollte.

Leyla, als er sie kennengelernt hatte – mit diesem Lachen, das ihren Körper in ein vulkanisches Beben versetzte und ihr Make-up zerfließen ließ; Leyla auf seinem Schreibtisch mit gespreizten Beinen, die unerschrockene Erforscherin seiner Fantasien; Leyla, wie sie mit seinen Geburtstagsblumen im Milchkarton und im Wischeimer aus der Küche kam. Wenn er sich nicht schon längst in sie verliebt hatte, so war es spätestens in diesem Augenblick geschehen. Leyla dann an der Fensterfront der Luxuswohnung mit dem hochgerafften Kleid – eine Ikone auf dem Altar seiner Begierden, die er nicht mehr vergessen würde.

Der Gedanke, dass er in ein paar Wochen von ihr Abschied nehmen würde, fuhr ihm wie ein feiner, rasiermesserscharfer Stich in den Unterleib. Ja, ihm würde etwas fehlen, etwas Unersetzliches, wenn er sie nicht mehr um sich hätte. Fing mit diesem Gefühl des Vermissens, mit dieser Furcht vor einem unerträglichen Verlust nicht so etwas wie Liebe an?

Alle paar Stunden überraschte sie ihn mit einem ihrer digitalen Drei- oder Vierzeiler, in denen er inzwischen eine Form erkannte: Spielfreude bei begrenztem Wortschatz, Verzicht auf Pronomen und Artikel, Hauptsätze kurz wie Schüsse.

Habe gerade Pause – weit und breit kein Kunde. Sitze auf einem Stuhl vor meiner Galerie, die Sonne brennt mir in den Schoß. Denke darüber nach, wie ich dich und mich erregen kann. Wo bleiben deine Ratschläge?

Wehe, wenn er nicht in spätestens zehn Minuten antwortete! Und was hieß schon »antworten«, da er nicht wusste, wie die Autokorrektur auszuschalten war? Bei »Senden« verwandelte sein Handy Wörter, die das Wörterbuch nicht kannte, in letzter Sekunde in Absurdes!

Derartige Entschuldigungen ließ Leyla nicht gelten. Wenn er nicht sofort antwortete, reagierte sie mit einer Drohung.

Ich habe dir eine Botschaft geschickt – einen Notruf unter Liebenden. Vielleicht hast du ihn nicht gesehen oder – wie üblich – aus Versehen gelöscht. Aber falls du ihn gelesen und n i c h t geantwortet hast, wirst du dafür büßen!

Während er noch überlegte, worin diese Bestrafung bestehen könnte, kam ihre nächste SMS.

Ich fürchte, dass ich dir gegenüber viel zu offen bin. Vielleicht gehe ich dir einfach auf die Nerven. Sollte ich nichts von dir hören, sperre ich meinen Account für dich.

Vergeblich verteidigte er sich: Er schaue nur ein- oder zweimal am Tag in seine elektronische Post. Das müsse sie ihm nachsehen, und er habe keine Lust, sich dafür zu entschuldigen. Seine Arbeit sei von einer Art, die eine strikte Konzentration, ja geradezu eine Versenkung verlange – wie im Gebet. Wenn er auf jedes Bling seines Handys reagiere, bezahle er dafür mit dem Verschwinden eines womöglich unersetzlichen Gedankens.

Erzähle mir nicht, dass der Gedanke nicht mehr wiederkommt, wenn du mir zehn Sekunden schenkst!

Es sind aber immer mehr als zehn Sekunden, schon weil ich mit meinen Fingern nicht so schnell bin wie du!

Sonst weißt du mit deinen Fingern ziemlich gut umzugehen. Warum nicht beim Schreiben einer SMS?

Es kann nicht sein, dass du dich wegen zwei ausbleibender Wörter verlassen fühlst!

Doch, genauso ist es! Fünf Wörter wären übrigens besser als zwei. Ich warne dich: Wenn du mich weiter warten lässt, verschwinde ich und bleibe unauffindbar.

Hier tat sich eine Kluft auf, die womöglich nicht zu überbrücken war. Wie sollte er mit einer Frau kommunizieren, die stündlich, ja jede Minute eine Antwort von ihm erwartete? Wenn überhaupt jemand in ihren Augen das Recht auf eine verzögerte Replik hatte, dann war sie es! Einmal hatte sie ihm anvertraut, dass unter ihren Freundinnen die Seriosität eines Flirts, einer neuen Liebe daran gemessen wurde, wie schnell der Partner auf eine SMS reagierte. Wenn er eine halbe Stunde oder länger brauchte, versank er früher oder später in der Rubrik: »Unerwünschte Adressaten«. Wie sollte Leyla mit einem Liebhaber zurechtkommen, der sich erst am Abend oder gar am nächsten Morgen Zeit für eine Antwort nahm?

Rechtzeitig fiel ihm ein, dass Leyla ihn schon mehrmals abgewimmelt hatte, wenn er sie in ihrer Galerie angerufen hatte.

Das ist doch etwas ganz anderes. Du hast schließlich keinen Idioten vor dir, dem du gerade ein Bild für 85 000 Dollar verkaufen möchtest!

Außer ihren verbalen Botschaften schickte Leyla ihm auch Karikaturen oder Bilderwitze. Und er musste zugeben: Sie amüsierten ihn. So etwa eine Serie von Zeichnungen, die die Geschichte der Badebekleidungen für Frauen in den letzten Hundert Jahren in Szene setzte. Auf einer Wäscheleine waren Badeanzüge zum Trocknen aufgehängt, die von Generation zu Generation kleiner wurden. Während die älteste Garnitur noch bis zu den Knien reichte, kamen die folgenden Modelle mit immer weniger Stoff aus, bis schließlich nur ein winziges von zwei Schnüren gehaltenes Dreieck übrig blieb – der Tanga. Titel der Bilderfolge: »Ein Beweis für die Erderwärmung«.

Offenbar war Leyla Mitglied einer Internet-Gruppe, die sich täglich Nachrichten, Artikel, Karikaturen oder auch – siehe deutsche Kinderärzte – Bekenntnisse zuschickte. Hey, bist du noch da?, sagten diese Botschaften, hier ist etwas für dich, melde dich doch mal!

Aber wollte er wirklich Teil dieser Gemeinde werden? Musste er auf jeden Anhang antworten? Was denn außer: Danke, wirklich lustig! Und seiner Antwort dann eines dieser absurden Emoticons anhängen?!

Vorsichtig fragte er bei Leyla nach, ob sie enttäuscht sei, wenn er nicht auf jede bloß weitergeleitete Botschaft reagiere. Überhaupt nicht, erwiderte sie, aber eigentlich doch. Denn sie leite wirklich nur die besten, eigens für ihn ausgewählten Anhänge weiter. Und stelle sich dann beim Abschicken vor, wie er lache. Und diese Vorstellung reize sie noch einmal zum Lachen. Sie werde ganz traurig, wenn sie das Gefühl habe, dass sie völlig grundlos zum zweiten Mal gelacht habe.

## 11

Sam hatte ihn zu einer Runde Tennis mit seinen Freunden eingeladen. Einen Tennisschläger werde er mitbringen, für die Schuhe müsse Roland selbst sorgen. Roland konnte ihn beruhigen. Egal, wo er hinreiste, er packte immer seine Shorts und Tennisschuhe ein.

Die öffentliche Anlage am Hudson River war nach einer 50 Minuten langen Fahrt mit der Linie 1 zu erreichen. Seit seiner Ankunft in New York hatte er auf die Benutzung der Subway meist verzichtet, war lieber zu Fuß gegangen oder hatte ein Taxi genommen. Gegen seine frühere Begeisterung für dieses Verkehrsmittel hatte sich mit den Jahren die Einsicht durchgesetzt, dass die New Yorker Subway das lauteste, dreckigste und rabiateste Verkehrsmittel der westlichen Welt war – eine Art Großangriff auf alle fünf Sinne des Benutzers. Auf den steilen Treppen und in den Tunneln herrschte eine Eile, als habe eine Sirene einen Weltuntergang angekündigt. Auf Schritt und Tritt wurde der Reisende unter dem aggressiv hervorgepressten Kürzel »…cuse me!« angerempelt. Ansagen aus den krachenden Lautsprechern wurden auch von Einheimischen nicht verstanden. Wenn der Zug dann donnernd einfuhr, war es ohnehin unmöglich, sich zu verständigen – etwa über die Frage, an welcher Haltestelle der Zug wegen Bauarbeiten n i c h t halten werde. Inzwischen war Roland offenbar in einem Alter angekommen, in dem er für das Urteil von bessergestellten New Yorkern, die Subway sei nicht mehr benutzbar, man könne nur noch Taxi fahren, empfänglich war.

Er hatte eine Tageszeit erwischt, in der die Linie 1 nur mäßig voll war – die Mittagszeit. Die Sitzschalen in den Waggons waren für Gesäße bis zu der Bluejeansgröße 36 gemacht. Einige der männlichen Fahrgäste – die kräftigeren unter ihnen – fanden sich mit der für sie vorgesehenen Sitzfläche nicht mehr ab. Gezielt steuerten sie zwei leere Plätze an, nahmen die scharfe Kante zwischen den Plätzen unter ihre Hinterbacken und machten auch dann nicht Platz, wenn sich der Wagen füllte. Als er die beiden Anfangswörter der Durchsage »please report unusual behaviour!« zum dritten Mal gehört hatte, überlegte er, welche Art des ungewöhnlichen Betragens wohl gemeint war. In der Subway war ungewöhnliches Betragen eigentlich die Regel. Sollte er etwa die neben ihm sitzende Blondine melden, die ihrer Handtasche ein vollständiges Arsenal von Schminkutensilien entnahm und nicht nur ihre Lippen, sondern auch die Lidschatten, die Wimpern, die Augenbrauen und das Rouge auf ihren Wangen auffrischte? Fast hätte Roland angeboten, ihr den Spiegel zu halten, damit sie die Hände frei hatte. Sollte er den Händler anzeigen, der auf dem Zweiersitz neben der Eingangstür Dutzende von wahrscheinlich illegal gebrannten Musik-CDs beschriftete und in Plastikhüllen steckte, um sie dann in Harlem zu verkaufen? Oder den Musikanten denunzieren, der einen Kontrabass mit sich führte und die Umstehenden vergeblich bat, doch bitte Abstand von dem »empfindlichen Instrument« zu halten? So viel war sicher: In einem Instrumentenkoffer dieser Größe konnte man mehr als eine Bombe unterbringen. Was Roland störte, war nicht so sehr die Aufforderung zur Denunziation. Selbstverständlich gab es Bombenleger, die aus Überzeugung gern einen Waggon der Subway mit sämtlichen Insassen in die Luft gesprengt hätten. Was ihn ärgerte, war die Hilflosigkeit der Ansage.

Am Hudson River in Höhe der 110. Straße stieg Roland aus. Dort hatte er vor ein paar Jahren eine öffentliche Tennisanlage entdeckt. Sie wurde von drei Frauen von den Philippinen verwaltet, die seit Jahrzehnten die Geschäfte führten und die meisten Spieler mit ihren Vornamen kannten. Die Älteste von ihnen bot Tennisunterricht für 65 Dollar pro Stunde an. Roland buchte eine Stunde und stellte sofort fest, dass seine Lehrerin kaum spielen konnte und jeden Ball, den sie nicht aus dem Stand erreichte, für eine Zumutung hielt. Aber unzweifelhaft verstand sie etwas vom Tennis. Schon nach ein paar Schlägen analysierte sie Rolands Schwächen derart kompetent und unbarmherzig, dass er den Preis für gerechtfertigt hielt. Allerdings fehlte ihr die Kunst, ihre Ratschläge zu dosieren. Sie überhäufte Roland mit derart vielen Anweisungen, dass er ihr schließlich gestand, er könne beim Ausholen nicht gleichzeitig an sieben Fehler denken, sondern allenfalls an einen.

Immerhin hatte sie ihn dann mit Sam und seinen Freunden bekannt gemacht. Die Gruppe traf sich so gut wie jeden Tag gegen 14 Uhr auf der Anlage und spielte in wechselnden Paarungen bis zum frühen Abend. Man musste schon in New York sein, um auf eine so bunte Truppe von Tennisverrückten zu treffen, die einen Neuankömmling wie ihn nach kurzer Prüfung aufnahm. Vorname, Handschlag und eine Selbsteinschätzung seiner Fähigkeiten genügten, und schon war er eingeladen, am Platzrand einen Satz abzuwarten und anschließend mitzuspielen.

Fast alle gingen sie Berufen nach, die ihnen Zeit für ihr Hobby ließen. Der bärtige Chris führte ein kleines griechisches Restaurant in der Nähe. Aber wenn du etwas gegen meine Regierung in Athen hast, spiele ich nicht mit dir, sagte er, bevor er Roland die Hand gab. Chris war ein Magier des Topspin-Lobs. Seine in den Himmel geschlagenen Bälle senkten sich in dem Augenblick, da man sie bereits im Aus sah, genau vor der weißen Linie auf den Platz. Der weißhaarige Leopoldo hatte vor undenklichen Zeiten aus Italien nach New York gefunden. Mitten in Manhattan betrieb er eine Opernbar, die erst um 22 Uhr öffnete, damit seine Freunde aus der Metropolitan Opera noch Gelegenheit für einen zweiten Auftritt hatten. Er verfügte über einen Stopp, der dem Ball die Luft zu nehmen schien. Nach dem Auftropfen im gegnerischen Feld sprang der Ball nur noch ein paar Zentimeter hoch und blieb liegen wie ein nasser Schwamm. Seltener kam Zoltan, der eine Konditorei in der Nähe von St. Johns Cathedral führte. Er war der Einzige aus der Truppe, der in seinem Spiel so etwas wie Stil erkennen ließ. Wahrscheinlich hatte er in seiner Jugend in Ungarn professionellen Unterricht genossen. Mit seinem knallharten Aufschlag und seinen Topspin-Schlägen hätte er im Einzel jeden der älteren Mitspieler massakriert. Aber im Doppel herrschten andere Gesetze. Zoltans Achillesferse war die Berechenbarkeit seiner Schläge. Sam zum Beispiel blockte Zoltans Aufschläge, die fast immer auf denselben Punkt trafen, mit einer kaum merklichen Kippbewegung seines Schlägers ab, die die ganze Wucht des Schlages ins gegnerische Feld zurückgab. War er am Netz, brachte er es fertig, selbst einen Schmetterball von Zoltan in die kurze Ecke abtropfen zu lassen. Sams einzige Schwäche war, dass er seine Rückhand ständig zu umlaufen suchte, weil er ihr nicht traute. Die Folge war, dass er immer auf die Rückhand angespielt wurde.

Es war drei Jahre her, dass Roland sich zuletzt auf der Anlage hatte sehen lassen. Die Truppe begrüßte ihn wie einen Mitspieler, von dem man sich am Vortag mit dem Wort »bis morgen« verabschiedet hatte. Niemand fragte ihn, wo er sich herumgetrieben hatte. Wer New York aus welchen Gründen auch immer verlassen hatte, war allenfalls zu bedauern; rechtfertigen musste er sich nicht. Roland überlegte kurz, ob Sam den anderen von seinem Geburtstag erzählt hatte; wohl eher nicht, weil Sam diskret war und die Frage, warum nur er eingeladen worden war, vermeiden wollte.

Binnen Minuten war ein Doppel verabredet. Wie früher wurde Roland Sam als Mitspieler zugeteilt, den er allzu oft zu seinem Mitverlierer gemacht hatte. Damals hatte er sich noch mit seinem Jetlag oder dem Hinweis herausgeredet, er habe beim Lunch zwei Gläser Wein getrunken. Aber solche Entschuldigungen hatten niemanden beeindruckt. Nur zwei Gläser, hatte Leopoldo gefragt. Er spiele am besten, wenn er eine ganze Flasche intus habe.

Der Linkshänder Sam überließ Roland wie gewohnt das erste Aufschlagspiel. Roland fügte sich, obwohl er ein notorisches Problem mit dem Aufschlag hatte. Beim Aufwurf passierte es ihm immer wieder, dass er den Ball nicht hoch genug und auch noch leicht nach hinten warf – mit der Folge, dass er einen viel zu weichen Aufschlag produzierte. Seine philippinische Trainerin hatte von einer mentalen Blockade gesprochen, von einer inneren Weigerung, den Ball beim Aufwurf wirklich freizugeben. Es komme auf ein inneres Loslassen an. Roland hatte ihr sofort widersprochen, obwohl er die Erfahrung nicht leugnen konnte, dass seine psychische Verfassung erhebliche Auswirkungen auf seinen Aufschlag hatte. Wenn er schlecht gelaunt, unsicher, unzufrieden mit sich und der Welt war, merkte er das spätestens bei seinem Ballwurf. Er hätte nicht sagen können, wie es ihm gerade ging, aber nach dem ersten Aufschlag würde er es wissen. Entsprechend beklommen trat er an die Linie. Lass los, du Feigling, lass ihn fliegen und warte nicht, bis er dir auf den Kopf fällt, spring ihm entgegen!

Was nun geschah, wurde von keiner Kamera festgehalten und von keinem Publikum beklatscht. Es war nicht weniger als ein Durchbruch, ein Wendepunkt in Rolands Leidensgeschichte mit dem Aufschlag, womöglich ein Wendepunkt in seinem Leben. Auf einmal war es, als klickten alle Teilschritte und Einzelübungen zusammen und vereinten sich zu einem großen Wurf. Wie ein befreiter Vogel stieg der Ball aus Rolands Hand gerade in die Höhe, so hoch, dass Roland sich ihm mit dem ausholenden Schläger entgegenwerfen konnte. Als er ihn traf, gab der Schläger den kostbaren Laut von sich, den Roland als Zuschauer von unendlich vielen Tennismatchs immer wieder gehört, aber nie selbst zustande gebracht hatte; jenen Laut, der dem Aufschläger und dem Kenner mitteilte, dass der Ball am Sweet Spot getroffen worden war. Plötzlich war ihm dieser Ton gelungen, und der Schlag, der ihn erzeugt hatte, erschien Roland so leicht, so mühelos und zwingend, dass er jederzeit zu wiederholen war.

Chris war von Rolands wuchtigem Service derart überrascht, dass er statt eines Lobs nur einen unplatzierten Return zustande brachte, den Sam als Volley nahm und unerreichbar in die Ecke setzte.

Nachdem Sam und Roland den ersten Satz so hoch wie nie gewonnen hatten, schlug Leopoldo eine andere Paarung vor. Aber Roland lehnte ab; irgendetwas sagte ihm, dass der Zauber seiner Aufschläge an Leopoldos Seite verfliegen würde. Im zweiten Satz rächte Leopoldo sich. Bei jedem von Rolands Aufwürfen schmetterte er den Anfang einer italienischen Arie oder eines

Revolutionsliedes über den Platz: Avanti Popolo, alla riscossa ...! Tatsächlich gelang es ihm, Roland aus dem Konzept zu bringen. Mehrmals erlitt er einen Rückfall in den krummen Ballwurf, der ihn den größten Teil seines Tennislebens begleitet hatte. Mit seinem Trotzlachen und seinem Kopfschütteln suchte er die Wut zu verdecken, die in ihm aufstieg. Come on, you can do it, we've seen it, ermunterte ihn Sam. Als habe ihn der Mitspieler an sein besseres Selbst erinnert, fand Roland zu seinem freien Wurf zurück. Im entscheidenden Aufschlagspiel setzte er Leopoldos Störarien das satte Blopp von drei Assen entgegen. Am Ende half den Gegnern kein Singen und kein Fluchen: Sie mussten sich geschlagen geben.

Hast du etwa hinter unserem Rücken ein Tenniscamp besucht?, fragte Chris.

Ich wette, dass er eine neue Freundin hat, sagte Leopoldo.

Roland hob seine Schultern, als wisse er nicht, wovon die Rede sei. Sam lächelte diskret.

Leopoldo verlangte auf der Stelle eine Revanche, Roland entschuldigte sich. Sein früher Rückzug war von Anfang an der empfindliche Punkt bei der Verständigung mit seiner Tennisgang gewesen: Die anderen hatten nie genug und sahen nicht ein, warum Roland bereits nach zwei, drei Stunden gehen wollte. Da sie jedoch sein Alter kannten, ließen sie ihm diese Schwäche durchgehen.

Also dann bis morgen, rief Sam ihm nach.

Bis übermorgen, rief Roland zurück.

# 12

Er hatte Leyla angekündigt, ihr den Unterschied zwischen seiner und ihrer Wahrnehmung der Zeit zu erklären. Stichwort: der geschriebene Liebesbrief und das Warten auf den Postboten.

Als er sie auf der Piazza vor dem Thai-Restaurant herankommen und ihm zuwinken sah, kam er sich wie ein Spielverderber vor. Leyla war so jung, so optimistisch und so fraglos überzeugt von der Überlegenheit des digitalen Zeitalters – warum sollte er sie mit seinen Erfahrungen behelligen? Nicht zuletzt beruhten seine Bedenken ja auch auf seiner mangelhaften Beherrschung der neuen Möglichkeiten. Leylas stolzer Gang auf spitzen Absätzen über rissiges Trottoir bewies es: Sie hatte in der neuen Welt und deren Hauptstadt längst ihre Balance gefunden. Sie ignorierte die Blicke der anderen Gäste, gab ihm einen Kuss auf die Wange und setzte sich zu ihm.

Wenn ich dich nicht schon kennen würde, sagte er, würde ich jetzt alles tun, um deine Bekanntschaft zu machen.

Sie versetzte ihm einen Kick gegen das Schienbein. Warum seine Komplimente immer so ironisch ausfielen, fragte sie und fuhr gleich fort: Also wie war das in der Steinzeit, als man sich noch Liebesbriefe mit Tinte schrieb, oder warst du der Pionier mit dem Ballpen?

Ab wann gab es eigentlich Kulis?

Bitte keine Ablenkung. Ich erwarte jetzt einen Bericht über deinen ersten Liebesbrief und das Warten auf den Postboten.

Nur mit ein paar Strichen hatte er die Geschichte seiner ersten Liebe skizzieren wollen, um auf sein Thema zu kommen. Aber Leyla interessierte sich für die Details. War es denn überhaupt deine erste Liebe? So erzählte er ihr denn von der ersten, nein, der zweiten Liebe seines Lebens zu einer Geigerin aus der Schweiz.

Sie war übrigens sechs Jahre älter als ich.

Nur damals, fragte Leyla, hast du noch Kontakt zu ihr?

Was soll das?, fragte Roland und fuhr mit seiner Erzählung fort. Er hatte Madeleine bei einem Festival für barocke Musik im Schwarzwald kennengelernt – Black Forest, Black Woods, egal. Er kannte den englischen Namen nicht und Leyla konnte mit beiden Übersetzungen nichts anfangen. Madeleine war Konzertmeisterin in einem kleinen Barockorchester, er saß bei den zweiten Geigern – nicht gerade ein idealer Ausgangspunkt für eine Eroberung. Aber nach einem Konzert von Albinoni, bei dem Madeleine das Solo spielte, passierte es. Er wisse nicht mehr, wie und warum es dazu gekommen sei …

Weil sie so einen schönen Rücken hatte, schlug Leyla vor.

Madeleine hat die Initiative ergriffen, sagte Roland.

Du hast natürlich gar nichts dazu getan, du Ärmster, sie hat dich praktisch vergewaltigt …

Verführt, korrigierte er sie leise, da es nach ihrem letzten Wort am Nebentisch still geworden war. Es war für mich das erste Mal und du weißt, wie es beim ersten Mal abläuft …

Keine Ahnung, wie es beim ersten Mal vor hundert Jahren abgelaufen ist. Erzähl doch!

Es war erhaben, großartig, unbegreiflich. In Wahrheit kann ich mich an gar nichts mehr erinnern, weil ich nach dem unendlichen Erguss sofort eingeschlafen bin.

Leyla war entsetzt.

Ein Glück, dass ich dir damals nicht über den Weg gelaufen bin. Die Gnade der späten Geburt, sagt man, glaube ich, in Deutschland. Und weiter?

Wenn du mich ständig unterbrichst, erzähle ich dir gar nichts mehr.

Am nächsten Morgen, fuhr er fort, habe er sich gefühlt wie jemand, der eine Schwelle überschritten hat. Wie gesagt, an die Nacht mit Madeleine könne er sich nicht erinnern. Aber als sie mit ihm in ihrem Simca durch die Berge fuhr – niemand fuhr damals mit einem Simca durch den Schwarzwald und schon gar nicht an der Seite einer Geliebten, die sechs Jahre älter war als er! –, war er sicher, dass ein neues Leben angefangen hatte. Madeleine liebte ihn und er liebte sie, und es war ohne Worte klar, dass sie nie mehr auseinandergehen würden. Irgendwo hatten sie Rast gemacht, sich unter einer der himmelhohen Tannen ins Gras gelegt und in die vorbeiziehenden Wolken geschaut. Er habe sich unendlich erwachsen und begehrt gefühlt. Am Abend war Madeleine zurück nach Zürich gefahren, nachdem sie sich geschworen hatten, sich wiederzusehen und jeden Tag zu schreiben …

Mit Tinte oder mit dem Kuli?

Er habe mit einem Füller der Marke Pelikan geschrieben, der ständig kleckste, erwiderte Roland ungeduldig. Da man die Tintenschrift nicht korrigieren konnte, habe er manchmal eine ganze, schon vorn und hinten beschriebene Seite in den Papierkorb geworfen, aus Furcht, dass Madeleine eine zu gewagte, von ihm durchgestrichene Stelle doch erraten könnte! Die Post brauchte zwei bis drei Tage für die Zustellung. Und dann dauerte es wieder zwei bis drei Tage, bis die Antwort eintraf. Die Wellen der Aufregung beim Schreiben und Empfangen – das alles zog sich über eine ganze Woche hin.

Ist es nicht eine Erlösung, fragte Leyla, dass wir nicht mehr auf die Post angewiesen sind? Was stört dich daran, dass man nicht mehr Tage auf eine Antwort warten muss; dass sich die Erregungen, von denen du sprichst, dank SMS gleich mehrmals am Tag einstellen können?

Aber sind damit nicht alle ständig überfordert?

Du vielleicht! Egal, wie ging es weiter mit Madeleine?

Roland hatte keine Lust mehr weiterzuerzählen. Er

hatte Leyla anhand seiner Geschichte mit Madeleine etwas über den Unterschied zwischen einem geschriebenen Liebesbrief und einer SMS, zwischen seiner und ihrer Wahrnehmung der Zeit, erklären wollen – und ärgerte sich jetzt, dass er sein Vorhaben verfehlt hatte. Leyla schien dieses Thema nicht zu interessieren. Stattdessen wollte sie die ganze Geschichte mit Madeleine hören. Sie sei ganz sicher, dass er das Wichtigste verschweige. Schließlich erzähle er von seiner ersten Liebe. Folglich sei diese Geschichte irgendwann an ein Ende gekommen, um einer zweiten und dritten Liebe Platz zu machen. Und sie, die womöglich letzte Dame seines Herzens, habe ein Recht zu erfahren, was mit der ersten schiefgegangen sei.

Er war sich nicht ganz sicher, was sich eigentlich in welcher Reihenfolge zugetragen hatte. Weil Madeleine in einem Züricher Orchester angestellt war, lag es an ihm, das Versprechen auf ein Wiedersehen wahrzumachen. An jedem zweiten oder dritten Wochenende war er nach Zürich getrampt. Die Reise dorthin war noch das geringste der logistischen Probleme. Nicht nur, dass Madeleine auch am Wochenende oft in ihrem Orchester spielen musste; sie wohnte mit ihren 23 Jahren noch bei ihren Eltern. So musste er warten, bis ihre Eltern eingeschlafen waren – oft bis Mitternacht. Erst wenn sie ihm mit einer Taschenlampe ein Zeichen gab, war es ihm gestattet, über die Feuerleiter in ihr Schlafzimmer einzusteigen.

Lag es im zweiten oder im dritten Stock?, fragte Leyla.

Im dritten!

Bravo. Und weiter?

In Madeleines viel zu schmalem Bett hatten sie sich dann geliebt, wobei Madeleine ihm, wenn er zu laut wurde, mit ihrem Kissen den Mund verschloss. Beim Morgengrauen hatte sie ihn geweckt. Er hatte seine am Fußende verstreuten Sachen aufgelesen, sich hastig angezogen und war über die Feuerleiter wieder abgestiegen. Meist hatte er sich auf einer Bank im nahen Park ausgeschlafen, bevor er sich auf den Rückweg machte.

Es war nicht immer gut gegangen. Einmal war Roland, als er sich im Schlaf auf die falsche Seite drehte, aus dem Bett gefallen. Das Geräusch hatte Schritte auf der Treppe ausgelöst. Nur mit seiner Unterhose bekleidet war er über die Feuertreppe geflüchtet, Madeleine hatte ihm Hemd und Hose nachgeworfen. Aber eine Socke blieb im Kirschbaum hängen – ein Rätsel, das Madeleines Eltern eine ganze Woche lang beschäftigte.

Für das nächste Treffen hatte Madeleine mit ihm eine andere Verabredung getroffen. Diesmal war sie es, die nach dem Zeichen mit der Taschenlampe zu ihm kam und über die Feuerleiter abstieg. Sie führte ihn an eine verschwiegene Stelle des Parks. Die Freiheit unter offenem Himmel, die Unbekümmertheit um Tritte auf der Treppe setzte einen Leichtsinn frei, den sie bisher nicht gekannt hatten. Doch als Madeleine ihm ihren weißen Hintern entgegenstreckte, erlitt er einen Schock.

Der arme kleine Roland, stichelte Leyla, er war erst siebzehn!

Auf der linken Pobacke, fuhr Roland fort, habe er etwas Dunkles gesehen, einen großen runden Flecken, den er zunächst für ein Tier gehalten habe. Für ein schwarzes Tier, das sich bewegte!

Was für ein Tierchen war es denn?

Es war ein apfelgroßes Muttermal, das von einem kräftigen schwarzen Haarkranz umsäumt war.

Leyla brach in ein Lachen aus, das wieder einmal so ansteckend war, dass der Mann am Nebentisch, der ihr am nächsten saß, sich Mühe geben musste, nicht mitzulachen.

Na und?, brachte sie hervor.

Der dunkle Fleck auf dem wunderschönen Po habe ihn derart erschreckt, dass er wie gelähmt war. Seine Erregung sei verpufft, sein Penis habe sich verkrochen. Und obwohl er diese Stellung von nun an mied, sei ihm ständig, wenn er mit Madeleine zusammen war, dieser Fleck vor Augen gestanden.

Warum hast du ihr nicht vorgeschlagen, den Fleck zu pudern? Oder besser: ihn mit Lippenstift zu umranden?

Sie könne sich wohl denken, dass er mit Madeleine nie über diesen Fleck gesprochen habe! Wochen später hatte sie ihm einen Heiratsantrag gemacht. Seine Eltern hatten den Brief auf seinem Schreibtisch gefunden und ihn streng verhört. Sein Vater hatte einen Wutausbruch gehabt und ihm die Wochenendausflüge nach Zürich untersagt. Roland sei von Madeleines Antrag tief bewegt und eigentlich bereit gewesen, mit ihr durchzubrennen. Was ihn am Ende davon abgehalten habe, sei nicht der Zorn seiner Eltern gewesen. Sondern der unbegreifliche dunkle Fleck.

Arme Madeleine!, seufzte Leyla. Du warst ja schrecklich, ein kleines Monster! Was dich selbst betrifft, kann ich aus meiner bescheidenen Erfahrung sagen, dass du vom Anblick dieses hübschen Muttermals kein Trauma davongetragen hast. Eher eine besessene Vorliebe für die Rückseite einer Frau! Ich glaube, du suchst ständig nach dem dunklen Fleck!

Sie verabschiedete sich mit einem Kuss und wischte ihm den Abdruck ihrer Lippen fürsorglich von der Wange.

Noch am Abend dieses Tages eine SMS von ihr: Warum musstest du so früh geboren werden? Konntest du nicht wenigstens noch zehn Jahre warten? Ich räume ein, dass du mir denselben Vorwurf machen könntest: Warum bin ich nicht zehn Jahre früher auf die Welt gekommen?

Er antwortete mit einem Satz des russischen Anarchisten Welimir Chlebnikow: Zweifellos wäre es das Beste, man wäre nicht geboren. Aber wem passiert das schon?

Sie belohnte ihn mit drei Smileys und wechselte das Thema. Er hatte ihr den letzten Roman eines befreundeten Autors geschenkt. In dem Buch sei sie auf eine Stelle gestoßen, die sie angestrichen habe. Der Romanheld beschreibe seine Wunschvorstellung von einer

Frau mit dem Dreiklang: »Unschuld plus Intelligenz plus Perversion«. Wie gut dieser Autor mich getroffen hat, ohne mich zu kennen, kommentierte Leyla. Hast du ihm von mir erzählt? Ich vermisse dich.

Diese Textstelle im Roman, die ihm gar nicht aufgefallen war, hatte Leyla, fand er, nicht ganz zu Unrecht auf sich bezogen. Dass sie neugierig, schnell im Kopf und lebensklug war – und ihm in dieser letzten Disziplin überlegen –, hatte sie oft genug bewiesen. Was ihr erotisches Leben anging, war sie eine Abenteurerin. Einmal, als sie auf seinem Laptop gemeinsam eine verschwundene Mail von ihr suchten, rief sie eine Pornoseite auf und forderte ihn auf, unter den ersten zwölf angebotenen Videos eines anzuklicken, das ihn ansprach. Da er sich zierte, wählte sie für ihn das eine und das andere Video aus, das ihm nach ihrer Einschätzung gefallen musste. Und freute sich dann wie ein Kind, als er ihr beim dreiundzwanzigsten Video gestand, ja, dieses Filmchen würde er sich ansehen. Übrigens gebe es auf dieser Website eine, aber wirklich nur eine Spielerei, die sie erregend finde: eine Massage, aber eine ganz spezielle Massage, die gleichsam für sie erfunden sei. Nein, sie werde ihm dieses Video nicht zeigen, und er werde es unter den Hunderten von Angeboten auch nicht finden. Diese Vorliebe von ihr müsse er schon selbst herausfinden.

Nein, unschuldig war sie nicht. Ihre Schamlosigkeit oder Unerschrockenheit in sexuellen Dingen hatte etwas Programmatisches; sie schien einer Neugier zu entspringen, die Wissenschaftlern eigen ist. Gleichzeitig gab es eine andere Seite von Leyla, die in den drei Eigenschaften aus dem Roman nicht zum Ausdruck kam. Woher rührte ihre Unruhe, ihre Rastlosigkeit, die sie schon zu Beginn ihrer Bekanntschaft offenbart hatte? Warum reagierte sie so heftig, ja allergisch, wenn er ihr erzählte, was ein gemeinsamer Freund ganz nebenbei über sie gesagt hatte? Warum wollte sie so unbedingt den genauen Wortlaut wissen? Sie hatten ja so gut wie keinen gemeinsamen Freund in New York außer Larry. Und warum verbot sie ihm regelrecht, mit irgendjemandem, den sie gemeinsam kannten, über sie zu sprechen? Warum nahm sie ihn nie mit zu den Partys, zu denen sie eingeladen war? Und was war mit dem verstorbenen Geliebten, dem sie angeblich nachtrauerte? Jede noch so vorsichtige Nachfrage von Roland hatte Leyla mit aggressivem Schweigen beantwortet. Existierte dieser Geliebte überhaupt?

Es gab eine melancholische, vielleicht sogar eine depressive Seite von Leyla, ein Rätsel, zu dem sie ihm jeden Zugang verwehrte.

# 13

Fünf Tage vor seiner Abreise kam es zum Streit. Er hatte, ohne an andere Betrachter zu denken, ein paar Fotos an einer der langen weißen Wände seines Appartements aufgehängt. Fotos seiner Familie aus einer Zeit, als sein längst erwachsener Sohn Adrian noch im Kindesalter war – im Arm der strahlenden Simone oder auch an seiner, an der Hand des Vaters. Leyla bewunderte diese Bilder, die junge Mutter und ihn, den Vater, der damals kaum älter war als Leyla jetzt. Sie betrachtete die Fotos wie die Besucherin einer Ausstellung, die genug Abstand hat, um ein abwägendes Urteil abzugeben.

Als diese Fotos gemacht wurden, sagte sie, müsst ihr sehr glücklich gewesen sein!

In diesem Augenblick wusste er, was Leyla durch den Kopf schoss – und schon brach es aus ihr heraus. Sie sehe sich in der Rolle dieser Frau und könne sich nicht abfinden mit der Zeitverschiebung, die Roland ihr zumute. Genau wie diese Frau wolle sie ein Kind, natürlich nicht dieses Kind, sondern ein eigenes – und zwar von ihm. Und dann sagte sie es Wort für Wort:

Seit vielen Jahren wolle sie ein Kind, habe aber bisher nicht den richtigen Mann gefunden. Er sei dieser Mann, ganz egal wie alt er sei oder sich fühle.

Zuerst freute er sich, konnte sich sogar, als sei er gänzlich aus der Zeit gefallen, eines Anflugs von Stolz nicht erwehren. Wie hatte er das geschafft? Dass Leyla ausgerechnet ihn zum Vater ihres Wunschkindes auserkoren hatte? Gleich darauf ergriff ihn ein Gefühl von Panik. Er hatte nie ernsthaft überlegt, warum Leyla keine Kinder hatte, hatte sie auch nie danach gefragt. Dabei hatte sie ihm doch immer wieder, nicht nur mit der Geschichte über ihren jüdischen Freund, deutliche Signale gegeben. Warum hatte er sie überhört? Irgendwie, ohne sie zu fragen, war er zu dem Schluss gekommen, dass dieses Kapitel für sie abgeschlossen war. Hätte sie sich sonst auf ihn eingelassen – auf einen Mann, bei dem sie doch als Erstes fragen musste, welches Risiko sie mit einem Samengeber seines Alters eingehen würde!

Er entschloss sich, ihr jetzt und hier die Wahrheit zuzumuten. Seine Wahrheit, obwohl er wusste, dass er damit wahrscheinlich nicht nur die bevorstehende Nacht mit Leyla, sondern alle verbleibenden Nächte in New York ruinierte.

Ein Vater, sagte er, der genau wisse, dass er sein Kind nicht mehr ins Leben begleiten könne, sei nach seinem Gefühl ein miserabler, ein verantwortungsloser Vater. Was außer Gute-Nacht-Geschichten könne er diesem Kind noch bieten? Ein Vater, der seinem Kind nicht mehr das Skilaufen, das Fußballspielen und das Tanzen beibringen könne; der schon bei einfachsten Computerspielen versage, weil ihm die Reflexe fehlten, sei eine Fehlbesetzung. Eine solche Lachfigur von einem Vater wolle er nicht sein. Es sei nicht fair gegen das Kind und auch nicht gegen sie, die Mutter.

Are you sure?

Eine kurze Frage, die über alles entschied. In Leylas dunklen Augen sah er eine Enttäuschung, eine Trauer, einen Zorn, den er nicht heilen konnte. Er wünschte sich einen Einfall, eine überraschende Bemerkung, die sie zu einem Auflachen bewegen könnte. Ihm fiel nichts ein.

Leyla brach in Tränen aus. Wie er so kalt auf ihren Wunsch reagieren könne, der ja in Wahrheit ein Angebot an ihn war. Denn nicht er, der ach so verantwortungsvolle Vater, würde sich ja am Ende um das Kind kümmern müssen, sondern sie! Was er sich einbilde?! Da lehne er aus einer angemaßten Verantwortung die Chance auf einen letzten Nachkommen ab. Um endgültig und in Würde allein zu sein?

Er versuchte, sie an sich zu ziehen, sie zu umarmen. Sie stieß ihn weg, ergriff ihre Handtasche und ging. Für sein Gefühl ging sie zehnmal, und zehnmal versuchte er, sie zurückzuhalten. Nie war sie ihm begehrenswerter erschienen als in dem Augenblick, als sie mit dem Rücken zu ihm vor dem Fahrstuhl stand und den Kopf mit dem schwarzen Pferdeschwanz nicht mehr zu ihm drehte, als sie einstieg.

Sie meldete sich nicht am nächsten Tag und auch nicht am übernächsten. Seine Nachrichtenbox, die er nun alle paar Stunden aufrief, blieb leer.

Er war sich klar darüber, dass der drohende oder schon vollendete Verlust von Leyla ihn erpressbar machte; dass er sich in den nächsten Tagen mit allen möglichen Kompromissvorschlägen plagen würde, vor allem aber mit dem Zwang, sie anzurufen.

Und genauso war es. Der Tumult in seinem Inneren ließ ihm keine Ruhe. War diese Zufallsbekanntschaft, die fast hinter seinem Rücken eine Liebe geworden war, nicht seine letzte Rettung vor dem endgültigen Alleinsein? Sollte er nicht alles Mögliche und auch Unmögliche versuchen, um Leyla zu behalten? Schließlich hatte Picasso noch mit weit über achtzig Kinder in die Welt gesetzt! Von irgendwelchen Skrupeln des Meisters war nichts bekannt.

Der Fall eines vorher unbescholtenen amerikanischen Gouverneurs von New York, eines tapferen Ritters im Kampf gegen Wallstreet-Banker, trat Roland vor die Augen. Der gute Mann ruinierte sich und seine Mission, weil er es unbedingt für nötig hielt, ein Foto seines erigierten Penis an seine junge Geliebte zu mailen. Die dieses Foto dann, da sich der tapfere Ritter am Ende doch für seine Familie entschied, meistbietend an die Presse weitergab. Und wie war der Irrsinn von David Petraeus, des höchsten Generals der US-Army, zu erklären? Er hatte von seinem privaten E-Mail-Konto zwanzigtausend intime Botschaften an eine Assistentin verschickt, die jünger war als seine Tochter, und dabei offenbar vergessen, dass der Geheimdienst pflichtschuldigst auch den privaten Briefverkehr des Generals überwachte. Wie gewaltig, wie verheerend musste der

Drang nach einem letzten Liebes-Aufstand sein, dass er selbst skrupellose Machtmenschen dazu trieb, alle Vorsichtsmaßnahmen zu vergessen! Der Gewinn, den das Aufwallen einer solchen Leidenschaft versprach, musste offenbar so groß sein, dass er diesen Männern den Verlust ihrer Karriere, ihrer bürgerlichen Ehren und selbst den finanziellen Ruin wert war.

Worin genau bestand dieser Gewinn? Die Gier nach einem zu lange entbehrten sexuellen Kick konnte es nicht sein. Der wäre durch den Kauf einer Prostituierten billiger zu haben. Nein, es musste etwas anderes sein, das schwieriger zu erlangen war als ein Orden: die Illusion einer lange nicht mehr oder so noch nie erlebten Leidenschaft, einer idealen, nicht nur körperlichen, sondern seelischen Übereinstimmung, eines letzten und beglückenden Aufstands gegen den Tod, der seine Kraft gerade aus dem Verbot einer solchen Liebe zog. Und offenbar gehörte es zu den Nebenwirkungen dieser Droge, dass sie den Gefahreninstinkt vollständig außer Kraft setzte.

Wie leer und sinnlos musste diesen Gefallenen auf dem Schlachtfeld der Liebe das Funktionieren in ihren vermauerten Ehen und Büros erschienen sein, wenn sie so viel riskierten? »Wenn ich mit Menschen- und mit Engelzungen redete, und hätte der Liebe nicht, so wäre ich ein tönend Erz oder eine klingende Schelle.« So betörend hatte es Jesus Christus, der Sonnyboy der Liebe, im Neuen Testament gesagt. Allerdings hatte er mit diesem Satz wohl eher eine selbstlose, die Menschheit umfassende Liebe jenseits des Geschlechtstriebs gemeint. Und dennoch war es nichts Geringeres als die Sucht nach Liebe, am Ende wohl auch ohne Sex, wonach diese alten Männer im Winter ihres Lebens gierten, mehr als nach jedem anderen Gut.

Heirate sie, hatte ihm sein Freund Alexander geraten, als Roland ihm am Telefon von seinem Glück mit Leyla erzählte. Alexanders Vorschlag kam ihm wie eine Aufforderung zum Verrat vor. Sollte er Leyla wirklich in diese Falle locken – Leyla, die im Vergleich zu ihm noch zehn Leben vor sich hatte? Doch nun bohrte Alexanders Rat in ihm.

Er konnte dabei zusehen, wie seine Angst, Leyla zu verlieren, seine guten Gründe gegen eine verspätete Vaterschaft immer weiter herunterhandelte.

Zwei Tage vor seiner Abreise rief Leyla ihn an. Sie wolle sich von ihm verabschieden – nicht in seiner Wohnung, sondern in einem Café. Sie schien bester Laune zu sein, als sie sich trafen, gab sich redefreudig, ja fast beschwingt, und vermied jede Anspielung auf den vorangegangenen Streit. Sollte dies der Anfang eines Übergangs sein – des Übergangs einer Leidenschaft in eine Freundschaft? Als sie aufstanden und einander umarmten, widerstand Leyla seinem Versuch, sie an sich zu drücken und zu küssen. Im Augenblick des Abschieds bildeten sie das umgekehrte V, das Roland so hasste.

# 14

Als er seine Wohnung in Berlin betrat, war es ihm, als nehme er einen fremden Geruch wahr. Er ging in die Küche und öffnete das Fenster. Schon nach wenigen Minuten hatte sich der Geruch verflüchtigt – oder hatte er sich bereits an ihn gewöhnt? Er griff in das Weinregal, um aus dem Rotwein-Sortiment eine seiner jüngsten Lieblings-Flaschen herauszuziehen. Da er wusste, in welchem Fach die Flaschen lagen, griff er blind hinein. Er fasste ins Leere und stellte beim genaueren Hinsehen fest, dass alle Flaschen der gesuchten Marke fehlten.

Aber auch in den darüber und darunterliegenden Fächern waren Lücken zu erkennen, die sich durch Illusionen über seinen eigenen Verbrauch nicht erklären ließen. Zugegeben, gerade nach dem Genuss von einer Flasche Rotwein vergaß er Hunderte von Namen und Buchtiteln, aber so gut wie nie die Marke eines Weins, der ihm geschmeckt hatte, und auch nicht die Zahl der Flaschen, die er von diesem Wein noch in Reserve hatte. Ein erster Überblick ergab, dass es sich bei den Dieben um Weinkenner handeln musste: Bei der Auswahl der geklauten Flaschen waren sie weitgehend seiner privaten Bestenliste gefolgt.

Er ging zur Eingangstür, untersuchte das Schloss und die eingebaute Stahl-Barriere. Er konnte keinen Hinweis auf eine Gewalteinwirkung entdecken. Auch durch die Fenster und die Terrassentür konnten sie nicht gekommen sein – alles war intakt. Er überlegte, wer einen Zweitschlüssel zu seiner Wohnung hatte; es waren mehrere Personen. Aber sein Nachbar Max, zweifellos ein Weinkenner, wäre nach seinem letzten Sturz nicht zu einem Griff in die oberen Lagen des Regals fähig gewesen. Seine Putzfrau, zu der er ein freundschaftliches Verhältnis unterhielt, würde ihm so etwas nicht antun. Und sein Sohn Adrian, der eine erlesene Schnapsbar unterhielt, machte sich nichts aus Wein. Hör sofort auf mit diesen widerwärtigen Verdächtigungen! Sie richten einen größeren Schaden an als die Einbrecher!

Mit einiger Verspätung verfiel er auf die nächstliegende Idee: der Notschlüssel im Treppenhaus! Er hatte ihn an einer losen Stelle unter die Teppichauflage der Flurtreppe geschoben. Wer in unserem Alter keinen Zweitschlüssel im Haus bereithält, hatte ihm Max gesagt, verbraucht einen beträchtlichen Teil seiner Pension für den Schlüsseldienst.

Er ging zu dem Versteck und fand es leer. Leider hatte er vergessen, wann er seinen Erstschlüssel zum letzten Mal vergessen und den Ersatzschlüssel benutzt hatte. Ebenso wenig erteilte ihm sein Gedächtnis Auskunft auf die Frage, ob er den Ersatzschlüssel nach Gebrauch wieder in das Versteck gelegt hatte. Entweder hatten die Diebe ihn – für spätere Einbrüche – mitgenommen, oder sie hatten ihn in der Wohnung gelassen.

Bei seiner Suche entdeckte er zwar nicht den Ersatzschlüssel, aber das Fehlen von anderen Gegenständen, die ihm wichtig waren. Der elegante, in Harvard erstandene Lederrucksack, der immer an der Garderobe hing, war verschwunden. Auch sein Toshiba-Laptop – ein identisches Exemplar des Laptops, mit dem er reiste – fehlte. Offenbar war er in seinem Rucksack aus der Wohnung getragen worden. Sonst vermisste er – vorläufig – nichts. Vor seinem inneren Auge entstand das letzte Bild, das die nicht vorhandene Kamera im Hausflur von den Dieben aufgenommen hätte – es mussten zwei gewesen sein, weil einer allein die vielen Flaschen gar nicht hätte tragen können –: Mit dem Laptop im Rucksack und vier oder fünf prall mit Flaschen gefüllten Plastiktüten waren sie in den Fahrstuhl gestiegen.

Immerhin: Die Geldscheine in seinen zweitausend Büchern hatten sie nicht gefunden; den Kristalllüster aus Venedig, die gerahmten Reproduktionen von da Vincis Rötelzeichnungen an den Wänden, darunter ein Original, hatten sie nicht interessiert.

Er hatte gehört, dass Einbruchsopfer häufig über ein Trauma klagten, das auf Kosten der Krankenkasse behandelt werden konnte: über ein Gefühl von Schutzlosigkeit, über Panikattacken in der Nacht, über durch die Verletzung ihrer Intimsphäre ausgelöste Weinkrämpfe. Einige der Geschädigten konnten diese Gefühle nur überwinden, wenn sie in eine andere Wohnung zogen.

Er war sicher, dass ihn keine dieser Empfindungen plagen würde. Vielleicht deswegen nicht, weil es sich bei seinen Einbrechern offenbar um Leute handelte, die zumindest in kulinarischer Hinsicht eine gewisse Bildung an den Tag gelegt hatten. Sie hatten seine Wohnung nicht verwüstet und nur mitgenommen, was zum eigenen Verbrauch bestimmt war. Wahrscheinlich hatten sie sich im nächsten Park oder auf einem Parkplatz hinter der polnischen Grenze – warum denn immer Polen, Roland?! – einen guten Abend gemacht. Aber den gestohlenen Laptop verzieh er ihnen nicht. Sie würden ihn plattmachen und ihn für zweihundert Euro an einen Schwarzhändler verkaufen. Er verbot es sich, jetzt über Daten nachzudenken, die er nicht gesichert hatte. Und doch musste er gegen einen plötzlichen Tränenausbruch kämpfen. Es war nicht nur der Einbruch und der Abschied von Leyla, der ihn die Fassung verlieren ließ, sondern alles zusammen. Dass ihn niemand vom Flughafen abholte, dass ihn niemand in seiner Wohnung erwartete, dass er allein war und bleiben würde.

Mit einem Glas und einer verbliebenen Flasche seines Chateau-Chapeau-Olivier-Sortiments setzte er sich auf die Terrasse.

Dort erwartete ihn eine andere Überraschung. Seine italienischen Topfpflanzen – der rote Hibiskus, der Zitronenbaum, die Bougainville und der Oleander –

waren gewachsen und zeigten, für sein Gefühl zwei Monate zu früh, bereits einige Blüten. Wie konnte das sein? Hatten in Berlin etwa tropische Temperaturen geherrscht?

Er klingelte bei seinem Nachbarn Max. Seitlich der Wohnungstür stand immer noch Max' Gehhilfe. Es dauerte lange, bis Roland schlurfende Schritte hinter der Tür hörte. Max öffnete im Morgenmantel, darunter trug er eine Bluejeans. Roland verbot sich den Blick auf Max' Hose. Seinen Bart hatte er gepflegt. Roland entschuldigte sich für den Überfall, schließlich hätte er ja anrufen können. Max lud Roland in sein Wohnzimmer ein und ging voraus. Roland stellte fest, dass Max inzwischen wieder leidlich laufen konnte, nur hin und wieder suchte er Halt an der Wand des langen Flurs.

Wie es ihm gehe, fragte Roland, als sie saßen. Großartig, sagte Max, er sei wieder da und könne auf fast alle Hilfen – Gehhilfen, Kochhilfen, Anziehhilfen – – verzichten. Nur auf gewisse Stehhilfen sei er noch immer angewiesen, aber da gehe es ihm vermutlich nicht anders als Roland.

Wie denn das erstaunliche Wachstum auf der Terrasse zustande gekommen sei, wollte Roland wissen. Es ist doch erst April!

April? Bist du sicher?, fragte Max. Er müsse Roland etwas gestehen. Er habe seine eigenen wie auch Rolands Pflanzen einen ganzen Monat lang nicht begossen. Genauer, seine Schwester habe seinen Auftrag zum Begießen nicht erfüllt, wie sie überhaupt einige Aufträge von ihm boykottiere. Beim Anblick der fast verdorrten Pflanzen sei ihm die rettende Idee gekommen: Hormone!

Hormone?

Östrogen! Antibaby-Pillen! Das Wachstum der Pflanzen auf deiner Terrasse ist eindeutig einer Beigabe von Östrogen im Gießwasser zu verdanken!

Wo hast du denn die Pillen hergehabt?

Jeder von uns kennt doch Frauen, die die Pille nicht mehr brauchen, aber immer noch Massen davon in ihren Arzneischränken verwahren!

Es klingelte, Max wurde nervös. Roland erbot sich, an die Tür zu gehen, aber Max hielt ihn zurück. Keine Hilfen mehr, hörst du, auch nicht beim Türöffnen! Er wuchtete sich hoch und schleppte sich zum Flur. Er müsse sowieso gehen, sagte Roland und folgte ihm dicht auf den Fersen, um ihn notfalls auffangen zu können. Max öffnete und begrüßte eine grell geschminkte Frau in einem Pelz, mit dem man in Berlin Attacken von Tierschützern riskierte. Sie lächelte Roland an, als Max ihn als seinen Nachbarn vorstellte. Dobre halzalovat!, sagte sie und durchschritt selbstbewusst den Flur. Max folgte ihr und winkte Roland mit dem Handrücken zu, ohne sich nach ihm umzusehen. Der Duft eines russischen Parfums erfüllte den Flur.

Im Hinausgehen schoss es Roland durch den Kopf, ob es Max' Besucherin gewesen war, die ihn mit Antibaby-Pillen versorgt hatte. Und einigen ihrer Landsleute im Milieu vielleicht die Beobachtung vermittelt hatte, dass Rolands Wohnung seit Wochen unbewohnt war.

Wenig später nahm ein sympathisches junges Polizisten-Pärchen an den Türklinken und Fenstergriffen seiner Wohnung Fingerabdrücke ab. Sie waren ihm gegenüber höflich und zuvorkommend, aber auch so freundlich miteinander, dass Roland sich fragte, ob es sich um ein Liebespaar handele. Wie hoch die Aufklärungsquote bei Wohnungseinbrüchen in Berlin denn sei, wollte er wissen. Sie liege im unteren zweistelligen Bereich, teilte ihm die blonde Polizistin mit. Seine anschließende Internet-Recherche mit dem Handy führte zu einem ganz anderen Ergebnis. Einbrüche in Berlin waren seit zwei Jahren sprunghaft angestiegen, die Aufklärungsquote lag bei 6 Prozent. Es war eine handfeste Nachricht für Diebe wie für Bestohlene: Wohnungseinbrüche in Berlin waren praktisch ohne Risiko.

## 15

Anderentags erzählte er seinen Studenten von seinem Pech und erheiterte sie mit der Bemerkung, dass die Diebe von einem Seminar wie diesem profitiert hätten. Hätten sie gewusst, wer Leonardo da Vinci war, hätten sie ein paar Weinflaschen dagelassen und dafür ein paar von seinen wertvollen Zeichnungen mitgenommen. Übrigens, was heißt Einbruch auf Lateinisch, fragte er. Kein Arm hob sich. Er schrieb das Wort an die Tafel: »Impetus« und erschreckte die Studenten mit dem Vorschlag: Heute wird hier nur Latein gesprochen.

Bei der Lektüre der Seminararbeiten sei ihm aufgefallen, erklärte Roland, dass deren Verfasser Leonardos Texte ausschließlich in der englischen Übersetzung zitierten. Die in Anführungszeichen gesetzten lateinischen Schlüsselbegriffe seien ihnen offenbar ein Rätsel. Obwohl doch alle Teilnehmer des Seminars den Abschluss des großen Latinums nachgewiesen hatten! Die Deklination der lateinischen Nomina, von der Konjugation der Verben ganz zu schweigen, sei ihnen offenbar abhandengekommen. Dabei sei Latein ja immer noch eine lebende Sprache, ganze Kongresse – nicht nur im Vatikan – würden in der Lingua latina abgehalten. Deswegen habe er sich vorgenommen, das verrostete Latein seiner Studenten durch eine kleine Übung aufzufrischen. Jeder solle sich mit seinem Namen, Interessengebiet, Wohnort in lateinischer Sprache vorstellen. Also etwa mit Marcus statt Marco oder Petrus statt Peter oder Maria statt Mary. Vornamen wie Sven, Moritz oder Helmut, die sich keines lateinischen Ursprungs rühmen konnten, waren fantasievoll in eine lateinisch klingende Variante zu übersetzen. Improvisationen, Annäherungen, haarsträubende Fehler jeder Art seien erlaubt; bestraft werde nur die Flucht ins Deutsche oder Englische – und zwar mit zehn Cent pro Wort, sofort zahlbar in den hier aufgestellten Plastikbecher.

Nach dem allgemeinen Aufstöhnen nahm ein herrlicher Wirrwarr im Asterix-Latein seinen Lauf. Natürlich wurde kein Wort über Mona Lisa und Leonardos Theorie über Licht und Schatten laut. Die Konversation erschöpfte sich in der gegenseitigen Vorstellung mit lateinisch klingenden Fantasienamen und Geburtsorten. Gelegentlich korrigierte er die Aussprache – die Forschung sei sich längst einig, dass das C auch vor hellen Vokalen – wie in Caesar, das bekanntlich zu Kaiser wurde – mit einem K und eben nicht mit einem aspirierten C gesprochen wurde! Also Kaisar und Kikero statt Zäsar und Zizero! Ungläubiges Staunen erzielte Roland mit der Behauptung, dass es kaum ein Wort im heutigen Vokabularium des Alltags gebe, das sich nicht – mit einigen Umwegen – auch lateinisch ausdrücken ließ. Natürlich komme auch das scheinbar urdeutsche Wort »Sport« aus dem Lateinischen – vom Verb »disportare« wegtragen, zerstreuen. »Fußball« sei nach den lateinischen Wortbildungsregeln als »pedifolium« zu übersetzen. »Automobil« – halb griechisch, halb lateinisch – würde ein Römer, weil er die Mischung zwischen Griechisch und Latein verabscheute, eher »Vehiculum« nennen. Ein Fahrzeug »abzuschleppen« sei schon in der Antike ein alltäglicher Vorgang gewesen, habe sich aber meist auf abgeschleppte Schiffe bezogen: »Naves revulcatare«.Das Wort »Autor« habe selbstverständlich auch einen lateinischen Ursprung, nämlich »Auctor«, sei aber schon im Lateinischen aus Respekt vor schreibenden Frauen mit der Variante »Autrix!« feminisiert worden.

Als die Stunde um war, holte Roland einen Korkenzieher, fünf erlesene Rotweinflaschen und zwölf Plastikbecher aus einer mitgebrachten Plastiktüte. Und jetzt, sagte er, begeben wir uns wieder auf bekanntes Gelände: in vino veritas! Und verteilte seine Mitbringsel an die Klasse.

Ein Nebenertrag seines Einfalls bestand darin, dass sich seine Studenten alle mit einer lateinischen Version ihres Vornamens vorgestellt hatten. Und lateinische Namen, auch wenn sie fantasiert waren, konnte Roland sich besser merken.

## 16

Clemente hatte die Verabredung, die Roland diesmal auf den Stuttgarter Platz gelegt hatte, abgesagt. Ich hasse Absagen, schrieb er, weil ich inzwischen fürchte, dass ihnen bald keine Zusagen mehr folgen werden. Aber nach einem Sechskilometerlauf habe er einen colpo di strega erlitten – einen Hexenschuss – und könne sich im Augenblick nur auf allen vieren bewegen.

Winfried war zwar gerade in der Stadt, wollte oder konnte sich aber auf einen Zeitpunkt seines Eintreffens nicht festlegen. Roland fand sich damit ab, dass er diesen Nachmittag allein – wahrscheinlich mit einem Exemplar der Frankfurter Allgemeinen in der Hand – verbringen würde.

Es war eigentlich zu windig, um draußen zu sitzen. Aber da Roland nach der drei Wochen langen Zigarettenpause in New York eine Sucht nach dieser Zerstreuung empfand, setzte er sich in einen der Gartenstühle vor dem Restaurant und hüllte seine Schultern in die über die Lehne geschlagene rote Plastikdecke. Als er sich umsah, hatte er den Eindruck, dass auch alle anderen Gäste gerade aus den USA zurückgekehrt waren. Denn sie alle zogen es vor, im windigen Freien zu sitzen und zu rauchen. Die Tische im Inneren blieben leer.

Die Stadt hatte sich seit seiner Abreise verändert. Oder fiel ihm diese Veränderung nur zum ersten Mal auf? Auf dem Trottoir – in deutlichem Abstand von den Gästen auf dem Platz – liefen drei dunkel verhüllte Frauen vorbei. Sie unterhielten sich angeregt, sie lachten, und eine von ihnen trug Stöckelschuhe. Auch ihre Gesichter waren bis auf einen winzigen Schlitz für die Augen schwarz verhüllt. Er erinnerte sich an einen seiner ersten Eindrücke in Teheran vor einem Jahr – es war sein erster Besuch in einem muslimischen Land gewesen – und an seinen Schock. Allen Entspannungsmeldungen zum Trotz waren iranische Frauen meist nur daran zu erkennen, dass sie sich als schwarze Flecken durch die Stadt bewegten. Dass eine uralte Kultur ihren weiblichen Mitgliedern dieses Los im 21. Jahrhundert zumutete, hatte ihn mit einer Wut erfüllt, die er sich nicht recht erklären konnte. Was ging ihn das Schicksal dieser Frauen an? Jetzt, da dieselbe Wut wieder in ihm hochstieg, war er sich einer Sache sicher: In einer Demokratie hatte die Totalverhüllung von Frauen nichts zu suchen. Bürger und Bürgerinnen einer aufgeklärten Gesellschaft hatten nicht nur das Recht, sondern die Pflicht, ihr Gesicht zu zeigen.

Am wenigsten hatte Roland nach seiner Rund-Mail mit Alexander gerechnet. Nicht nur, weil Alexander unentwegt zwischen seinen auf der ganzen Welt verstreuten Bauprojekten hin und her flog; er hatte eine unwiderstehliche Abneigung gegen Gruppenbildungen und die damit verbundenen Termine. Roland stand auf und umarmte den sportlichen, leicht gebräunten Herrn mit der umgekehrt aufgesetzten Baseballmütze, der einen Kopf kleiner war als er.

Alexanders Erscheinen war immer überraschend und hatte den Charakter eines einmaligen Ereignisses. An Gründen für das Unerwartete seiner Auftritte fehlte es ihm nie. Mal hatte er gerade ein Flugzeug nach Sidney verpasst, wo er eine Stadtbibliothek baute, mal kam er vorzeitig vom Richtfest eines Wolkenkratzers in New York zurück. Gleichzeitig hatte der mit vielen Preisen geadelte Architekt eine rätselhafte Schwäche. Wann immer er eine Rede hielt – und solchen verhassten Auftritten konnte er sich immer weniger entziehen –, entstand ein Moment, in dem er ohne erkennbaren Grund mit den Tränen kämpfte. Er mochte gerade den ingeniösen Trick erklären, der bewirkte, dass die Fassade eines von ihm gebauten Hochhauses alle drei Monate die Farbe wechselte. Da hielt er plötzlich inne, konnte nicht weitersprechen, griff zum Taschentuch, um ein Schluchzen zu unterdrücken. Das Publikum war ratlos, versuchte den um Fassung Ringenden durch Beifall wieder aufzurichten, aber vermochte seinen fast tonlosen Ausführungen kaum zu folgen, weil es an dem vorangegangenen unerklärlichen Schluchzen festhing.

Nachdem Roland mehrmals Zeuge von Alexanders Reden gewesen war, glaubte er, ein Gesetz erkannt zu haben, das dessen emotionale Aussetzer dirigierte. Es war ihm aufgefallen, dass Alexander meist zwei oder drei Minuten vor seinem Tränenfluss beiläufig den Namen eines geliebten Lehrers oder Freundes genannt hatte, der – was Alexander in seiner Rede gar nicht erwähnte – vor kurzer Zeit verstorben war oder an einer unheilbaren Krankheit litt. Auch der Name einer Straße, der ihn von fern an den Namen eines großen Vorbildes erinnerte, konnte ihn ein paar Minuten später zum Weinen bringen. Es handele sich offenbar, erklärte Roland seinem Freund, um eine verspätete, sozusagen zeitversetzte Emotion, die Alexander nur vermeiden konnte, wenn er ihr entweder an der Stelle, die sie hervorrief, Raum gewährte oder die auslösenden Namen und Silben rigoros vermied. Alexander hatte Roland zweifelnd angeblickt, als der ihm diese Lösung des Tränenrätsels anbot, und ihm zerstreut auf die Schulter geschlagen.

Roland hatte Alexanders Energie schon immer bewundert und sich gefragt, wo er die Kraft hernahm, überall auf dem Planeten seine gewaltigen Bauten zu platzieren. Gab es für einen wie ihn überhaupt so etwas wie privates Unglück? Als genialer Hund reiste er erster Klasse von einem Kontinent zum anderen und markierte das ihm gezeigte Grundstück mit seinem Urin, aus dem dann preisgekrönte Wunderwerke der Baukunst in den Himmel stiegen. Alexander hatte einen Stil entwickelt, den man auf den ersten Blick erkannte. Man musste nur die Silhouette eines seiner Museen oder Hochhäuser sehen, um zu wissen: Alexander was here. Musste einer wie er nicht größenwahnsinnig werden, wenn er vor einem 250 Meter hohen Wolkenkratzer stand und sagen konnte: Den habe ich gezeichnet?

Ich bin der glücklichste Mensch auf dieser Erde, sagte Alexander, bevor er sich setzte. Noch nie in meinem Leben ist es mir so gut gegangen wie jetzt!

Ich gratuliere. Aber wozu eigentlich?

Du erinnerst dich an die Geschichte mit Andrea?

Vergeblich suchte Roland den Namen mit einer Geschichte zu verbinden. Er kannte mehrere Liebesgeschichten von Alexander, der Name Andrea ergab keinen Treffer. Ihr letztes Gespräch lag mindestens ein halbes Jahr zurück und hatte die üblichen Kurznachrichten über den Stillstand eines dreißigjährigen Ehelebens enthalten. Doch, da war dieser eine Satz: Er lebe seit Jahren praktisch ohne Sex und vermisse eigentlich gar nichts – »dreimal im Jahr, findest du das viel?« Eine einprägsame Frage. Aber Andrea? Wer war Andrea?

Alexander studierte die Karte, fand keinen Rotwein, der seinem Geschmack entsprach, und überließ Roland die Bestellung.

Ich hatte vergessen, begann Alexander, dass du alle Namen vergisst. Gut, dann erzähle ich dir von einer unerwarteten Begegnung. Vor ein paar Monaten flog ich wegen eines Auftrags nach London – ich sollte dort ein Museum bauen, ein Prestigeprojekt der Stadt. Zufällig hatte ich erfahren, dass meine alte Freundin, mit der ich einmal eine heiße, viel zu kurze Affäre hatte, sich ebenfalls in London aufhielt. Zu meinem Erstaunen war sie ausgerechnet mit der Organisation einer

Konferenz an der London School of Economics befasst, zu der ich eingeladen war. Der Leiter der Konferenz gab mir ihre Telefonnummer. Ich hatte keinerlei konkrete Absichten, als ich sie anrief, und sie ganz sicher auch nicht, als sie mich zu einem Aperitif in ihre Wohnung einlud. Wir tauschten Höflichkeiten aus und plauschten eher mühsam über die vergangenen, separat gelebten dreißig Jahre.

Nach der Konferenz lade ich die alte Freundin zu einem Dinner in ein irrsinnig teures Restaurant am Leicester Square ein, dessen Besitzer ich kenne. Wir werden herzlich empfangen, man gibt uns den besten Tisch, aber kaum sitzen wir uns gegenüber, stellt sich die Befangenheit vom Nachmittag wieder ein. Lustlos bringen wir das Menü hinter uns, und als ich zur beidseitigen Erleichterung die Rechnung bestelle, bleibt uns eigentlich nur noch ein kühler Abschied auf der Straße. Geduldig warten wir vor dem Restaurant auf die Taxis, mit denen wir in verschiedene Richtungen fahren werden.

Aber alle Taxis, die ich heranwinke, sind besetzt. Als schließlich eines hält, das ich selbstverständlich meiner alten Freundin überlassen will, steige ich zu meiner und ihrer Überraschung im letzten Moment mit ein. Ich entschuldige mich, ich verhaspele mich und behaupte, ich wolle sie nur nach Hause bringen und dann mit ebendiesem Taxi weiterfahren. Als wir vor ihrer Haustür angekommen sind, zahle ich und steige mit ihr aus. Ich behaupte – und lüge nun ausdrücklich –, ich sei erst heute in der Stadt angekommen und wisse nicht, wo ich schlafen solle. Natürlich glaubt sie mir nicht, aber das Taxi ist schon weg. Trotz meiner durchsichtigen Ausrede nimmt sie mich in die Wohnung mit. Zögernd erklärt sie mir, die Couch, auf der wir gesessen hatten, sei eine Schlafcouch, auf der ich notfalls und ziemlich unbequem die Nacht verbringen könne. Wir setzen uns auf die Couch, auf der ich schlafen soll, und trinken eine weitere Flasche Wein. Plötzlich ist es nett und fast so vertraut wie früher, ich bringe sie ein paarmal sogar zum Lachen, aber es prickelt nicht. Gemeinsam ziehen wir die Couch aus und beziehen sie, anschließend die Daunendecke, wobei sie mich korrigiert, da ich die Decke übereilt in das Ende eines Überzugs stopfe, den ich zuvor hätte wenden müssen. Als alles vorbereitet ist, legt sie sich probeweise auf die Couch und findet, sie sei viel zu hart und eigentlich nicht zumutbar. Obwohl ich ihrem Eindruck widerspreche, bietet sie mir an, ihr Bett mit mir zu teilen. Aber bitte wirklich nur, um zu schlafen, schließlich kennten wir uns lang genug. Ich stimme zu, obwohl mich dieser Satz von ihr an eine frühere Variante erinnert, die mich verletzt hat: Eigentlich kenne ich dich gar nicht!

Ich lege mich also in ihr Bett und muss lange warten, bis sie aus dem Badezimmer zurückkommt. Bevor sie das Schlafzimmer betritt, macht sie mit einer Hand, die sie aus dem Badezimmer streckt, das Licht aus, sodass ich nicht erkennen kann, ob sie nackt ist oder einen Pyjama trägt. Sie legt sich neben mich. Wir kehren uns den Rücken zu, jeder liegt auf seiner Seite.

Ich habe das Gefühl, dass sie tatsächlich einen Pyjama trägt. Obwohl wir beide uns nicht regen, können wir nicht einschlafen. Von Körpern, die einander fremd sind oder fremd geworden sind, gehen offenbar erstaunlich starke Signale aus. Es entwickelt sich eine Art Flüstern in den Nervenenden – kennen wir diese Person, wer ist das überhaupt, was soll die Nähe, wie sollen wir uns jetzt verhalten? Dieses Flüstern verlangt nach einer Antwort. Ich schlage vor, dass ich doch lieber mit der Couch vorliebnehme. Da schmiegt sie sich plötzlich an mich, umarmt und küsst mich, und ich, der ich ihr meinen Rücken zugekehrt habe, wende mich zu ihr um. Und nun baut sich zwischen diesen beiden Körpern eine Spannung auf, ein Ineinander-Fallen, eine Aufregung, eine Seligkeit, wie ich sie seit Jahrzehnten nicht erlebt habe. In dieser Nacht finden wir noch einmal unser Glück – und am folgenden Morgen gleich noch mal.

Respekt, sagte Roland.

Du errätst jetzt, von wem ich dir erzähle. Ja, die alte Freundin in London ist niemand anderes als die große Liebe meines Lebens, über die wir beide seit dreißig Jahren sprechen!

Christina!

Sie heißt Andrea!

Andrea, natürlich, entschuldige bitte!

Warum hatte Alexander sie nicht gleich als »die große Liebe seines Lebens« vorgestellt? Aber jetzt war alles wieder da. Andrea, nicht Christina, von der Alexander zum ersten Mal in seinem Leben gelernt hatte, »was Liebe überhaupt ist«! Eigentlich hatte seine Freundschaft mit Alexander mit den Gesprächen über Andrea angefangen. Vor dreißig Jahren hatte er sich in eine Frau dieses Namens verliebt, die ihn bis ins Mark erschütterte und seine Ehe aus den Fugen brachte. Aber er hatte es nicht über sich gebracht, sich Andreas wegen von seiner Frau Selma zu trennen, und am Ende alle beide verloren: erst Andrea, dann auch Selma. Die Geschichte mit Andrea war seit Ewigkeiten abgeschlossen, ohne dass Alexander je aufgehört hätte, von dem verpassten Leben mit ihr zu träumen.

Ich hatte Andrea verloren, fuhr Alexander fort, weil ich mich nicht rechtzeitig zu ihr bekennen konnte. Sie tat sich mit einem Freund von mir zusammen, den ich eigentlich nur darum gebeten hatte, ein Hotel für sie zu buchen. Kann man eine versäumte Liebe nach so langer Zeit nachholen? Die Erfahrung und die Literatur sagen: Nein!

Und auch du wirst mir entgegenhalten: Es ist eine Idiotie, eine fixe Idee, die Fantasie eines alten Mannes, der sich nicht eingestehen will, dass er seine Chance verpasst hat. Aber ich erlebe sie, diese neue alte Liebe. Ich hatte sie längst aufgegeben, sie in den hintersten Winkel meines Herzens verbannt. Da lodert sie plötzlich wieder auf, die größte Leidenschaft meines Lebens, als hätte sie nur auf ein Fingerschnippen von Andrea gewartet. Ach was, sie explodiert, sie ist intensiver, aufregender, beglückender, als alles, was ich je erlebt habe. Ich glaube es ja selbst nicht. Was hast du denn an diesem alten Mann, der immer hässlicher und kleiner wird, frage ich mich und sie. Du bist immer noch jung und schöner als jemals – eine Traumfrau für tausend Männer deines Alters! Und was erwidert sie, mit tragischer Stimme? »Aber sie können es alle nicht!« Halte mich für verrückt. Ich kann nach den Liebesbriefen, die mir morgens gegen vier Uhr auf den Computer schneien, weder schlafen noch arbeiten. Ich denke nur noch an sie und an das neue Leben, das ich mit ihr aufbauen will.

Roland war verblüfft. So durcheinander und euphorisch hatte er Alexander nie erlebt. Gleichzeitig machte er sich Sorgen um den Freund. War er tatsächlich bereit, sein Haus, seine Familie, womöglich seinen Sohn im Namen einer längst gescheiterten und plötzlich wieder erweckten Liebe aufzugeben? War dieser Architekt, der in der Lage war, die Tragfähigkeit der Fundamente für einen 250 Meter hohen Wolkenkratzers exakt zu berechnen, verrückt genug, seine letzten Jahre auf die Basis einer wilden Nacht mit einer wiedergefundenen Geliebten zu stellen?

Genau dies traute er Alexander plötzlich zu. Und kämpfte mit dem dringenden Impuls des Abratens – und einem Gefühl der Ehrfurcht gegenüber Alexanders Wahnsinn.

Bevor er sich erklären konnte, musste er den Gruß eines alten Bekannten erwidern, der sich dem Tisch näherte. Sebastian, ein gut erhaltener Freund, stellte den beiden seine jüngste Liebe vor – Isabella, eine angehende Schriftstellerin aus Kuba. Sebastian war vor einem halben Jahr in Pension gegangen und erst vor ein paar Wochen, nach einer langen Zeit der Trauer um seine verstorbene Frau, wieder zum Leben erwacht. Plötzlich hatte er sich entschlossen, seine riesige verwaiste Wohnung in Charlottenburg, deren Wände mit Fotos von Lilith und den gemeinsamen Kindern behängt waren, durch eine würdige Nachfolgerin zu beleben. Roland erinnerte sich des Prinzips der Eroberung, das ihm Sebastian zu Beginn seiner Brautsuche verraten hatte. In der Liebe sei er nach wie vor Maoist und folge der Parole: Nie aufgeben! Die Festung vom Land her einkreisen!

Sebastian war zu diskret, sich an Rolands und Alexanders Tisch zu setzen. Aber kaum war er mit Isabella ein paar Schritte weitergegangen, kehrte er allein zurück. Nur ganz kurz, sagte er und zog einen Stuhl heran. Wie findest du sie?

Roland reckte den Daumen, Alexander tat es ihm nach. Sie hat eine erstaunliche Ähnlichkeit mit deiner Lilith, sagte Roland.

Und habe ich eine Chance?, fragte Sebastian.

Gut erhaltene Witwer, sagte Roland, die eine Familie großgezogen und um ihre geliebte verstorbene Frau drei Jahre lang getrauert haben, haben immer eine Chance. Aber jetzt geh zurück zu Isabella! Wo hast du sie denn stehen gelassen?

Nachdem Sebastian sich verabschiedet hatte, wollte Alexander wissen, wie es mit Roland und Leyla weitergegangen war. Roland erzählte ihm von Leylas Kinderwunsch und dem Streit, der sich daraus ergeben hatte.

Das nennst du einen Streit? Du erzählst mir von einem Liebesbeweis! Vom größten Liebesbeweis, den eine Frau einem Mann geben kann. Und was du da von deiner Verantwortung faselst, kannst du dir an den Hut stecken! Lass Leyla doch entscheiden – und füge dich!

Ich weiß ja nicht einmal, ob ich noch zeugungsfähig bin!

Finde es heraus! Aber nicht beim Urologen, sondern mit Leyla!

Am Tag vor seiner Rückkehr nach New York erhielt er eine E-Mail von Leyla.

Seit unserem Abschied rede ich mit dir – in Seufzern, Beschimpfungen, Zärtlichkeiten, ins Unreine sozusagen – und habe mich nun dazu überredet, meinen Monolog in Sätze zu fassen. Roooooland, was soll ich, was sollen wir tun? Du bist, so nehme ich leichtsinnigerweise an, der Weisere von uns beiden, jedenfalls der Ältere. Sollen wir unsere Romanze in den Himmel schicken, sie dort verglühen lassen und auf die irdische Seite verzichten? Du weißt, dass ich ein Kind will, und ich habe nicht mehr viel Zeit für dieses Projekt. Meine Freundinnen lassen ihre Eier einfrieren – um sie dann wieder »aus dem Schlaf zu wecken«, wenn sie endlich »den Richtigen« gefunden haben. Aber so etwas liegt mir nicht. Manchmal frage ich mich, ob ich nicht längst zu faul und auch zu alt bin für dieses »heilige«, angeblich in der Natur angelegte Projekt. Babys kann man nicht zurückgeben, wenn sie einem nicht gefallen – na, du kennst ja meine Art von Humor. Gleichzeitig überlege ich, ob mein Verstand mich austrickst und mir solche Gedanken eingibt, um mich mit meiner Kinderlosigkeit zu versöhnen. Was meine Instinkte für die Spezies Vatertier angeht, muss ich gestehen, dass ich mich für die Exemplare, die so herumlaufen, nicht recht begeistern kann. Jedenfalls nicht so wie für einen gewissen Roland (du lieber Himmel, wie unglaublich privilegiert musst du dir jetzt vorkommen!). Ich bin eben ein unberechenbares Mädchen, soweit es um das pochende Organ in meinem Körper geht. Vergiss deine schmutzigen Gedanken, denn es handelt sich in diesem Fall um mein Herz! Es hat etwas mit dir zu tun, dass mich solche Wünsche plagen! Irgendwie hast du es geschafft, dass ich dich ziemlich unentbehrlich finde!

# 17

Er habe gleich nach seiner Ankunft einen Vortrag auf einer Europa-Konferenz des amerikanischen PEN zu halten, schrieb er Leyla, und sei dabei dringend auf ihre Hilfe angewiesen. Der Titel seines Beitrags: »Der Turmbau zu Babel – und warum er im 21. Jahrhundert gelingen muss!«

Sie könne ihn nicht abholen, schrieb Leyla zurück, werde ihn aber nach der Arbeit besuchen.

Als er sie in der Tür stehen sah, stellte sich die Euphorie des ersten Blicks wieder ein. Er verliebte sich wieder in sie – in die Linie ihrer Gestalt, in den langen Hals unter dem schwarzen Pferdeschwanz, in ihr Lachen an der Tür, Leylas Erwartungslachen. Leyla zu sehen, war eine Freude; sie zu umarmen und zu küssen ein Fest.

Also der Vortrag, fragte Leyla. Wie sie ihm dabei helfen könne?

Er erklärte ihr, er sei durch die Beobachtung der Auftritte von deutschen Kollegen in den USA zu dem Schluss gekommen, dass sie fast immer die gleichen

Fehler machten. Sie redeten zu lang, hielten die in den USA übliche Redezeit nicht ein – zwanzig Minuten! – und lasen von Blatt ab, ohne jemals aufzuschauen. Ihre Sätze, die sie meist mit der falschen Betonung vortrugen, seien eher an den langen Perioden Thomas Manns geschult als an Orwells Boxersätzen. Vor allem aber: Sie arbeiteten nicht auf den finalen Satz hin, der dem Publikum im Gedächtnis bleiben sollte. Deswegen verwechselten sie den kurzen Pflichtbeifall am Ende ihres Vortrags mit Zustimmung und konnten sich nicht vorstellen, was die Zuhörer einander auf dem Weg zum Ausgang zuraunten: »O my God, what a bore!« »Never heard so much bullshit!«

Offenbar ahnten deutsche Professoren nicht, dass dieselben Kollegen, die den Daumen beim Hinausgehen eben noch nach unten gesenkt hatten, ihnen beim anschließenden Empfang ohne Zögern zu ihrem »brillanten Auftritt« gratulierten. Die in Deutschland gerühmte Ehrlichkeit gelte in den USA als eine Barbarei und werde durch falsches Lob ersetzt. Ja, die USA seien ein höfliches, aber auch ein verlogenes Land.

Leyla stimmte Rolands Ausführungen zu, aber fand sie viel zu lang. Ob er dasselbe – siehe den Fehler der deutschen Professoren – nicht kürzer und prägnanter sagen könne. Statt ihr einen Vortrag über die Kunst des Vortrags zu halten, solle er ihr seinen Vortrag lieber vorlesen.

Sie werde streng und unerbittlich sein, kündigte sie an, als sie es sich auf seinem Bett bequem machten. Diskussionen über seine Aussprache oder das von ihr vorgeschlagene richtige Wort werde sie nicht dulden. Zwar habe sie das Englische erst im Alter von sieben Jahren erlernt, aber spreche diese Sprache besser als die meisten Einheimischen.

Eine Übersetzerin, die er nicht kannte, hatte seine Rede ins Amerikanische übersetzt. Er hatte sich darin mit Bleistift die Betonungen markiert und Wörter, die er nicht kannte, mit Fragezeichen versehen. Leyla ließ zunächst weder Zustimmung noch Missbilligung erkennen, als er las. Erst nach einer guten Seite unterbrach sie ihn. Sie werde jetzt nichts zu seinen tragischen Problemen mit dem amerikanischen th und dem r sagen. Zunächst einmal gehe es um den Fluss, um die Übergänge zwischen den Sätzen. Es sei ungünstig, die Stimme am Satzende zu senken, wenn der Hauptgedanke nach dem Punkt komme.

Halte die Stimme oben und bereite das Publikum mit frischem Atem auf die Überraschung vor: »Es gab nie ein Sprachproblem in Babel! Vielmehr fehlte, genau wie in Europa heute, ein Konsens, ein gemeinsamer Wille, eine Übertragung der Verantwortung auf eine zentrale Autorität, und der Architekt des Projekts war ein Stümper!«

Danach widmete sie sich der Detailarbeit. Sie machte ihm die Zungenbewegung beim th mit weit offenem Mund in Zeitlupe vor, zeigte ihm, wie die Spitze ihrer Zunge mit ihren oberen Vorderzähnen spielte, sodass er Lust bekam, ihr dort mit seiner Zunge zu begegnen. Stop it Roland, the lesson is far from over! Wann immer er sie abzulenken versuchte, bestand sie auf einer erneuten Probe. Immerhin, fand Leyla, mache er bei der Phrasierung der Sätze und der Betonung der richtigen Silbe Fortschritte. Aber selbstverständlich müsse er dies alles frei vortragen, ohne in sein Manuskript zu starren – nicht auswendig solle er sprechen, sondern frei!

Leyla hatte Hunger. Er ging zu dem winzigen Thailand-Imbiss, der sich bei seinem Geburtstagsfest bewährt hatte, und bestellte die Gerichte auf der Speisekarte, deren Nummer Leyla auswendig kannte. Mit großem Appetit verzehrten sie die scharfen Happen in den ingeniösen Pappkonstruktionen, bis nichts davon übrig war. Gemeinsam duschten sie sich, dann schickte Leyla ihn aus dem Bad.

Eine lange Zeit später kam sie in ein Handtuch gehüllt zurück. Sie liebten sich, sanfter und mit größerer Ruhe als bisher. Inzwischen waren sie ein geübtes, ein vertrautes Paar und mussten einander nichts beweisen. Es gab keine Bilder oder Sätze, die nach einer Klärung verlangten; die Auseinandersetzung um Leylas Kinderwunsch schien vergessen. Lange lagen sie nebeneinander, ohne Wollen, ohne Fragen. Nur hin und wieder versicherten sie sich mit einer Berührung, dass der andere noch da war.

Später schlug Roland vor, eine Rooftop Bar zu besuchen. Aber Leyla war nicht nach Aufstehen zumute.

Du bist mir noch etwas schuldig. Die Fortsetzung deiner Geschichte.

Da gibt es nichts Neues außer Wiederholung, Zuspitzung und Ende.

Leyla erinnerte ihn an die Regel des Clubs, nach der Geschichten zuende erzählt werden mussten.

Soll ich uns wirklich den Rest dieses schönen Abends verderben? Es ist eine Tragödie, in der es nur Verlierer gibt und der Erzähler als Versager dasteht.

Das Urteil darüber musst du schon mir überlassen.

Wo waren wir stehen geblieben?

Bei der Szene im Treppenhaus, als Simone dir zurief: Das wirst du nie schaffen.

Leyla lachte, Roland setzte sich auf.

Ich hatte beschlossen, diese Prophezeiung zu vergessen, wie ich es schon mit anderen Äußerungen von ihr getan hatte. Die Betreuung Adrians und der hohe Organisationsgrad unseres Alltags ließen zwischen Simone und mir Bindungen einer anderen Art entstehen. Eine von ihren Freundinnen nahm mich beiseite und erklärte mir, dass Frauen mit der Geburt eines Kindes eine körperliche und geistige Verwandlung erlebten, die den meisten Männern ein Rätsel bleibe. Sex stehe in der Prioritätenliste junger Mütter an der letzten Stelle. Auf diese Weisheit, gab ich zurück, sei ich bereits selber gekommen.

Worauf ich jedoch nicht gefasst war, war Simones Neigung, ihr Desinteresse durch radikale Ansichten zu überhöhen.

Kurz vor Adrians zweitem Geburtstag verkündete sie im Kreis junger Mütter, für die ich gerade Kuchen eingekauft hatte, Vätern sollte das Schlafzimmer ihrer stillenden Frauen für mindestens drei Jahre verboten sein. Sie sollten ihren Bedürfnissen lieber – vielleicht mit einem staatlich geförderten Bonus – in einem Freudenhaus nachgehen. Die Freundinnen lachten verhalten, als wollten sie bekunden, dass sie den Vorschlag eher für unterhaltsam als für seriös hielten. Simone schien gar nicht zu bemerken, dass das Gelächter auch auf meine Kosten ging.

Als nachgeburtliche Beschwerden überstanden waren, gab ich meine Zurückhaltung auf. Ich tat es nicht, um irgendein »Recht« zu fordern, sondern weil ich Simone so begehrenswert fand wie am ersten Tag. Dabei will ich nicht ausschließen, dass ihre Prophezeiung im Hausflur einen Ehrgeiz in mir geweckt hatte. Konnte es sein, dass irgendein atavistischer Reflex mich dazu trieb, Simones Ojemine zu meiner Aufgabe zu machen, weil er angeblich unerreichbar war?

Sie reagierte allergisch auf meine Versuche, ihre sexuellen Wünsche und Vorstellungen zu erkunden. Vorschlägen zu einer Einzel- oder Paartherapie begegnete sie mit schroffer Ablehnung. Stattdessen wartete sie mit neuen Theorien auf. Mindestens der Hälfte aller Frauen, behauptete sie, gehe es wie ihr: Sie würden nie oder nur ausnahmsweise zum Höhepunkt kommen und ihn im Zweifelsfall vortäuschen. Dabei berief sie sich nicht auf Abhandlungen oder Statistiken, die im Internet abrufbar waren, sondern auf Beweise aus erster Hand: auf Gespräche mit ihren Freundinnen und den Freundinnen der Freundinnen.

Hin und wieder schlug sie eine leisere Tonart an. Natürlich wisse sie, was sie tun müsse, um zu ihrem Ojemine zu gelangen. Dazu sei ein ganz anderes, ein wilderes Leben vonnöten und ein ganz anderer, weniger kopfbestimmter Mann. Ob sie diese Lappalie wegen die Familie und mich etwa aufgeben solle? Denn sie sei sicher, dass der fragliche Glücksbringer kein Mann wäre, den sie respektieren könne und von dem sie Kinder würde haben wollen.

Von wem, von welchem Typ Mann sprach sie? Von einem genialischen bulgarischen Dirigenten und Macho, wie ihr Vater einer gewesen war, oder von einem Gangster, einem Bankräuber?

Irgendwann gab ich es auf, einer Aufgabe nachzugehen, die mich viel stärker zu beschäftigen schien als sie. Hätte sie mir Vorwürfe gemacht, hätte sie mir erklärt, dass ich ihr nicht genügte, so hätte ich einen Grund gehabt, das Weite zu suchen. Aber wenn sie gar nichts zu entbehren schien? Wieso verlangte ich eine Glückserfahrung von ihr, die sie selbst offenbar gar nicht vermisste? Ging es mir dabei wirklich um ihr Glück oder nicht vielmehr um mich, um eine Bestätigung – von was? Um den gestöhnten Beweis, dass ich ein Mann war?

Ich beschloss, mich mit dem Fehler, mit dem Fehlen des Sahnehäubchens beim Beischlaf, wie ein widerwärtiger Fernsehberater das Ereignis nannte, abzufinden. Wir waren ein anerkanntes, ein geachtetes Paar, dessen Sorgen, Erfolgserlebnisse und Leidenschaften längst von unserem heranwachsenden Sohn bestimmt wurden. Wir würden den Teufel tun, ihn in einen Beziehungsstreit wegen einer gewissen Kleinigkeit hineinzuziehen, über die man nicht einmal mit Erwachsenen gelassen reden konnte. Irgendwann hatte Simone mir gestanden, sie sei ja selbst enttäuscht, dass »es« nie passiert war. Selbstverständlich habe sie erwartet, dass sie diese Erfahrung mit dem Mann, mit dem sie ihr Leben verbringen wollte, irgendwann machen werde. Was hatte ich ihr denn vorzuwerfen? Sie konnte ja nichts für diesen Fehler in unserem Liebesleben und machte mir ihrerseits keinen Vorwurf.

Ich sagte ihr, dass ich sie liebte und das Thema Ojemine für mich erledigt sei. Ein für alle Mal, fragte sie. Ein für alle Mal!

Ohnehin wurden wir mit Sorgen ganz anderer Art beschäftigt. Simones Quartett löste sich auf; ihre Versuche, in einem der großen Orchester der Stadt Fuß zu fassen, blieben erfolglos. Es gab kleinere Orchester, die über kein festes Haus verfügten und an Simone herantraten. Meist genügte Simone ein Blick auf die Veranstaltungsorte, um solche Einladungen auszuschlagen. Nicht dass sie sich dafür zu schade gewesen wäre; sie war fest davon überzeugt, dass Kompromisse dieser Art ihrer Karriere schaden würden. Welches große Quartett, welcher berühmte Dirigent würde sie nehmen, wenn er erführe, dass sie ihren letzten Auftritt beim Weihnachtskonzert in einer Turnhalle in Berlin-Buch gehabt hatte? Außerdem gebe es bei ihr eine physische Grenze: Wenn sie zu lange mit einer Gruppe von musikbegeisterten Dilettanten arbeite, die ihre Instrumente nicht zu stimmen wüssten und fortwährend Misstöne produzierten, reagiere ihr Körper mit einem Hautausschlag. Dagegen könne sie nichts machen.

Trotz der vielen Absagen verlor sie nie ihre Disziplin. Und wenn ich sie, nachdem das Au-Pair-Mädchen Adrian zu einem Spaziergang abgeholt hatte, üben hörte, wurde ich wieder zum Komplizen ihres großen Traums. Sie wollte zu den Besten ihres Fachs gehören und war sicher, dass sie die Welt von ihrem Talent überzeugen werde. Die Unerbittlichkeit dieses Traums gehörte zu Simones Wesen, und obwohl ich ihn nicht mehr für realistisch hielt, rührte er mich. Und rührte mich umso mehr, je unerfüllbarer er mir erschien. Er war die Quelle des Zaubers, der von ihr ausging.

Eine Zeitlang verlief unser Liebesleben friedlich, geradezu harmonisch. Unser Entschluss, das O-Problem zu beerdigen, schien sich zu bewähren. Auch wenn mich das Gefühl anwandelte, dass sie mir nur einen Gefallen tat, wenn sie mit mir schlief. Was heißt »nur«, rief ich mich dann zur Ordnung. Simone wiederum gab mir zu verstehen, dass sie mit meiner Auslegung unseres Paktes nicht einverstanden war. Unseren Begegnungen im Bett fehle die Romantik, eine Ouvertüre, sie hätten etwas Schematisches. Wie ich sie denn umwerben solle, verteidigte ich mich, wenn ich mich unerwünscht fühle und mit meinem Begehren allein sei. Fängst du schon wieder an, hattest du nicht ein für alle Mal versprochen ... Die Lappalie verlagerte sich und nahm andere Namen an.

Ich würde sie ja kaum eines Blickes würdigen, wenn ich nach einer Sitzung in der Kunstakademie spät nach Hause komme. Ihr Vorwurf überraschte mich. Falls es sich so verhalte, tue es mir leid; mir sei nichts Derartiges bewusst. Ich hielt ihr entgegen, dass sie seit einiger Zeit nur noch für Adrian koche. Offenbar werde ich nur als Ernährer wahrgenommen, dessen einzige Aufgabe es sei, für den Unterhalt der Familie zu sorgen. – Wenn du dich so fühlst, schrie Simone mich an, ist es allein deine Schuld. Denn diese Rolle ist die einzige, in der du überhaupt noch sichtbar bist!

In ihren Verkündungen im Kreis der Freundinnen gewannen neue Merksätze die Oberhand: Wenn ein Mann mit einer Frau in der kommenden Nacht schlafen will, soll er spätestens beim Frühstück damit beginnen, sie zu hofieren, ihr Liebesworte ins Ohr zu hauchen und sie mit Geschenken zu verwöhnen. Andernfalls darf er sich über einen Totalausfall in der folgenden Nacht nicht wundern!

Die Freundinnen lachten beifällig und schienen die gewissen Übertreibungen in Simones Empfehlung unter den Kunstvorbehalt zu stellen.

Ich jedoch fühlte mich ganz persönlich angesprochen. Hatte Simone nicht recht mit ihrer Klage, dass ich mich kaum noch um ihre Gunst bemühte. Wir hatten nie, auch nicht in der Zeit der ersten Verliebtheit, zu den Paaren gehört, die in Gegenwart anderer Zärtlichkeiten austauschten und stundenlang die Hand des anderen hielten. Wenn wir Derartiges bei anderen Paaren beobachteten, warfen wir uns einen Blick zu, der Spott anzeigte. Aber solche Zeichen der Nähe blieben auch dann aus, wenn wir spätabends einen von Simones Lieblingsfilmen anschauten. So gut wie nie legte sie ihren Kopf auf meine Schulter oder lehnte sich vertrauensvoll an mich. Auch wenn wir zu Hause waren, benahmen wir uns, als wären wir unter Fremden.

Nun gut, wir hatten die Phase der Verliebtheit hinter uns. Es war uns bekannt, dass junge Eltern meist unter einem katastrophalen Verlust der erotischen Energien litten, denen ihre Kinder ihr Dasein verdankten. Die Klügeren glichen den Verlust durch sublimere Vergnügen wie Konzert- und Opernbesuche aus. Seltsam war, dass ich selbst nie in dieses Reifestadium gelangte. Denn bei mir war die Phase der Verliebtheit nicht vorüber; ich wusste nur nicht mehr, wie ich meinem Begehren Ausdruck verleihen sollte.

Um ein neues Zeichen zu setzen, suchte ich mithilfe einer Freundin von Simone bei einem Juwelier ein Halsband für sie aus, das ich mir eigentlich gar nicht leisten konnte. Sie freute sich sehr über meine Geste, aber nicht über das Halsband. Ob ich nach so vielen gemeinsamen Jahren nicht wisse, dass Silber ihr gar nicht stehe, sondern ausschließlich Gold.

Bei einem unserer Gesellschaftsabende, zu denen wir nur noch selten einluden, kam es zu einem Ausbruch. Es war immer wieder einmal passiert, dass sie mich oder einen anderen Mann nach einer vermeintlich harmlosen Bemerkung mit einer Heftigkeit angriff, die alle Gespräche verstummen ließ. Aber diesmal übertraf ihre Wutrede alle Vorläufer. Die Gäste hatten die Teller längst abgegessen, die Weinflaschen geleert, Simone hatte die Tafel – leider ohne meine Hilfe, weil ich in ein Gespräch mit der Präsidentin der Kunstakademie verwickelt war – abgeräumt, da ergriff sie das Wort. Sie habe sie gründlich satt, sagte sie, diese lauen, immer gleichen Gespräche zwischen Gleichgesinnten, die nur noch ins Theater und in Konzerte gingen, um zu beweisen, dass sie sich solche Besuche leisten könnten und jeden Furzeinfall eines vermeintlichen Talents gehorsam beklatschten, weil sie ihn für avantgardistisch hielten. Frauen seien in dieser Gesellschaft doch nichts weiter als kochende, auftragende und Dreck beseitigende Haustiere und Objekte für schnellen, biederen Sex. Wo sind das Abenteuer, das Risiko, die Leidenschaft und die Sehnsucht geblieben, die ihr in euren Briefen und Tagebüchern vor dreißig Jahren beschworen habt? Ihr alle – und auch du, Roland! – seid einmal als Genies geboren worden und werdet als Arschlöcher in die Grube fahren!

Simone hatte jedes Maß verloren. Vereinzelter Beifall unterbrach die Stille nach ihrer Ansprache. Einige Gäste standen auf und strebten dem Ausgang zu, andere blieben. Ein junger Fernsehproduzent setzte sich zu mir, gab mir seine Visitenkarte und sagte: Sie hat natürlich Charles Bukowski zitiert. Aber wie sie ihren Auftritt in Szene gesetzt hat! Eine tolle Frau!

Als alle gegangen waren, entschuldigte sich Simone bei mir. Ihr Wutanfall habe vor allem dieser Gesellschaft gegolten, nicht mir. Sie habe einfach ein paar Gläser zu viel getrunken. Ich nahm ihre Entschuldigung an, aber machte mir keine Illusionen. So wie Simone stellte keine Frau einen Mann in der Öffentlichkeit bloß, den sie liebte oder wenigstens respektierte. Eigentlich konnte sich dieser Mann nur noch aus dem Staub machen.

Was mich davon abhielt, war der Gedanke an Adrian. Ich hätte es nicht ertragen, ihn in den Strudel einer Trennung zu ziehen, die ich ihm nicht hätte erklären können. Ein paar Tage später, als ich Simone beim Geburtstag eines gemeinsamen Freundes auf einer Dachterrasse stehen sah – leicht abwesend, alle Blicke auf sich ziehend und doch gefangen in ihrem Traum –, war es wieder wie am Anfang: Sie ist genau die Frau, die du wolltest, die Liebe deines Lebens, die Mutter deines Kindes. Aber sie ist von einem Flammenzaun eingeschlossen, und du wirst sie nie erreichen.

Moment, unterbrach ihn Leyla. Hättest du das Feld geräumt, wenn Simone mit einem anderen durchgebrannt wäre, mit einem »wilderen, weniger kopfbestimmten Mann«?

Sie hat mich nie vor eine solche Alternative gestellt. Sie folgte einer heroischen Vorstellung von der Familie. Die Familie, der Zusammenhalt der Familie – das war das Wichtigste.

Sie wird mir immer sympathischer, sagte Leyla.

Roland stand auf und lief mit dem Weinglas in der Hand zur Fensterwand und wieder zurück.

Warum nahm ich nicht eine andere Strecke, warum ließ ich das defekte Ehefahrzeug nicht einfach stehen und stieg aus, bevor es zum Unfall kam? Ich folgte seit Langem einem Mechanismus, der meinen Verstand beleidigte: Offenbar hielt gerade Simones Unerreichbarkeit mein Begehren wach. Sie hatte mir ein Rätsel aufgegeben, das ich nicht lösen konnte, und ich hielt –

blind wie der Freier im Märchen – an dieser Aufgabe fest. Offenbar setzte das Verschwinden des Verlangens in einer fürsorglichen Zärtlichkeit, das ich bei anderen langjährigen Partnern beobachtet hatte, eine Sättigung voraus, die Simone und ich nie erreicht hatten.

Ich ließ mich auf die Avancen einer Kollegin ein, die Simone so unähnlich war wie nur möglich. Klara war impulsiv in der Mitteilung ihrer Zuneigung und ihrer Wünsche und ließ keine Zweifel aufkommen. Meine Befürchtungen, dass ich die Kunst des Vorspiels und erst recht des Hauptspiels verlernt hatte, fegte sie mit Lustschreien beiseite, wie ich sie noch nie vernommen hatte. Ihr Jubel war so rückhaltlos, dass ich erschrak. Tatsächlich dauerte es eine Weile, bis ich einen ersten Widerwillen gegen Klaras Explosionen überwand und das Geschenk annahm, das sie mir mit ihrer Hingabe machte. Erst allmählich wurde mir klar, dass mein Selbstbewusstsein auf einem Tiefpunkt angekommen war und sich allmählich erholte.

Allerdings konnte ich mich nie dazu entschließen, Simone die Wahrheit über meine sich häufenden Spät- und Sondertermine in der Kunstakademie zu sagen. Klara hatte ich von Beginn an eine nicht verhandelbare Bedingung zur Fortsetzung unserer Affäre genannt: Ich würde mich nie von meiner Familie trennen. Natürlich wollte sie irgendwann wissen, aus welchen guten oder schlechten Gründen ich meine Frau betrog. Ich redete in Rätseln, so gut ich konnte; Klara setzte sich das Puzzle, mit dem ich ihre Frage beantwortete, erstaunlich rasch zusammen.

Simone hat völlig recht: Das wirst du nie schaffen, sagte Klara. Und hier ist die gute Nachricht: Ich halte dich nicht für einen Masochisten!

Die Dinge spitzten sich zu. Klara verlangte nun immer offensiver mein Bekenntnis zu ihr, sie werde keinesfalls auf mich warten, um mich zehn Jahre später als reumütig zurückkehrenden Rentner in Pflege zu nehmen. Ich blieb – mit dem überstrapazierten Verweis auf die Folgen einer Trennung für Adrian – bei meiner ursprünglichen Ansage. In ihrem Auto, in dem sie mich, wie immer einen Block von meiner Wohnung entfernt, absetzte, kam es zum Bruch. Sie brach in Tränen aus, steigerte sich in eine immer lautere Abfolge von Seufzern und Wutschreien hinein und verabschiedete mich mit einem Schlag in mein Gesicht.

Meine Rückkehr zu Simone veränderte nichts. Entweder hatte sie nichts von meiner Untreue bemerkt, oder ihr Stolz verbot ihr, entsprechende Fragen zu stellen. Wäre sie überhaupt, wenn ich ihr meine Affäre gestanden hätte, darüber empört gewesen, hätte sie darunter gelitten?

Sicher war, dass sich ihre Sinneswahrnehmungen extrem verfeinerten. Du schwitzt ja, sagte sie mit geblähten Nasenflügeln, auch wenn ich gar nicht schwitzte. Noch auf fünf Meter Entfernung roch sie meine Schuhe, wenn ich sie nicht aus dem Schlafzimmer geräumt hatte. Angeekelt blickte sie beim Abendessen auf einen Kaurest in meinem Mundwinkel. Sie empörte sich über die Haare in meiner Nase, die ich nicht mit dem von ihr gekauften Spezial-Rasierer beseitigt hatte. Ein Fleck auf meinem Hemd konnte sie zu einem langen Blick verführen, den der Träger des Hemds ohne diesen Fleck nie erreicht hätte.

Schon in den ersten Monaten unserer Ehe war mir aufgefallen, dass sie sich schwer damit tat, einen noch so unwichtigen Irrtum zuzugeben. Mit den Jahren hatte sich diese Eigenart immer mehr verfestigt. Über der Frage, wie man in der Stadt am schnellsten von A nach B gelangte, konnte sie einen Streit anzetteln, nach dem einer von beiden eigentlich nur noch aus dem Auto steigen konnte. Anfangs folgte ich, um diesen Streit zu vermeiden, ihren Anweisungen, und oft genug hatte sie recht. Aber es gab nun einmal Strecken, die ich wegen meiner täglichen Fahrten zur Kunstakademie besser kannte als sie. Wenn ich dann trotz ihres Einspruchs meiner Ortskenntnis folgte, stieg ihr der Zorn in die Stirn; für die Dauer der Fahrt war sie nicht mehr bereit, mit mir sprechen. Fragte ich sie nach erfolgreicher Ankunft, was denn so falsch an meiner Strecke gewesen sei, bestand sie darauf, dass ich einen Umweg gefahren sei.

Dieser Typus von Streitigkeiten war uns beiden aus den häuslichen Szenen unserer Eltern vertraut – als der Inbegriff von Spießigkeit. Eigentlich ging es dabei immer, das hatten wir schon als Kinder begriffen, um ganz andere Konflikte, die unter dem Deckel gehalten wurden. Wie war es möglich, dass Simone und ich, die wir beide von der Protestgeneration geprägt waren, inzwischen die gleichen Ersatzkriege wie unsere Eltern führten?

Bei der Abiturfeier unseres Sohnes konnte sie die Einlasskarten in ihrer Handtasche nicht finden. Sie beschuldigte mich, ich hätte sie im Auto liegen gelassen, sie habe sie mir in die Hand gedrückt. Keineswegs überzeugt lief ich zum Auto zurück. Ich hatte es in ziemlich großer Entfernung vom Festsaal abstellen müssen. Dort angekommen, konnte ich die Einlasskarten weder im Handschuhfach noch auf dem Boden finden. Sie sei aber sicher, dass sie im Auto seien, blaffte sie mich an, als ich sie anrief, ich solle gefälligst meine Augen aufmachen. Schließlich entdeckte ich sie eingeklemmt in dem Spalt zwischen den Rücksitzen, auf denen Simone mit Adrian gesessen hatte.

Als ich den Festsaal nach einem Dauerlauf mit durchnässtem Hemd erreichte, waren die beiden in bester Stimmung. Natürlich waren sie, wie ich es vorausgesagt hatte, auch ohne Karten eingelassen worden. Außer Atem nickte ich Simone und den Eltern der anderen Abiturienten zu, aus deren Blicken ich las, dass auch der beste Grund nicht ausreichte, zu einem solchen Ereignis zu spät zu kommen. Inzwischen hatte der Schulleiter seine Ansprache gehalten, die Abiturienten hatten ihre Zeugnisse entgegengenommen; die ersten Fotos von Adrian und seiner stolzen Mutter waren geschossen worden.

Simone zeigte mir die Fotos auf ihrem Handy, ihr schien nicht aufzufallen, dass eine Person auf den Fotos fehlte: der Vater.

Mit nicht mehr unterdrückter Wut erinnerte ich sie daran, wer die Einlasskarten verschlampt hatte. Hauptsache, du hast sie gefunden!, sagte sie mit einem bezaubernden Lächeln.

Die Einladung einer befreundeten Mutter, jetzt doch noch ein Gruppenbild mit dem Vater aufzunehmen, lehnte ich ab. Adrian und Simone sahen mich an, als habe ich den Verstand verloren.

Ich bemühte mich, den Vorfall zu vergessen. Was in mir weiter rumorte, war nicht der Zorn darüber, dass Simone mir dafür die Schuld zugewiesen hatte. Sondern darüber, dass sie ihren Irrtum nicht eingestand.

Nach einem Essen bei Freunden kehrten wir in beschwingter Stimmung in die Wohnung zurück. Es war eine warme Herbstnacht, die Fenster standen weit offen. Simone legte eine ihrer Lieblings-CDs in den Recorder, ein Stück von David Bowie – nicht mein Fall, aber über unsere Vorlieben in Sachen Musik hatten wir uns noch nie gestritten. Sie lehnte sich aus dem Fenster, ich stand neben ihr und legte den Arm um sie. Es war einer jener Momente, der jedes Vorher löscht und nur den Augenblick gelten lässt. Sie schmiegte sich an mich, und ich zog sie sanft in unser Schlafzimmer.

Beide ließen wir uns von unserem Leichtsinn davontragen. Aber als ich, im Schwung der ersten Erregung, meine erlernten Kontrollen vergaß, schob sie meine Hand von sich weg. »Keine Vorspiele, zur Sache kommen!« So meldete sich die alte Vorschrift in meinem Kopf.

Ich stand auf und zog mich an.

Die Natur kann man nicht betrügen, sagte ich. Eine

Frau, die mir nach einem halben Leben immer noch die Hände wegschiebt, wenn ich sie intim berühre, hat mich nicht geliebt, kann mich nicht lieben, wird mich nie lieben.

Ich packte ein paar Sachen in einen Koffer und ging in ein Hotel. Ein paar Tage später kehrte ich in die Wohnung zurück. Simones Schock und ihre Verzweiflung über mein abruptes Fortgehen hatten mich gerührt. Wenn sie es so sehr will, dass ich zurückkomme, redete ich mir ein, dann wird und muss sie mir mit einer neuen Bereitschaft entgegenkommen. Ich hatte nicht bedacht, dass eine Frau, die sich nie einen Fehler eingestehen konnte, mir diesen Abschied nicht verzeihen würde.

So folgte denn auf das Interim der »Versöhnung« eine Art feindlicher Belagerung. Nachdem eine ihrer Freundinnen sie über mein Verhältnis zu Klara unterrichtet hatte, kam es zur endgültigen Trennung. Nun war alles klar für Simone: Meine innere Abwesenheit, meine Kälte im Bett, meine Unfähigkeit, um sie zu werben, sie überhaupt noch wahrzunehmen – das alles habe mit meiner Untreue und der Geschichte mit Klara angefangen.

Erst jetzt, da er geendet hatte, suchte er Leylas Blick. Er ging zum Bett und beugte sich über sie. Sie lag immer noch in derselben Stellung, in der sie ihm anfangs zugehört hatte: mit Kopf und Rücken gegen das gepolsterte Kopfende gelehnt. Ihre Lippen waren halb geöffnet, ihre Augen geschlossen, die schwarzen Haare umrahmten ihr entspanntes Gesicht. Sie schlief. Er drückte ihr einen Kuss auf den Mund, löschte das Licht und legte sich zu ihr. Sie suchte seine Nähe und kuschelte sich an ihn.

# 18

Sein Vortrag war für den Nachmittag des nächsten Tages in einer Galerie an der Lower East-Side angekündigt. Leyla fand die Adresse bei Google Maps und war enttäuscht – es handelte sich offenbar um eine Privatwohnung. Ein Großereignis des PEN war Rolands Auftritt offenbar nicht. Er überspielte seine eigene Enttäuschung und erklärte ihr die Eigenarten eines PEN-Kongresses. Der Verein sei ein Non-Profit-Unternehmen, das sich ganz auf die Unterstützung seiner Mitglieder und Sympathisanten stütze. Folglich seien weder große Säle noch üppige Honorare zu erwarten.

Sie folgten den handgemalten Hinweisschildern »Zur Galerie« und fuhren in einem uralten Fahrstuhl in den sechzehnten Stock. Dort wurden sie von den Gastgebern, offenbar den Mietern oder Eigentümern der »Galerie«, mit großer Herzlichkeit empfangen. Er kannte die Enge von New Yorker Privatwohnungen und fürchtete angesichts des Flurs, von dem ein paar Türen abgingen, dass sie gleich in ein Wohnzimmer geführt würden, in dem allenfalls fünf Elternpaare mit ihren Kindern

Platz finden würden. Stattdessen wurden sie durch die Küche zu einer Terrasse geleitet, die ihnen Ausrufe des Staunens entlockte. Nicht nur wegen der überraschenden Größe der Terrasse, sondern wegen ihrer Lage. Es war die einzige Terrasse in einem Innenhof, der von drei brandneuen himmelhohen Wohntürmen eingefasst wurde. Um das schmale Stück Himmel zwischen den Dächern dieser Türme zu erfassen, mussten Leyla und Roland die Köpfe in den Nacken legen. Und fanden bestätigt, was die Gastgeberin ihnen stolz verkündet hatte: Niemand, der in den wahrscheinlich 200 bis 300 qm großen Wohnungen über ihnen residierte, könne eine eigene Terrasse sein Eigen nennen.

Roland ließ seine Augen von Dach zu Dach wandern. Sie standen auf einer Terrasse, die ihnen wie eine Talstation einen Ausblick auf die beschneiten Gipfel der Alpen gewährte. Wie war es zu dieser seltsamen Konstellation gekommen? War dieses 16. Stockwerk in früheren Jahrzehnten einmal ein Dachgeschoss gewesen und dann überbaut worden? Es schien ihm, dass die Terrasse deutlich größer war als die Wohnung, und sie war tatsächlich bis auf den letzten Platz besetzt. Auf den dicht stehenden Bänken saßen gut fünfzig Leute aller Altersstufen, die sich an der Bar bereits mit Getränken versorgt hatten. Die lässige Freundlichkeit der Leute, die an der Bar anstanden, entspannte ihn. Hey Man, good to see you! – Can't wait to hear you! – How about a drink?

Während er mit Leyla an der Bar auf den Beginn der Veranstaltung wartete, folgte er mit seinen Blicken den vielen Dutzend Fensterzeilen über ihren Köpfen. Der Wechsel zwischen dunklen und erleuchteten Fenstern schien einem Muster zu folgen, das er gern enträtselt hätte. Wahrscheinlich rauschten aus den Wohnungen mit den hellen Fenstern Hunderte von Zwiegesprächen zu den Schnittstellen der Netzbetreiber und wurden von dort in die fernsten Ecken der digital erschlossenen Welt übertragen. Fremd und unbekannt in diesen Wohngebirgen war eigentlich nur der Nachbar.

Durch eine simple Anzeige bei Facebook, meinte Leyla, hättest du Hunderte von Zuhörern mobilisieren können. Die Bewohner über uns müssten ja nur ihre Fenster aufmachen, um dir zuzuhören!

Du meinst, sie würden das tun? Jeder dort oben steckt doch in diesem Augenblick in einem Gespräch mit einer Tochter in Australien, mit einem Scheidungsanwalt in San Francisco, mit einer Geliebten in Milano.

Ein leiser Nieselregen hatte eingesetzt, aber niemand ging. Die Veranstalter rückten einen Schirm zum Podium und kündigten Roland an. Wie aus Trotz gegen den Regen setzte ein starker Beifall ein. Während er zum Stehpult ging, hielt er sich am Anblick Leylas fest. Sie hatte sich in die erste Reihe gesetzt, aber den Hals weit zur Seite gereckt, um in den Schutz eines seitlich aufgestellten Schirms zu gelangen. Die Streckung setzte ihr Profil in Szene und betonte die Konturen ihrer Brüste unter dem dunklen Seidenkleid. Ein paar Regenperlen schimmerten in ihrem schwarzen

Haar. Sie sah ihn jetzt nicht an, aber zu ihr würde er sprechen.

Er las nur die ersten zwei Sätze ab. Dann richtete er den Blick nach oben, zu den Wohntürmen, deren oberste Stockwerke jetzt im Nebel verschwunden waren, und ließ sich tragen von der Magie des Ortes und vom Fluss seiner Gedanken. Auch die neuen Türme über ihnen, begann er, seien nicht von Arbeitern gebaut worden, die ein Englisch-Diplom erworben hätten. Es seien Einheimische – »nativ Americans« – und Immigranten aus Europa gewesen, Iren, Spanier, Polen und auch Deutsche, die die ersten Wolkenkratzer Manhattans errichtet hatten und sich auf den Stahlträgern in hundert Meter Höhe ohne Netz und Seil bewegten. Ihr Englisch beschränkte sich auf ein paar Wörter, aber jeder wusste, dass er auf den anderen angewiesen war. Sie folgten einem Plan und der Überzeugung, dass sie den Bau nur vollenden konnten, wenn sie den Vorgaben des Plans folgten. Was war denn Europa? Ein winziger Zipfel des Planeten, auf dem seit Jahrhunderten und Jahrtausenden Völker unterschiedlicher Sprachen und Kulturen lebten und sich bekriegten. Inzwischen hatten sich diese Völker nach mörderischen Verirrungen auf die Ideale der Aufklärung geeinigt – auf die Demokratie, die Gleichberechtigung der Geschlechter, die Trennung zwischen Staat und Religion und die Freiheit des Individuums. Sie hatten das beste, gerechteste und erfolgreichste Modell der Zivilisation geschaffen, das die Menschheit bisher hervorgebracht hatte, ein Modell, um das sie die ganze Welt beneidete.

Aber inzwischen hatten viele von Europas Bürgern die Prinzipien vergessen, auf die sich die Statik des Modells gründete. Er rede jetzt nicht von jener Statik, die ein Ingenieur berechnet, obwohl auch deren Gesetze angesichts einer anstehenden Völkerwanderung zu bedenken seien. Er rede von einer kulturellen Statik, von der Fähigkeit der Europäer, die Prinzipien zu verteidigen und weiterzugeben, auf die sich ihr Zivilisationsmodell stütze. Zu viele von ihnen hatten sich an die vorgefundenen Errungenschaften gewöhnt und hielten sie für selbstverständlich, sogar für obsolet. Im Namen der Freiheit forderten sie Freiheit für die Feinde der Freiheit, im Namen der kulturellen Autonomie Respekt für Kulturen, die die Gleichberechtigung zwischen Mann und Frau nicht kannten, im Namen der Toleranz die Duldung von religiös drapierten Ideologien, die die Trennung von Staat und Religion ablehnten. Ja, Europa könne auch mit zehn oder zwanzig Millionen Flüchtlingen aus Afrika und dem Nahen Osten zurechtkommen – vorausgesetzt, dass sich alle an die Regeln hielten, auf die sich der Bau Europa gründete. Wenn diese Regeln aus Ignoranz, aus einem luxurierenden Schuldgefühl oder aus falscher Toleranz missachtet würden, drohe ein neues, genauer gesagt das alte Babel. Und selbstverständlich gebe es dann auch ein Problem mit der Statik.

Es war ein Vorteil, eine Zuhörerin wie Leyla im Publikum zu haben. Nicht dass sie versuchte, Beifallsstürme zu initiieren. Aber wann immer er ihr mit einer Pointe eine Gelegenheit bot, steckte sie die Umsitzenden mit ihrem Lachen an. Und das Publikum zum Lachen zu bringen, war in den USA wichtiger, als es zu überzeugen – es war die Vorbedingung für jede Art von Zustimmung.

# 19

Anschließend gingen sie in die russische Bar, in der sie sich kennengelernt hatten. Larry war nicht da, auch keiner von Pauls Freunden. Paul hatte seinen Tag gehabt, inzwischen wurden Memorials für andere Berühmtheiten gefeiert, die in anderen Bars begossen wurden.

Wo ist eigentlich deine Freundin Nazrin geblieben?, fragte Roland. Wollte sie nicht kommen? Ich habe sie vermisst!

Ich wusste, dass du es gar nicht erwarten kannst, meine Schwester zu treffen.

Nazrin ist deine Schwester?

Sie ist wie eine Schwester. Leider hat sie sich schon wieder in einen falschen Mann verliebt. Hätte ich sie mitgebracht, sie hätte uns mit ihrem Unglück in Beschlag genommen.

Was für ein falscher Mann war es diesmal?

Diesmal war es kein tätowierter Maler aus Europa, sondern ein Finanzguru von der Wallstreet, ein blutjunger Milliardär. Er hat sie nicht nur auf Händen, sondern auf diamantenbesetzten Kissen in seinen Hubschrauber getragen. Sie flogen von Manhattan in eine Villa nach Long Island – in eines jener Ferienhäuser, die man für vierzigtausend Dollar im Monat mieten kann. Dort gingen sie auf die Partys anderer Milliardäre und spielten Tennis mit John McEnroe. Der Kavalier kaufte Nazrin für eine halbe Million eine Stierkampfszene von Eric Fischl, die ihr gefiel. Sie hielt das für einen guten Anfang.

Und was ging schief?

Ich fand heraus, dass er noch ein halbes Dutzend andere Geliebte hatte. Außerdem verpasste er ihr schon beim ersten Beischlaf einen Tripper!

Immerhin hat sie noch die Stierkampfszene für eine halbe Million.

Wir werden sehen, ob der Scheck, mit dem der Kavalier das Bild bezahlte, gedeckt ist. Ich glaube eher, dass der Mann bankrott ist.

Was glaubst du, warum lässt sie sich immer wieder mit solchen Männern ein?

Woher soll ich das wissen, fragte Leyla aggressiv.

Schon als Kind, fuhr Leyla fort, hat Nazrin ganz in einer selbst geschaffenen Welt gelebt. Sie vergrub sich in ihre Bücher, verfasste Briefe und Gedichte für Romanhelden, in die sie sich verliebt hatte. Sie entwarf Zeichnungen von ihnen, später Comics, in denen sie ihren Helden auf dem Spielplatz begegnete. Als ihre Mutter ihr klarmachte, dass sie frei erfundene Personen verehrte, richtete sie ihre Briefe und Gedichte an die Autoren der Romane, schickte sie aber nicht ab. Ein familiäres Unglück trieb sie noch tiefer in ihre Fantasiewelt. Ihre Eltern trennten sich, ihr Vater verfiel dem Alkohol, die Mutter wanderte mit ihr in die USA aus – zwei Jahre, nachdem ich mit meiner Familie in New Mexiko angekommen war. Unsere Eltern kannten sich, ich selbst habe Nazrin erst in der High-School kennengelernt. Sechs Jahre saß ich mit ihr auf derselben Schulbank. In dieser Zeit fand sie heraus, dass einige der Autoren, die sie verehrte, im Gefängnis waren und von Khomeinis Folterknechten misshandelt wurden. Einer jedoch, der Autor einer weltberühmten Liebesgeschichte, war Khomeinis Häschern entkommen und hatte sich in New York etabliert. Sie verschaffte sich seine Adresse, schrieb an ihn und wartete auf eine Antwort. Außer mir erzählte sie niemandem von ihrem Spleen, war sich aber sicher, dass sie den Prinzen ihrer Mädchenträume eines Tages treffen und seine Geliebte werden würde. Unaufhörlich feilte sie an Briefen, Zeichnungen und Gedichten für ihn, hatte aber nie den Ehrgeiz, es dem Verehrten gleichzutun und selbst ein Werk zu schaffen. Sie wollte seine Geliebte, seine Muse sein, die Erste, die seine neuen Texte lesen, korrigieren und ihn zu neuen, großartigeren Schöpfungen inspirieren würde. Dabei hatte sie nicht die mindeste Vorstellung davon, welches Aussehen, welche Reize sie mitbringen müsste, um sie zu dieser erdachten Rolle zu befähigen. Mit vierzehn war sie eine Bohnenstange, an der nichts wuchs außer ihren Knochen. Während unsere Mitschülerinnen bereits Schönheitswettbewerbe veranstalteten, saß sie über ihren Gedichten und zeichnete unschuldige busenlose Wesen, halb Fisch, halb Mädchen, die ins Weite blickten. Erst mit sechzehn begann Nazrin weibliche Formen anzunehmen, aber dies so rasch, dass dem männlichen Teil unserer Verwandtschaft bei ihrem Anblick der Atem stehen blieb. Ihr Name wurde unter den Schülern sämtlicher höheren Klassen populär, sie erhielt nun selbst Briefe und Gedichte, die sie alle in den Papierkorb warf. Statt ihre eigenen Chancen wahrzunehmen, interessierte sie sich für die Geliebten ihres Lieblingsautors. Sie versuchte alles über sie herausfinden, ihre Ausbildung, ihre Frisuren, wie sie sich kleideten, ihre BH-Größe, ihre Schuhe. Aus diesen Informationen setzte sie das Bild einer idealen Geliebten zusammen, schöner und unwiderstehlicher als alle Frauen, die ihren Autor je bezaubert hatten, und nahm sich vor, diesem Bild ähnlich zu werden. Sie färbte sich die Haare um und um, entwarf und nähte Kleider für sich, probierte Parfums und Schuhe aus, dachte über eine Brustvergrößerung nach. Ihr Zimmer verwandelte sich in ein Atelier, in dem sie sich als Modezeichnerin, Schneiderin, Hutmacherin und Duftdesignerin bewährte.

Das Lustige war, dass ihre Kreationen sich mit den Jahren immer mehr von ihrem ursprünglichen Vorbild lösten, sie schwankten zwischen Vamp und Dornröschen, zwischen Hure und Seejungfrau und verwandelten sich schließlich in die Attribute einer Science-Fiction-Heroine, die nicht mehr Männer, sondern den Weltraum erobern wollte. Ihr Talent sprach sich herum. Die rebellischen Mädchen aus der Schule und der Nachbarschaft gingen aus und ein bei ihr, um sich von ihr einkleiden zu lassen. Der Bruder einer Schulfreundin, den sie hatte abblitzen lassen, stand eines Tages mit dem Angebot einer Modezeitschrift vor der Tür, die eine Fotoreportage über sie und ihre Kreationen plante. Sie half ihren Freundinnen, aber schlug alle Gelegenheiten aus, ihre Begabung für eine Karriere zu nutzen. Denn sie bereitete sich immer noch auf das erste Treffen mit ihrem heimlichen Geliebten vor. Sie wollte ein Allroundgenie werden, nur um den Einzigen, der ihrer Liebe würdig wäre, zu gewinnen.

Schließlich kam es zu der Begegnung, auf die sie sich so viele Jahre vorbereitet hatte. Der Einzige kam nach Palo Alto, um sein neues Buch vorzustellen. Nazrin hatte sich, nachdem ich ihr die schwarzen Fingernägel ausgeredet hatte, für den Retrolook einer Rockerbraut entschieden. Aber sie sah wie ein gefallener Engel aus, der in diesem Augenblick noch zu retten war. Das Buch ihres Einzigen war eine matte Fortsetzung seines Welt-Bestsellers, um nicht zu sagen, eine Katastrophe. Der Autor war viel kleiner als Nazrin, er hatte Schweißflecken unter den Achseln seines absurd karierten Hemdes. Sein Haarausfall war seit dem letzten veröffentlichen Foto deutlich fortgeschritten, außerdem hatte er offenbar schon vor seiner Lesung reichlich getrunken – er schien nicht zu wissen, in welcher Stadt er war. Für mich jedoch war die größte Enttäuschung dieses Abends die Reaktion meiner Freundin Nazrin. Schon gut, hauchte sie mir ins Ohr, er hat Besseres geschrieben, aber seine Augen, diese Stimme!

Mit meiner Hilfe kam es dann zu der unvermeidlichen Begegnung. Nein, nein, es ist alles falsch, was du jetzt denkst. Es war eine glückliche Begegnung, ein Märchen, das alles erfüllte, was Nazrin sich erträumt hatte …

Leyla winkte jemandem zu, der gerade zur Tür hereinkam. Larry. Er setzte sich an ihren Tisch und schien sich nicht zu wundern, dass er Roland und Leyla hier zusammen antraf.

Ich habe heute einen guten Freund von Paul getroffen, sagte Larry, und bestellte einen Wodka ohne Eis.

# 20

Überraschend erhielt er eine SMS von Alexander: Bin für zwei Tage in New York. Würde dich gern sehen. Heute, 6 pm bei Mephisto?

Das Mephisto war ein Restaurant im Village, in dem sich vor allem Europäer tummelten, die Lust auf eine Pizza Margherita mit einem millimeterdünnen Boden hatten. Vergeblich hielt Roland nach Alexander Ausschau, als er sich dort einfand. Er setzte sich an den einzigen freien Tisch. Kaum hatte er eine Bestellung aufgegeben, hörte er Alexanders Stimme in seinem Rücken. Offenbar tauschte er mit dem Eigentümer Erinnerungen aus. Als der ihm einen der Tische an der Fensterfront anbot und das Reserviert-Schild von der weißen Decke nahm, stand Roland auf und winkte Alexander zu.

Alexander begrüßte ihn, nippte lustlos an dem Glas Champagner, das der Eigentümer ihm in die Hand gedrückt hatte, und blickte sich im Raum um, als überlege er, lieber woanders hinzugehen.

Ich bin der unglücklichste Mensch auf Erden, sagte er, bevor er Roland gegenüber Platz nahm.

Zwischen Andrea und mir ist etwas passiert, worauf ich nicht gefasst war; was ich mir auch nicht erklären kann. Sie genieße immer noch die Nächte mit mir, behauptet sie, Nächte, die übrigens immer seltener werden. Aber vom Leben und Wirken ihres »wunderbaren Liebhabers« will sie offenbar nichts wissen. Wenn ich es recht bedenke, hat sie nicht e i n e s meiner Museen, nicht e i n e meiner Bibliotheken, nicht e i n e s meiner sogenannten Meisterwerke in London und Dubai gesehen. Dabei sind sie nicht nur in Fachzeitschriften dokumentiert, man kann sie gar nicht übersehen, wenn man in eine dieser Städte kommt. Nur eine meiner Jugendsünden, einen Hotelumbau in San Francisco, fand sie »irgendwie ganz gut«. Vergeblich habe ich sie gefragt, wer denn ihre Favoriten unter den internationalen Architekten seien – etwa Sir Norman Foster oder Renzo Piano, die ich, unter uns gesagt, für stark überschätzt halte? Sie vermeidet eine klare Auskunft, vielleicht hat sie eine feste Meinung, vielleicht hat sie sogar ein sektiererisches Programm im Kopf über richtiges Bauen im 21. Jahrhundert. Aber darüber äußert sie sich nicht. Jedenfalls habe ich das Gefühl, dass sie mich nur als Liebhaber anerkennt, nicht als Architekten. Eine neue Erfahrung für mich, wie ich zugebe, aber keine angenehme. Plötzlich bin ich in der Lage eines Mannes, der nur im Bett ernst genommen wird.

Dann kam der Skiurlaub. Auf ihre Frage, ob ich überhaupt Ski fahren könne, hatte ich etwas leichtsinnig geantwortet, dass ich jede Abfahrt irgendwie hinunterkomme. – Und was ist mit Tiefschneefahren? – Tiefschneefahren? Kommt darauf an, wie tief der Schnee ist! – Ehrlich gesagt verband ich mit dem Wort keine deutliche Vorstellung. Dass mir etwas Ungutes bevorstand, schwante mir erst, als wir uns zusammen mit ihren Freunden – offenbar eine eingeschworene Gruppe von Tiefschneespezialisten – mit Fellen unter den Skiern und einem Bergführer an den Aufstieg machten. Wozu brauchen wir einen Bergführer, fragte ich. Weil es zu langweilig ist, erwiderte Andrea, auf den gewalzten Hängen herumzurutschen. Findest du nicht?

Ich nickte, hatte aber keine Ahnung, was mir bevorstand. Dass Andrea offenbar eine Extremfahrerin war, wurde mir erst während des Aufstiegs klar. Im Gänsemarsch bewegten wir uns auf einen Gipfel zu, den ich einstweilen nicht zu Gesicht bekam, weil er von weißen Wolkenballen umschlossen war. Einmal blieb Andrea stehen und deutete auf eine schmale weiße Furche zwischen zwei Steilwänden. In dieses Kanonenrohr sei sie kurz nach ihrem Abitur mit ihrem damaligen Freund tatsächlich eingestiegen und zu Tal gedonnert, erzählte sie. Der Wahnsinn der Jugend! – Ich lachte mit, obwohl mir nach Lachen nicht zumute war, und setzte meinen Aufstieg fort.

Inzwischen war der Zickzackweg, der nach oben führte, so steil geworden, dass das Reden und erst recht das Lachen schwerfiel. Ich konzentrierte mich aufs Atmen und orientierte mich an Andreas Tempo. Alles in allem hielt ich mit ihr Schritt, obwohl nicht zu übersehen war, dass sich der Abstand zwischen uns beiden und der Führungsgruppe immer weiter vergrößerte.

Offenbar wollte Andrea mir die Schmach ersparen, als Einziger zurückzufallen, und passte sich meinem Tempo an.

Plötzlich lag der Gipfel, dem wir zustrebten, in hellstem Sonnenschein. Als ich hinaufblickte, stellte sich für einen Augenblick das Glücksgefühl ein, von dem alle Bergsteiger berichten. Unser Weg endete vor einer jäh aufsteigenden rötlich leuchtenden Felswand, unter der ein frisch beschneiter Steilhang zu einer der weit entfernten blauen Pisten abstürzte. In dieser schimmernden weißen Schneise bemerkte ich, parallel zueinander, zwei enge serpentinenartige Skispuren von perfekter Schönheit. Der Gedanke an die Spur, die ich dort hinterlassen würde, trieb mir einen Schub frischen Schweißes auf die Stirn. Meine einzige Hoffnung richtete sich auf die markierte Piste dort unten, die mich am Ende eines wahrscheinlich endlosen Sturzes auffangen würde. Wir hatten gerade mal die Hälfte des Aufstiegs hinter uns. Ich war zu feige, Andrea zu gestehen, dass ich am liebsten hier, wo wir standen, die Ski anschnallen und so schräg wie irgend möglich abfahren würde. Stattdessen quälte ich mich eine weitere Dreiviertelstunde hinter ihr den Berg hinan.

Als wir oben anlangten, hatte sich die Gruppe bereits um den Bergführer versammelt und folgte seinem Zeigefinger. Er nannte jeden der uns umgebenden Berggipfel bei einem klangvollen Namen und erging sich in genauen Angaben, ab welchem Punkt unterhalb des Gipfels er befahrbar war. War dies der Plan für die nächsten Tage?

Noch einmal zeichnete er mit dem Stock die Linie in die Luft, die er gleich in den jungfräulichen Schnee legen würde. Alle folgten mit ihren Augen dieser unsichtbaren Linie, als könnten sie auf diese Weise ihre Beine und Skier programmieren. Und schon ging es los. Die Einfahrt war so eng und steil, dass die Köpfe des Bergführers und der ihm folgenden Fahrer meinen Blicken entschwanden, kaum waren sie in das Einfahrtsloch eingetaucht. Nur das scharfe Scharren ihrer Skikanten teilte mir mit, dass sie sich nicht in freiem Fall befanden. Andrea nickte mir ermutigend zu – sie wollte zu meiner Sicherheit hinter mir fahren. Wütend bestand ich darauf, als Letzter zu fahren, ich würde ihr mit meinem Tempo nur den Spaß verderben. Da ich nicht umzustimmen war, warf sie mir eine Kusshand zu, fuhr zum Einfahrtsloch und schob sich dort mit den Stöcken an, als wäre es nicht steil genug. Wie die anderen verschwand sie in dem Abgrund hinter der Einfahrt, ohne noch einmal aufzutauchen. Nun konnte ich nicht länger warten. Ich tastete mich mit den Skiern bis zur Kante vor und versuchte, einen Überblick über die ganze Strecke zu gewinnen. Die Piste fiel so steil ab, dass ich mich, auf beide Stöcke gestützt, weit nach vorne beugen musste, um überhaupt ihr Ende zu erkennen. Auf halber Höhe unter mir entdeckte ich Andrea mit ihrem roten Helm. Mit genau getakteten Schwüngen löste sie glitzernde Schneefontänen aus, die ihr wie ein Hochzeitsschleier folgten. Ganz unten, an der blau markierten Piste, standen ein paar Leute, die sich offenbar an dem Spektakel freuen wollten, das ich ihnen bieten würde.

Ich stürzte mich in den Steilhang, hatte noch kurz zuvor erfasst, dass ich den ersten scharfen Schwung nach rechts ansetzen musste, um die gegenüberliegende Felswand zu vermeiden. Ein Rechtsschwung also war verlangt, der mir seit jeher leichter gefallen war. Er verlief glimpflich, bremste aber das höllische Tempo, das ich schon bei den ersten Metern der Anfahrt gewann, nicht genügend ab. Um nicht an die Felswand zu prallen, die sich mit erschreckender Geschwindigkeit näherte, setzte ich zu einem eingesprungenen Linksschwung an, geriet dabei aber in die Rücklage. Ich fiel so lang und endlos, wie ich noch nie gefallen bin. Genauer, ich drehte mich mehrmals um die eigene Achse und rutschte kopfunter weiter. Wer hier fällt, sagte mir die Piste, der ist nicht aufzuhalten.

Zum Glück war es dann nicht mein behelmter Kopf, sondern mein Tal-Ski, der an einem kaum erkennbaren, nur Zentimeter aus dem Tiefschnee herausragenden Felsstück hängen blieb. Der andere Ski hatte sich von meinem Schuh gelöst und lag irgendwo über mir. Wer sich jemals aus dem Tiefschnee aufgerappelt hat, weiß, dass es sich um Schwerstarbeit handelt. Noch anstrengender ist es, mit einem Ski auf der Schulter aufzusteigen, den verlorenen Ski auszugraben, beide Ski dann parallel zum Hang in den Tiefschnee zu pressen, die Schuhabsätze vom Schnee zu befreien, sie in die Bindung zu stellen und die Ski anzuschnallen. Von dieser Prüfung war ich noch weit entfernt, denn ich konnte den fehlenden Ski im Tiefschnee nicht entdecken. Meine Skikleidung war bereits nach dem ersten Sturz von Schweiß und Schnee durchnässt und meine Knie zitterten. Wäre Andrea hinter mir hergefahren, hätte sie mir den verlorenen Ski bringen können. Stattdessen sah ich sie, mit dem Finger nach oben zeigend, weit unter mir an einem flacheren Stück der Piste stehen. Nach oben zum Gipfel? Dahin wollte ich auf keinen Fall zurück. Da ich ihren Fingerzeig nicht verstand, sah ich zu meinem Entsetzen, wie sie die Felle aus ihrem Rucksack holte, sie unter die Ski schnallte und sich an den unendlich langen Aufstieg zu mir machte. Ihre Skikumpane, die noch viel weiter unten auf mich warteten, taten es ihr überflüssigerweise nach; sie hätten mich bestenfalls erst nach einer halben Stunde erreicht. Ich gab alle Versuche auf, mich allein aus meiner Lage zu befreien, und wartete auf Andrea. Das Schlimmste wäre gewesen, sagte ich mir, wenn ich Andrea, kaum wäre sie bei mir angekommen, abfahrbereit gegenüber, gestanden hätte. Also blieb ich stehen, bis sie kopfschüttelnd an mir vorbeistieg und den Ski etwa acht Meter über mir aus dem Schnee grub. Ich unterdrückte ein »Achso!«. Anschließend ließ ich es mir gefallen, dass sie die Absätze meiner Skischuhe freiklopfte und erst den einen, dann den anderen Ski festhielt, bis die Bindung einschnappte. Endlich war ich wieder abfahrbereit, Andrea blieb hinter mir. Erspare mir die Schilderung der nächsten Stürze, aus denen ich mich mit Andreas Hilfe befreite. Nachdem ich den schlimmsten Teil der Strecke bewältigt hatte, entschied ich mich für eine andere Strategie. Ich fuhr schräg zum Hang an, drehte mich nach einem vollständigen Stop um, fuhr wieder zum anderen Ende, machte dort wieder kehrt – und so fort. Erst als die Piste gänzlich flach wurde, traute ich mir ein paar Schwünge zu und kam unter dem Höflichkeitsbeifall der ganzen Truppe unten an.

Ich blickte in verstimmte Gesichter und auf Nasen, die vom langen Warten blau geworden waren. Mit diesem Begleiter von Andrea, sagten diese Augen, werden wir keine weitere Skitour unternehmen. Mir war klar, dass ich ihr und ihren Spezis einen der schönsten Skitage vermasselt hatte.

Andrea ließ sich ihre Enttäuschung nicht anmerken und umarmte mich. Als wir nach einem Abendessen mit fünf Gängen und viel Wein in unserem Zimmer anlangten, stellte ich fest, dass mich zu allem sonstigen Unglück auch noch ein heftiger Durchfall plagte. Mein Versuch, ein anderes Zimmer zu nehmen, war erfolglos, das Hotel war ausgebucht. Nachdem Andrea endlich eingeschlafen war, verbrachte ich die halbe Nacht auf der Toilette.

Am anderen Morgen standen wir vor einer Entscheidung. Ich schlug vor, dass ich mein Heil allein auf blauen Pisten bzw. bei einem Skikurs suchen würde; sie solle sich dadurch keinesfalls von ihrer Truppe und den Erregungen des Tiefschnees abbringen lassen. Sie protestierte. Sie sei doch wegen mir hierhergekommen, es seien unsere ersten Skiferien, und die Truppe sei ihr sowieso zu blöd.

Du würdest dich mit mir nur langweilen! Und Langeweile ist das letzte Gefühl, das ich bei dir hervorrufen möchte! – Aber wärst du nicht furchtbar enttäuscht, wenn ich dich allein fahren lassen würde? – Nicht im Geringsten. Es würde mir gar nichts ausmachen, mit einem Kinder-Skikurs auf einer blauen Piste herumzurutschen! –

Unsere Skiwege trennten sich und mit ihnen alle Wege. Natürlich sahen wir uns an den Abenden und schliefen nach wie vor im selben Bett. Aber wenn ich mich recht erinnere, ist es in der ganzen Woche nur noch einmal zum Sex zwischen uns gekommen. Dabei hatte ich das Gefühl, dass sie mit den Gedanken woanders war, womöglich bei den Szenen mit dem Mann, der immer wieder im Tiefschnee versank. Erst in der letzten Nacht gelang es uns, diese feindlichen Bilder zu überwinden, aber eben nur im Bett. Die Magie zwischen uns, der Rausch, das Gefühl der Grenzenlosigkeit – das alles war verschwunden.

Der Verdacht ist eigentlich zu banal, um ihm weiter nachzugehen. Aber vielleicht trifft er den Kern. Kann es sein, dass sich eine Frau von einer großen Liebe abwendet, weil ihr Liebhaber nicht Tiefschnee fahren kann? Du weißt, ich war bereit gewesen, Haus und Hof zu verlassen, mit Andrea vor die Öffentlichkeit zu treten und zu bekennen: Wir sind das Ausnahme-Paar, das jeder Erfahrung und Statistik widerspricht, das sich nach dreißig Jahren wiedergefunden hat und nun bis zum Tod zusammenbleiben wird. Solche Geschichten hat es meines Wissens nur nach dem Krieg gegeben. Inzwischen fühle ich mich wie ein Narr und so alt wie nie. Nur noch halbherzig erwidert Andrea meine Briefe. Plötzlich bringt sie ihren Ehemann ins Spiel, mit dem sie nach meiner Kenntnis nur noch das Haus und das Konto teilt. Sie könne ihm den Tort einer Trennung nicht antun, findet sie. Womöglich ist noch ein ganz anderer Grund im Spiel: Sie wägt ab, was ich ihr – im Vergleich zu ihrem Gatten – eigentlich zu bieten habe. Und offenbar fällt der Vergleich nicht zu meinen Gunsten aus. Kann es sein, dass sie sogar einen sozialen Abstieg fürchtet, falls sie sich für mich entscheidet? Hier geht es offenbar nicht nur um Finanzielles. In Hamburg ist sie eingehegt von einem Freundeskreis, der seine Kinder auf dieselben Privatschulen schickt, in dieselben Shops einkaufen geht, auf denselben Luxusinseln Ferien macht und auf denselben Partys dasselbe pseudoliberale Geschwätz von sich gibt. Trotz meiner Familie war ich mein Leben lang ein Einzelgänger und reise auch zu viel, als dass ich ihr etwas Ähnliches bieten könnte. Am Ende sind die Gewohnheiten wohl stärker als jede Leidenschaft. Vielleicht wird sie mich hin und wieder als Liebhaber in Anspruch nehmen, aber nicht als Lebensgefährten.

Es entstand eine Pause. Roland suchte den Eindruck zu verscheuchen, dass sein Freund plötzlich zehn Jahre älter aussah.

Glaubst du im Ernst, fragte Roland, dass es diese alberne Geschichte im Tiefschnee ist, die eurer Liebe den Garaus gemacht hat? Natürlich war es verrückt, dass du dich überhaupt auf diese Abfahrt eingelassen hast, du hättest dir das Genick brechen können! Und natürlich konnte Andrea nicht erwarten, dass du ein Meister im Tiefschneefahren bist. Mit allem Respekt, du hast andere Qualitäten! Wenn sie die nicht sehen kann, war sie nie die Richtige!

Klingt alles logisch und vernünftig, gab Alexander zurück. Aber es gibt nun einmal diese Kleinigkeiten, die plötzlich über alles entscheiden. Du lachst im Kinofilm an einer Stelle, die deiner Geliebten Tränen der Rührung in die Augen treibt – und plötzlich öffnet sich ein Abgrund zwischen euch. Vielleicht würde ich am besten daran tun, den Kontakt mit Andrea völlig abzubrechen. Aber ich kann nichts daran ändern, ich hoffe immer noch. Und was wird aus deinen Heiratsplänen?

Es waren deine, nicht meine Heiratspläne, erwiderte Roland.

# 21

Ich beginne, traurig zu werden, schrieb Leyla. In ein paar Wochen geht dein Fellowship zu Ende. Du wirst dein Appartement verlassen und aus New York endgültig verschwinden. Und ich habe das Gefühl, wenn wir uns nach deiner Abreise nicht sehr bald wiedersehen, bleibt alles eine schöne Erinnerung und Fantasie. Vielleicht ist das keine schlechte Lösung – im Moment erscheint mir diese Aussicht als ziemlich trostlos. Ich habe Mittagspause und denke über unsere letzte Liebesnacht nach! Eine, die keiner von uns beiden vergisst!

In der Anlage der Mail fand er einige von ihr zusammengestellte Musikstücke mit Titeln wie Golden Dreams, Moonshine Bay oder Thousand Kisses deep. Er hatte ihr einmal gestanden, dass er für eine »bestimmte Art« von kitschiger Musik durchaus empfänglich sei, und nun nahm sie ihn beim Wort. Er hörte eine einfache melancholische Melodie, gespielt auf einem billigen Klavier, wie sie ein Kind mit zwei Fingern bei offenem Fenster an einem warmen Nachmittag spielen mochte. Zu den Klaviertönen gesellte sich die zunächst nur flüsternde Stimme einer Solistin, die plötzlich, ganz ohne Übergang, von einem elektronischen Streich-Orchester mit seufzenden Geigen begleitet wurde. Die Stimme befreite sich, gewann Höhe und Volumen, erhob sich über das Orchester und sang ihren Schmerz derart mitreißend in sein leeres Appartement, dass er mit den Tränen kämpfte. Die wuchtige Begleitung des Orchesters trat zurück, ein Saxofon nahm die Melodie wieder auf, eine gedämpfte Trompete leistete ihr Gesellschaft; beide Instrumente traten mit der Solostimme in ein Zwiegespräch, bis die Stimme wieder in ein Flüstern überging.

Der Name der Sängerin klang so fremd wie ihre Texte. Leyla hatte ihm von einer iranischen Gruppe erzählt, die vor Khomeinis »Revolution« mit einer Mixtur aus orientalischer Tradition und Pop experimentiert hatte und jetzt, wenn überhaupt, nur noch im Untergrund auftreten konnte.

War dies nicht die Musik, die er bei seinem ersten Besuch in Leylas Appartement gehört hatte? Alle Szenen dieser Nacht stiegen in ihm auf. Der Gedanke an den bevorstehenden Abschied erschien ihm unerträglich.

Dabei gab es überhaupt keinen wichtigen, unaufschiebbaren Termin in Berlin. Ja, sein Fellowship in New York endete, er musste sein Appartement im 7. Stock zum Monatsende räumen. Aber er hätte seine Abreise um drei Wochen verschieben und eine Pension oder ein Bed&Breakfeast-Zimmer in Leylas Nähe nehmen können. Aber hatte sie selbst nicht schon Pläne, die einer derartigen Lösung im Wege standen? Wollte sie nicht den Inhaber einer bekannten Galerie in Palo Alto vertreten? Es war verrückt: Das unausgesprochene Verbot, eine Verabredung jenseits des nächsten Tags zu treffen, schien sie nun ganz bürokratisch dazu zu zwingen, ihre Geschichte zu beenden. Am Tag der Abreise.

Sie hätten dieser Liebe, die von Anfang an vom Zauber und von der Wehmut der Flüchtigkeit gezeichnet war, eine neue Wendung, eine Zukunft geben müssen. Ohne es je auszusprechen, hatten sie sich darauf geeinigt, eine solche Zukunft auszuschließen. Leyla hatte das Thema »Kinderwunsch« strikt vermieden. Er hatte ihr mehrfach angedeutet, dass sich seine Einstellung zu diesem Projekt verändert habe. Aber es war, als wolle sie nichts mehr davon hören.

Zwischendurch überboten sie einander mit Szenarien, in denen der jeweils andere keine Rolle mehr spielte. Keine Sorge, sagte Leyla, sie werde nicht nach neuen Anwärtern Ausschau halten; die würden von ganz allein kommen – und zwar in Scharen. Und was würde für Roland kommen? Ein geselliges Alter mit Max auf der Terrasse und den Krankengeschichten und Liebesunfällen seiner Freunde. Vergeblich mühte er sich, in ihr Spott-Lachen einzustimmen.

Du hast mich, den eher alten als weisen Mann, schrieb er an Leyla, um einen Rat gebeten, um eine Entscheidung. Hier meine Antwort. Ich denke, du musst gehen und sollst dich – mindestens in der unmittelbaren Zukunft – durch nichts von deinem größten Wunsch ablenken lassen. Ich wünsche mir, dass es weitergeht mit uns beiden, denn die Zeit mit dir ist das Beste, was mir seit Jahrzehnten passiert ist. Aber aus Respekt vor deinem Wunsch muss ich dich gehen lassen. Ich würde es mir nie verzeihen, wenn ich dich dabei behindert hätte; und du würdest mir das auch nicht verzeihen. In ein paar Tagen reise ich nach Berlin zurück und werde dort mein Buch über ein schlechtes Gemälde namens Mona Lisa zu Ende schreiben. Du hast für den Sommer Pläne, die dich nach Palo Alto führen werden. Warum sehen wir uns nicht im Herbst wieder? Und erzählen uns dann, wie weit jeder es mit seinem Projekt gebracht hat? Und schicken uns bis dahin tausend E-Mails und unterhalten uns via Skype?

# 22

Für den Abend vor seiner Abreise hatte er Leyla in das Opern-Café Taci eingeladen, das von seinem Tennisfreund Leopoldo geführt wurde. Das Café an der 54. Straße war wie eine Rokoko-Bühne drapiert. Zwischen künstlichen Säulen und bauschigen roten Vorhängen stand ein kleines Bühnenpodest, vor dem gedeckte Tische angeordnet waren. Ein langer, durch eine Säulenreihe abgetrennter Tresen im hinteren Teil des Cafés bot Steh- und Barhockerplätze an. Roland erkannte Leopoldo, den er bisher nur in kurzen Hosen und im verschwitzten T-Shirt gesehen hatte, kaum wieder, als der ihn im Smoking begrüßte. Sofort überhäufte er Leyla, die er offenbar für eine Italienerin hielt, mit Komplimenten. Ob sie nicht auch eine Sängerin sei, fragte Leopoldo auf Italienisch, machte dann, nachdem Roland den Irrtum korrigiert hatte, auf Englisch weiter, schwärmte plötzlich von Teherans Frauen, den schönsten Frauen dieser Welt. Und erzählte Leyla, es müsse an ihr liegen, dass sich Rolands Aufschlag um hundert Prozent verbessert habe – dies alles mit einem

Überschwang, der die Grenze zur Peinlichkeit keineswegs vermied. Dann wünschte er den beiden einen großen Abend – »una serata d'amore« –, drückte ihnen die Speisekarte in die Hand und empfahl sich, nicht ohne Roland im Weggehen mit hochgezogenen Augenbrauen zu bedeuten, dass er diesmal ein echtes Ass gelandet habe.

Leyla war amüsiert. Ohne Souffleuse hatte Leopoldo exakt den Vortrag über Rolands unverschämtes Glück, ausgerechnet sie zu treffen, gehalten, den sie in den ersten Tagen ihrer Begegnung ironisch angedeutet hatte. Eher lustlos studierten sie die Angebote des Minimumverzehrs, den Leopoldo seinen Gästen statt eines Eintritts abverlangte. Ein Blick auf die riesengroßen Teller an den Nachbartischen belehrte sie darüber, dass Leopoldo nicht gerade eine Gourmet-Küche unterhielt. Kaum hatten sie ihre Bestellung aufgegeben, begann der musikalische Teil des Abends. Ein grauhaariger Mann mit Pferdeschwanz, dessen T-Shirt über dem gewaltigen Bauch spannte, erklomm die Bühne und setzte sich an das Klavier. Als er zur Einstimmung die Ouvertüre von Verdis »La Traviata« spielte, musste Roland ein Lachen unterdrücken. Das Klavier bedurfte dringend eines Klavierstimmers, mehrere Tasten des Instruments schienen zu klemmen und gaben keinen Ton von sich. Er vergaß seinen Spott, als die Solisten, meist im New Yorker Straßenoutfit, in rascher Folge auf die Bühne traten. Nicht alle waren mit schönen Stimmen gesegnet, alle jedoch sangen sie mit Leidenschaft und dominierten das verstimmte Klavier derart, dass man es kaum noch hörte. Plötzlich war Leopoldo wieder an ihrem Tisch und flüsterte ihnen die Namen und Karrieren seines Aufgebots ins Ohr: Der hünenhafte Bass, der in Sandalen auf die Bühne trat, sang sonst im Chor der Metropolitan Opera; die farbige Sopranistin im Abendkleid war zuletzt an der Oper in Dublin aufgetreten, der Bariton im Jogginganzug hatte vor Jahren in Bari einen Preis gewonnen. All diese Solisten hatten offenbar den Ehrgeiz, in Leopoldos Café mit genau den berühmten Arien zu brillieren, die sie an den großen Bühnen der Welt nicht singen durften oder nur, wenn der Star wegen Krankheit ausgefallen war. Nun bewiesen sie, dass sie mit den Besten ihres Metiers mithalten konnten und was für ein Unrecht ihnen widerfahren war, wenn sie statt in der Metropolitan für ein besseres Trinkgeld in Leopoldos Café auftraten.

Weit nach Mitternacht improvisierte Leopoldos Solistentruppe ein gemeinsames Finale, wie man es in keiner Oper der Welt erleben kann. Während der Tenor, ein dürrer junger Mann aus Südkorea, eine Puccini-Arie mit der Stimmgewalt eines Luciano Pavarotti in den Saal schmetterte, stimmten die anderen, die inzwischen mit Wein- und Whisky-Gläsern in den Händen an der Bar standen oder zwischen den Tischen hin- und herspazierten, in die Arie ein, sangen die herzzerreißenden Passagen mit oder erfanden zweite oder dritte Stimmen. Die Gäste an den Tischen standen auf, Roland und Leyla umarmten Leopoldo, der ihnen eine Flasche Ferrari spendierte, das ganze Café vibrierte und wurde aus allen Ecken von den singenden Solisten so gewaltig beatmet, dass es aufzusteigen schien. Später standen Roland und Leyla, geschützt durch die roten Plüschvorhänge, in einer langen Umarmung an einem der hohen Fenster und blickten auf die sich kreuzenden gelben und roten Lichterströme unter ihnen.

Du hast gesagt, an Simone hat dich etwas gerührt: ihr Traum.

Ich dachte, du hättest bei dieser Stelle längst geschlafen, erwiderte Roland.

Gibt es etwas an mir, das dich rührt?

Ja, sagte Roland. Ich habe nur noch nicht herausgefunden, was es ist.

Leyla küsste ihn lange, als sie in seinem Appartement angelangt waren. Es war, als wolle sie etwas nachholen, als habe sie diese Zeremonie, die in seinem Schema der Abläufe am Anfang aller Zärtlichkeiten stand, noch nie ausgekostet. Sie konnte gar nicht aufhören, seinen Mund, seine Mundhöhle und die Spitze seiner Zunge zu erforschen. Wenn er versuchte, sie auf das Bett zu ziehen, machte sie sich steif, hielt sich an ihm fest und setzte zu einem neuen, endlosen Kuss an. Er ließ sich anstecken von Leylas neuer Vorliebe und wunderte sich darüber, dass er noch nie einen so langen Kuss erlebt hatte.

Später landeten sie in seinem Bett, in einer ungewöhnlichen Stellung. Leyla saß – wie in Zuhörbereitschaft – mit dem Rücken am Kopfende des Bettes und bedeutete ihm, sich rückwärts vor sie zu setzen. Sie umschlang seine Schultern, liebkoste seinen Hals, fuhr mit den Händen durch seine Haare, streichelte seine

Brust, strich mit ihren Fingern über seine Lippen. Ein seltsames, fast ein obszönes Bild, fuhr es Roland durch den Kopf: die junge Frau, die ihren alten Geliebten wie ein Kind in den Armen hält.

Aber in diesem langen Augenblick gab es kein Alter und keine Instanz, die über statthafte oder unangemessene Stellungen urteilte. Er fühlte sich wohl und behütet von ihr.

# 23

Am Abreisetag begleitete ihn Leyla zum Century 21. Er hatte New York nie verlassen, ohne sich in diesem Department-Store mit den Billigangeboten berühmter italienischer Designer einzudecken. Vielleicht entsprach der Laden nicht Leylas Geschmack. Seinen Vorschlag, ihr ein Kleid zu kaufen, lehnte sie ab. Unter ihrem kritischen Blick probierte er eine Kollektion von Armani-Anzügen aus, bis sie sich schließlich auf einen hellen Sommeranzug aus einem Leinen- und Seidengemisch einigten.

Sie hatten noch genügend Zeit. Und Leyla wollte noch zum Memorial des September Eleven gehen, das vor Kurzem eingeweiht worden war. Aus irgendeinem dummen Grund – »weil alle dort hingehen«, »weil es sich um eine Pflichtveranstaltung für Touristen handelt«, »weil man ewig anstehen muss«, hatte er diesen Besuch vermieden. Aber ausgerechnet jetzt, mit seinem Rollkoffer, fragte er. – Du musst ihn sehen, sagte Leyla, sonst hast du gar nichts gesehen und verstanden.

Sie ließen seinen Koffer für ein üppiges Trinkgeld in

einem Café und machten sich auf den Weg. Rund um den Ort der Katastrophe waren neue Strukturen mit Malls, Geschäften und Restaurants entstanden. Ein riesiger Park aus Stein, Glas und Marmor, umgeben von neuen Wolkenkratzern, überwucherte die Brandstätte. Sie verirrten sich in dem Tunnel-Zugang zur Gedenkstätte – in gut zwanzig Meter Tiefe waren die zerstörten Gleise und Tunnel des alten Bahnhofs Cortland-Street wiederhergestellt und erweitert worden. Leyla wurde nervös. Sie hätten gar nicht auf diesen Bahnhof gelangen dürfen und hatten offenbar den Wegweiser zum Memorial übersehen. Sie liefen durch den Tunnel zurück. Um irgendetwas zu sagen, fragte Roland, wo Leyla am 11. September 2001 eigentlich gewesen war, ob sie irgendetwas von der Katastrophe mitbekommen habe. Leyla blieb stehen, war einen Augenblick lang sprachlos, nie hatte er so viel Trauer und Ablehnung in ihren Augen gesehen.

Das fragst du mich ausgerechnet hier und jetzt?

Er entschuldigte sich, er habe wirklich keine Ahnung.

An diesem Tag, sagte Leyla mit tonloser Stimme, habe ich den Mann verloren, den ich liebte.

Es war ein einfacher Satz, der alles neu ordnete, was Roland bisher über Leyla wusste. Gleichzeitig klang er wie eine Formel, die zu oft wiederholt worden war.

Vergiss es, fügte sie mit einem abweisenden Lächeln hinzu. Das alles ist so lange her, dass es gar nicht mehr wahr ist.

Was heißt denn »verloren«?

Nicht das, was du jetzt denkst.

Weiter war nichts aus ihr herauszubringen.

Als sie endlich aus dem Tunnel herausgefunden und den Zugang zum Memorial gewonnen hatten, war Leyla wie verwandelt, beinahe fröhlich. Nichts in ihrem Verhalten erinnerte an den Satz, den sie im Tunnel geäußert hatte.

Das Memorial strahlte den Trotz und die Vitalität einer Nation aus, die im Innersten verwundet worden war und ihren Lebenswillen mit einem ungeheuren Aufwand in Szene setzte. Gleichzeitig zeigte es aber auch mit den beiden aus Stahl gefertigten und gegeneinander versetzten Wasserbecken auf dem Ground Zero die erlittene Wunde. Man konnte sich durch die Form der Becken an die Grundrisse der verschwundenen Türme des World Trade Centers erinnert fühlen. Aber stärker, überwältigend in ihrer Einfachheit, war das bloße Dasein dieser Becken. Sie waren fußhoch mit Wasser gefüllt, das nahezu schwarz wirkte. Jeweils in der Mitte der beiden Becken öffnete sich ein Loch, durch das das Wasser in eine scheinbar bodenlose Tiefe stürzte. Dieses tosende und unaufhörliche Verschwinden in einen unsichtbaren Abgrund teilte sich dem Betrachter als ein Gleichnis für einen massenhaften jähen Tod mit. Gleichzeitig stand es auch für eine endlose Wiederkehr. Denn die Becken leerten sich ja nicht, sondern füllten sich mit dem Wasser wieder auf, das eben noch in ihrem Inneren verschwunden war.

Leyla hielt sich an ihm fest, und auch ihm war es, als müsse er einem Sog widerstehen und sich des Bodens unter seinen Füßen versichern.

Es muss wie ein Vulkanausbruch gewesen sein, sagte Roland. Etwas wie der Ausbruch des Vesuvs in Pompeji!

Wie kommst du auf den Vesuv?

Weil es der einzige Vulkanausbruch ist, mit dem ich mich auskenne.

Ist das nicht zweitausend Jahre her?

Der Abschied war kurz, fast wortlos. Kein Versprechen auf ein Wiedersehen, kaum ein Lächeln, allenfalls der Satz: Lass von dir hören! Leyla wollte oder konnte ihn nicht zum Flughafen begleiten; er versuchte nicht, sie zu überreden. Sie müsse jetzt einen anderen Zug nach Hause nehmen, erklärte sie. Er begleitete sie zum Metroeingang der Redline. Als er erst ihren Kopf mit dem schwarzen Haar, dann ihren Rücken mit dem nächsten und übernächsten Treppenschritt verschwinden sah, war ihm, als verschwinde sie für immer.

## 24

Es tat ihm gut, seine Wohnung wieder in Besitz zu nehmen. Diesmal würde er nicht gleich die Post durchsehen, die Wäsche in die Waschmaschine werfen und in Gedanken die nächste Abreise vorbereiten. Er würde duschen und danach lediglich den amerikanischen Korkenzieher auspacken, den Leyla ihm geschenkt hatte, um damit einen Greco di Tufo aus seiner Weinbibliothek öffnen. Der Korkenzieher hielt, was er versprach. Richtig aufgesetzt befreite er die Flasche mit zwei Bewegungen – mit einem kurzen Hebeldruck nach unten und einem Zug nach oben – in zwei Sekunden von ihrem Korken. Europäische Weinliebhaber verachteten das Gerät und plagten sich lieber mit dem traditionellen Kellnermesser ab. Er schrieb diese Vorliebe dem gewöhnlichen Antiamerikanismus zu und freute sich über das prompte Blopp des Korkens. Praktische Intelligenz siegt über Tradition – was gab es daran auszusetzen?

Es war früher Mittag, als er mit dem Glas in der Hand auf die Terrasse trat. Ihm hatte immer der Anfang eines amerikanischen Kriminalromans gefallen, dessen Titel er vergessen hatte: Der Held der Geschichte, ein heruntergekommener Detektiv, erinnert sich der Regel, dass man mit dem Trinken nie vor dem Einbruch der Dunkelheit anfangen solle. Und setzte sich darüber hinweg, indem er sich eine Stadt vorstellte, in der der Abend längst begonnen hatte. Leyla konnte er nicht zuprosten, weil sie noch schlief und in zwei Stunden in die Subway steigen würde. Eine halbe Körperdrehung Richtung Osten – Leyla hatte immer vorgehabt, eine Galerie in Tokio zu eröffnen – genügte, um auf die Ferne mit ihr anzustoßen.

Tokio, dieser radikale Gegenentwurf zu Berlin – eine Nachkriegsstadt, die von ihrer Vergangenheit nichts wissen wollte und radikal auf Zukunft setzte. Er hatte Leyla einmal von der Hochbahn erzählt, mit der er von der Stadtmitte – wenn es denn eine gab! – nach Odaiba gefahren war; von der rasenden Fahrt zwischen den Hochhäusern, bei der er sich wie ein Pilot in einem der von George Lucas erdachten Starwars-Jets vorkam, nur dass er sein Gefährt nicht lenken konnte, der ganze Hochbahnzug fuhr führerlos. Wie er dann hinter der Rainbowbridge eine Art Insel entdeckte, im nächsten Bahnhof in fünfzig Meter Höhe ausstieg, nicht wusste, auf welche Weise er nach unten gelangen würde – Rolltreppen, Fahrstühle, Treppen? –, und sich erst, als er eine junge Mutter mit einem Kinderwagen auf dem Bahnsteig sah, zutraute, die Bodenebene zu erreichen. Vor dem Bahnhofseingang scherten lautlos fahrende Elektrobusse zu den Haltestellen ein und nahmen die Passagiere aus der Hochbahn auf. Zwischen den Büschen hinter der vierspurigen Autostraße sah er ein Stück Strand schimmern. Weil er sich auf die Wegweiser mit den japanischen Zeichen nicht verstand, hatte er sich durch die Büsche geschlagen und war zu einer Bucht gelangt. In einer billigen hölzernen Strandbar hatte er in der Dämmerung, mit der gewaltigen Kulisse Tokios vor Augen, einen miserablen Gin-Tonic genossen – als einziger Gast einer Strandbar in der größten Stadt der Welt.

Mit dieser Hochbahn, hatte Leyla gesagt, wolle sie unbedingt einmal fahren. Und werde dabei von seiner offenbar glänzenden Ortskenntnis profitieren.

Aber inzwischen gab es keine Pläne mehr, keine Verabredungen. Die schöne Zeit, in der sie sich nicht verabreden mussten, weil sie es ohnehin nicht erwarten konnten, einander wiederzusehen, war vorüber und hatte einem undeutlichen Zustand des Nichterwartens Platz gemacht.

Nichts war zwischen ihnen geklärt – oder alles. Als sie sich vor dem Subway-Eingang zur Linie 1 verabschiedet hatten, war der ursprüngliche Vertrag zwischen ihnen wieder in Kraft getreten: Sein Abreisetag bedeutete das Ende der »Affäre«.

Allerdings war er nicht darauf vorbereitet, wie sehr ihm der Verlust von Leyla zu schaffen machte. In Wahrheit war es gar nicht der wunderbare und immer überraschende Sex, den er vermisste – doch, das auch. Es waren ihre Berührungen. Die Selbstverständlichkeit, mit der sie sich bei ihm einhakte, wenn sie über eine

Straße gingen, die Unbefangenheit, mit der sie ihren Kopf plötzlich auf seine Schulter legte und ihm einen kurzen Kuss auf den Hals drückte, das Beieinandersitzen auf einer Bank im Central Park, ohne dass einer von ihnen ein Wort sagen musste. Es war Leylas Nähe, die Nähe ihres Körpers, ihr plötzliches Stehenbleiben, wenn sie etwas bemerkte, das zu bemerken ihm überflüssig erschien. Vielleicht hatte Clemente recht mit der Behauptung, Sex sei in Wahrheit gar nicht so wichtig, allerdings nur dann, wenn er gelinge. Wenn er missglücke, werde er leider zur bedeutsamsten Sache der Welt – zu einem endlosen mal di testa.

Ja, er litt unter der Abwesenheit Leylas und des Leichtsinns, den sie bei ihm wiedererweckt hatte.

Vielleicht litt Leyla auch, aber ihr Schmerz würde durch einen der Dutzenden von Bewerbern, die seine Stelle einnehmen wollten, besänftigt werden. Einer von ihnen würde das Rennen machen. Für ihn sah die Zukunft anders aus. Wahrscheinlich würde Leyla die letzte Frau in seinem Leben sein. Wenn immer er einen starken Film sah, ein mitreißendes Musikstück hörte, würde er an sie denken und gegen den Impuls kämpfen müssen, sie anzurufen. Ein Satz von Casanova fiel ihm ein: Die Liebe ist eine Krankheit, die unheilbar ist, wenn sie einen im Alter ereilt.

Er ließ den Blick über die Dächer zu den wenigen Ikonen seiner Stadt schweifen, als müsse er sich versichern, dass sie alle noch vorhanden waren – das Zirkuszelt von Helmut Jahn am Potsdamer Platz, links davon die durchsichtige Reichstagskuppel, weiter hinten der

Fernsehturm mit der Kugelplattform, am gegenüberliegenden Ende der Stadt der alte Funkturm – der kleine Bruder des Eiffelturms. Dazwischen breitete sich eine gleichförmige Landschaft von sechs- bis achtstöckigen Häusern aus, deren Giebeldächer für Dachwohnungen und üppige Terrassen nicht vorgesehen waren. Erst in den Achtzigerjahren des letzten Jahrhunderts hatten die Westberliner entdeckt, dass man über den Kastanien und Linden der Stadt bedeutend besser lebte als in ihrem Schatten. Zögernd hatten sie begonnen, Fenster und Terrassen in die Dächer zu schneiden, und die Neubürger im Osten Berlins hatten es ihnen nach dem Fall der Mauer nachgemacht. Dort saßen oder standen sie nun so wie er – und blickten auf Büro- und Hotelhochbauten, deren Inspirationsquelle der hochkant gestellte Schuhkarton gewesen war.

Dennoch liebte er diese Stadt mit ihrem provinziellen Geschmack, mit ihrem Mangel an Wagemut und Schönheitssinn. Aus der unverhofften Chance, sich nach dem Mauerfall neu zu entwerfen und die leere Mitte mit kühnen Bauten zu füllen, hatten die Stadtväter wenig gemacht. Seit der zweifachen Zerstörung durch die Bomber der Alliierten und durch die Nachkriegsarchitekten trug die Stadt eine Wunde, die offenbar nicht zu heilen war. Aber diese Wunde, diese Weigerung oder Unfähigkeit, zu vergessen und nach dem Vorbild von Tokio den Himmel zu stürmen, löste bei Roland vor allem Sympathien aus.

Die Tür zur Wohnung von Max war nur angelehnt. Roland klopfte und ging hinein. Max saß im Bademantel an seinem Schreibtisch und schien sich über Rolands Erscheinen nicht zu wundern. Dessen Erkundigung nach Max' Wohlbefinden tat der mit einer unwirschen Handbewegung ab. Er habe wegen eines winzigen gutartigen Tumors eine Operation hinter sich gebracht, aber inzwischen sei alles wieder in Ordnung. Er hatte große Pläne, er wollte sich noch einmal auf jene große Reise begeben, die er nach der Hochzeit mit seiner Frau unternommen hatte. Nach Sri Lanka, und zwar erster Klasse! Es seien die besten Wochen seines Lebens gewesen. Zwar könne er die Reise nicht ohne einen Begleiter antreten und überlege immer noch, welche von seinen beiden Schwestern er dazu einladen solle. Falls Roland ihn begleiten wolle, würde er, Max, das ernsthaft in Erwägung ziehen.

Roland war zu überrascht, um gleich abzusagen. Das sei ja ein gewagtes, ein großartiges Unternehmen, erwiderte er, er müsse darüber nachdenken.

Seine Studenten hatten Ferien. Sein Verleger nahm die Gelegenheit wahr, um Roland an sein versprochenes Manuskript mit dem Arbeitstitel: »Der Originalitätswahn – vorgeführt am Beispiel der Mona Lisa« zu erinnern. Der Verleger wollte wissen, ob Roland mit seinem Buch bereits im nächsten Frühjahr oder erst im Herbst herauskommen wolle. Wenn bereits im nächsten Frühjahr, sei es höchste Zeit, den Titel mit einem fröhlichen Foto des Autors und einem explosiven Vorschautext anzukündigen.

Frühestens im Herbst des nächsten Jahres, wenn überhaupt, schrieb Roland zurück. Denn er sei bisher über die Einleitung nicht hinausgekommen. Den Vorschuss werde er zurückzahlen, falls er mit seinem Text bis zum nächsten Frühjahr zu keinem Ergebnis kommen sollte.

Allerdings wusste Roland nicht, aus welchen neuen Einnahmen oder Fellowships er eine solche Rückzahlung bestreiten sollte. Denn er hatte den Vorschuss längst verbraucht. Das war eben das Dilemma eines Privatgelehrten, der teils aus Trotz, teils aus Größenwahn jede der sich bietenden Gelegenheiten zur Erlangung einer C-4-Professur versäumt hatte. Nun musste er seinen Namen auf dem freien Markt mit ständig neuen, sensationsträchtigen Eingaben im Gespräch halten. Eigentlich konnte Roland es sich gar nicht leisten, von seinem Projekt zurückzutreten.

In ihrer Semesterarbeit hatte Analisa Corrente Roland eine neue Spur aufgewiesen. Eine Kunsthistorikerin namens Deborah Dixon behauptete in einem kürzlich publizierten Buch »Der Mona-Lisa-Schwindel«, das im Louvre ausgehängte Porträt sei eine Fälschung. Dabei berief sich die Autorin leider nicht auf Roland, sondern auf eine Geschichte, die Roland und allen Fachleuten bekannt war. Ernest Hemingway hatte darüber einen Roman entworfen, der ihm angeblich gestohlen wurde; Orson Welles und Erich Maria Remarque hatten zu derselben Story ein Drehbuch verfasst, das nie realisiert wurde. Die Entwürfe der Genannten und auch Dixons Argumentation folgten einer fantastischen, aber nie bestätigten Version des Diebstahls der Mona Lisa im Jahre 1913. Danach hatte der Dieb – oder der Auftraggeber des Diebstahls – nie die Absicht gehabt, das gestohlene Gemälde an einen privaten Sammler zu verhökern. Er hatte eine bessere, eine geniale Idee. Ein Jahr vor dem Diebstahl beauftragte er einen talentierten Kopisten in Marseille damit, vier Kopien des Gemäldes anzufertigen. Nachdem die Meldung von dem Diebstahl in allen Zeitungen der Welt erschienen war, verkaufte er jede seiner vier Kopien an vier reiche Sammler aus den USA und Europa – jeweils als Original. Das Original aus dem Louvre behielt der Dieb für sich.

Die Autorin Dixon frischte diese Geschichte durch viele Details aus dem Tagebuch einer verstorbenen Freundin auf, die angeblich die Geliebte des Diebes gewesen war. Roland kaufte sich das Buch sofort. Doch fand er Dixons romanhafte Rekonstruktion der Geschichte nicht gerade überzeugend. Immerhin bereicherte Dixon ihre Behauptung, dass es sich bei dem im Louvre ausgestellten Gemälde um eine der vier Fälschungen handele, durch neue Argumente. Sie selbst ließ sich nicht mehr befragen, weil sie vor dem Erscheinen ihres Buches bei einem Autounfall ums Leben gekommen war. Dem finalen Urteil Dixons, das Porträt im Louvre, ob es sich dabei nun um eine Fälschung oder um ein Original handele, sei eines der schlechtesten und am meisten überschätzten Gemälde der Welt, konnte Roland seine Sympathie nicht versagen.

Nüchtern betrachtet half ihm jedoch die neue Spur, die Analisa aufgezeigt hatte, nicht wesentlich über seine bereits geschriebene Einleitung zu seinem Buch hinaus.

# 25

Leyla rief an und fragte ihn, ob er schon ein Konto bei Skype eingerichtet habe.

Wie macht man das?

In welchem Jahrhundert lebst du?, gab Leyla zurück und erteilte ihm Anweisungen.

Nachdem er den von ihr vorgegebenen Schritten gefolgt war, meldete sie sich erneut.

Siehst du etwas?

Da er verneinte, erklärte sie ihm, wie die Kamera einzuschalten war.

Und jetzt?

Was er sah, war ihr Gesicht, das wieder verschwand. Gleich darauf erfasste die Kamera den leeren Platz auf dem Sofa, auf dem er in der ersten Nacht gesessen hatte, den großen Screen mit bewegten Farbschwingungen und die Boxen, aus denen die Musik von damals drang.

Etwas fehlt, sagte Roland. Leyla im Negligé.

Wozu brauchst du ein Negligé?

Leyla ließ die Kamera von ihrem Gesicht langsam

abwärtsgleiten, über den Hals zu den nackten Schultern, führte sie über ihre Brüste zu ihrem Bauchnabel – wie schaffte sie diese perfekte Bilderfolge, hatte sie geübt? – und saß schließlich splitternackt vor ihm.

Wow!

Leyla brach in ihr Leyla-Lachen aus, wobei sie die Kontrolle über ihren Laptop verlor. Roland wurde Zeuge einer wilden Fahrt zwischen Leylas Oberschenkeln, ihren Schultern und ihrem lachenden Mund.

Sorry, sagte Leyla, als sie sich beruhigt hatte, we'll get this right.

Leylas Kamera fuhr gezielt weiter abwärts, über ihren Bauch zu dem schwarzen Busch zwischen ihren Beinen, die sie leicht öffnete.

See me?

Du bist verrückt. Machst mich verrückt!

But I don't see you!

Sorry! Das kann ich nicht!

Of course you can!

Er versuchte, sich selbst ins Bild zu rücken, blickte dabei jedoch gleichzeitig aus dem Fenster, ob ihn jemand beobachten könnte. Das war im Dachgeschoss eines Mietshauses eigentlich nicht möglich. Wie aber, wenn Max Rolands Pflanzen gerade mit Hormonwasser begoss?

What's up with you? All I can see is your face!

So etwas hatte er vor einer Kamera noch nie gemacht. Er knöpfte sein Hemd bis zum Bauchnabel auf und zog den Reißverschluss seiner Hose auf. Und hatte keine Ahnung, was Leyla jetzt von ihm sah.

Where is him? Oh, I forgot!

Sie verschwand für Sekunden aus dem Bild. Als er sie wiedersah, hatte sie ihm ihre blanke Rückseite zugekehrt. Ungläubig sah er auf der linken Backe ihres Pos einen apfelgroßen schwarzen Leberfleck – rot umrandet.

I know you likes that! You still likes me?

Sie foppte ihn wieder mit dem s, das er angeblich an jedes »like« anhängte, auch wenn es grammatisch falsch war.

Stop it. There was no »likes«.

Leyla brach abermals in Lachen aus und zeigte ihm ihr Gesicht. Es sei so schwierig gewesen, erklärte sie, diese Überraschung für ihn zu inszenieren, denn hinten habe sie nun einmal keine Augen.

I miss you, sagte sie und warf ihm eine Kusshand über den Ozean zu. Und beendete das Gespräch mit dem Versprechen, ihn bald zu besuchen.

Als er seinen Laptop zuklappte, fuhr ihm ein kalter Windhauch über den nackten Bauch. Rasch zog er die Hose hoch und schloss das Fenster, als könne er zumindest nachträglich seine Privatsphäre wahren.

Aber was war eigentlich dagegen einzuwenden, dass sich zwei durch einen Ozean getrennte Liebende auf diese Weise an das Schönste erinnerten, das sie miteinander geteilt hatten: an ihr Begehren? In früheren Zeiten hatte »sie« ihrem Liebsten vor dem Abschied auf Zeit ein verschämtes Nacktfoto zugesteckt, bei dem »er« sich heimlich gefragt hatte, wer es geschossen hatte. In dieser Hinsicht hatte es immer eine klare

Arbeitsteilung zwischen den Geschlechtern gegeben. Von »ihm« wurden solche Fotos weder erwartet noch erwünscht – ein gut ausgeleuchtetes Porträt, in Kriegszeiten auch ein Foto in Uniform, hatten »ihr« zur Inspiration durchaus genügt. Weit inspirierender jedoch war zu allen Zeiten ein schwungvolles Liebesgedicht gewesen.

Was Leyla für ihn inszeniert hatte, war nichts anderes als eine Peep-Show – aber es war eine Show für ihn allein, und Leyla erwartete keinen anderen Lohn dafür als seine Begeisterung.

Ich habe eben noch einmal deine Rede zur Hand genommen, schrieb Leyla ein paar Stunden später. Und hörte deine Stimme, als wir den Vortrag eingeübt haben – jeden einzelnen Fehler von dir. Ich liebe diese tragischen, in deinem Leben wohl nicht mehr überwindbaren Fehler und bin froh, dass ich kein Mann bin. Sonst hätte ich jetzt wohl einen Steifen in der Hose. Ich habe dir gesagt, dass ich dich als meine Muse behalten möchte. Aber das gilt nur so lange, bis ich dich wieder vor mir sehe und mir womöglich ganz andere Dinge von dir wünsche.

## 26

Er hatte gerade erst einen Berg von unbezahlten Rechnungen abgetragen – die angenehmeren Briefe kamen inzwischen alle via E-Mail –, da fand er einen handgeschriebenen Brief von Herbert, mit dem er erst vor ein paar Jahren Freundschaft geschlossen hatte. Er hatte Herbert zunächst als seinen Zahnarzt und dann als ein Mitglied des einzigen Vereins kennengelernt, bei dem Roland sich selbst hin und wieder sehen ließ: bei den »Freunden der Freien Universität«. Dort hatte er ihn immer in Begleitung von Helga angetroffen, mit der Herbert seit einem halben Jahrhundert verheiratet war. Nach Rolands Eindruck handelte es sich um eine jener Ehen, in denen beide Partner eine Art drittes Geschlecht annahmen.

Roland war ihnen bei einem heftigen Disput über den Antrag eines steinreichen Sponsorenehepaars nähergekommen, das eine Millionenspende für den Ausbau einer Bibliothek an die Bedingung knüpfte, mit Namen und Porträt im Treppenaufgang verewigt zu werden. Roland, Herbert und seine Frau gehörten zu einer Gruppe, die diese Zumutung unbedingt verhindern wollte, auch um den Preis des Verlusts der Spende. Später hatte Roland sich mit Herbert zu einem Abendessen getroffen, um das weitere Vorgehen abzusprechen. Dabei war es auch zu einem Austausch über private Dinge gekommen. Roland hatte sich längst mit dem Schicksal abgefunden, dass er ein natürlicher Adressat für derartige Gespräche war. Beide hatten sich darüber gewundert, dass es in ihrem Alter noch möglich war, eine neue Freundschaft einzugehen.

Ich möchte dich dringend in einer privaten Angelegenheit sprechen, schrieb Herbert, aber auf keinen Fall in deinem »Club der Unentwegten«. Leider bist du der Einzige in meinem Bekanntenkreis, mit dem ich über diese Sache reden kann. Ich bitte dich also, einen Ort für unser Treffen auszusuchen, an dem mich – und auch dich – niemand kennt.

Roland erinnerte sich eines vorzüglichen italienischen Restaurants, in dem die meisten Tische wegen der enormen Preise auf der Speisekarte unbesetzt blieben. Diese Preise glaubte er Herbert zumuten zu können; Herbert hatte die Kunst der Implantation durch seine Innovationen bereichert und hielt mehrere Patente.

Herbert erwartete Roland vor dem Eingang. Er war sorgfältig und elegant gekleidet wie immer – ein Mann, der im Unterschied zum Großteil von Rolands Alterskohorte durchaus Wert auf sein Äußeres legte. Seine Augen unter den schütteren weißen Haaren erschienen Roland beunruhigend groß. Ein irrlichterndes

Leuchten ging von ihnen aus. Herbert war schon immer schlank gewesen; seit ihrem letzten Treffen hatte er nach Rolands Schätzung sieben Kilo abgenommen.

Es ist nicht wahr, dass die Liebe durch den Magen geht, sagte Herbert, da er Rolands irritierten Blick bemerkte. – Sie legt ihn einfach still!

In den wenigen Jahren ihrer Freundschaft hatte Roland seinen Zahnarzt als einen in sich ruhenden, fast pedantischen Mann erlebt, der seine Worte sorgfältig wählte und auch im Streit einen leisen Tonfall bevorzugte. Unsicher wurde er nur, wenn er nach einem vergessenen Namen suchte. Dann hielt er mitten im Satz inne und fahndete mit einer Verzweiflung, als würde ihn jede Sekunde der Ratlosigkeit dem Tod näher bringen, nach diesem Namen. Vergeblich hatte Roland ihm geraten, den Ausfall großzügig hinzunehmen und den Satz »fällt mir gleich wieder ein!« aus seinem Vokabular zu streichen.

Als sie sich in dem leeren Restaurant an ihren reservierten Tisch gesetzt hatten, stieß Roland das Gespräch an.

Es geht nicht etwa um die Angebetete am Strand, von der du mir vor Monaten erzählt hast?

Von wem redest du?

Hieß sie nicht Helena? Ich meine die Schwimmerin, die, wenn sie aus dem Wasser stieg, alle Männer in eine Bande von pubertären Glotzern verwandelte!

Sie heißt nicht Helena, sondern Serena. Da du Latein und Italienisch kannst, muss ich dir die Bedeutung dieses Namens nicht erklären. Und ich gehörte nie zu den Männern, die sie anglotzten. Ich senkte unwillkürlich die Augen, weil ein Mann von Anstand so viel Schönheit und Grazie einfach nicht erträgt. Es reichte mir, sie schwimmen zu sehen, um den Verstand zu verlieren.

Herbert hatte vor vielen Jahren eine Villa auf Sardinien gekauft. Mit der Zeit hatten einige seiner Patienten und Kollegen sich dort ebenfalls Häuser gekauft. Es war genau das eingetreten, was Herbert hatte vermeiden wollen. Schließlich fuhr man nicht nach Sardinien, um dort all die Leute wiederzusehen, denen man in Berlin lieber aus dem Weg ging. Überdies waren seine Ferienaufenthalte ausgefüllt mit der Begleichung von Rechnungen für unausdenkliche Reparaturen – wenn ich ein Wort hasse, hatte Herbert erklärt, so ist es das italienische Wort »imprevisti«, Unvorhersehbarkeiten. In dieser Ferienmühsal hatte es für Herbert ein Ereignis gegeben, das seiner Aufmerksamkeit wert war: den Augenblick, in dem Serena zu einer ihrer kilometerlangen Schwimmexkursionen aufbrach. Herbert bewunderte sie seit Jahren. Aber nicht einmal im Traum hätte er daran gedacht, sie anzusprechen. Er war oder fühlte sich in einem Alter, in dem schon der Gedanke an einen Flirt mit dieser Göttin ein Gefühl der Peinlichkeit auslöste – schlimmer noch, ein Gefühl absoluter Unangemessenheit.

Das war vorbei!, sagte Herbert und sah sich in dem leeren Raum nach unerwünschten Zuhörern um. Dennoch verfolgte ich Serena auf ihrem langen Kurs zum nächsten Kap und achtete darauf, ob ich ihren immer kleiner werdenden Kopf aus den Wellen noch auftauchen sah. Wäre dieses Auftauchen ausgeblieben, hätte ich mich ohne Bedenken in die Brandung gestürzt, um Serena zu retten. Ich glaube nicht, dass ich Serena jemals aufgefallen bin. Allenfalls deswegen, weil ich eben nicht zu den Glotzern in der ersten Reihe gehörte, deren Köpfe sich von rechts nach links drehten, wenn Serena eine Stunde später aus dem Wasser stieg und zur Stranddusche ging.

Du hast nie ein Wort mit ihr gewechselt, nie ihre Stimme gehört, hattest keine Ahnung, wer sie ist?

Irgendwann wurden Helga und ich Serena von einem gemeinsamen Bekannten am Strand vorgestellt. Ich bin sicher, sie hat mich nicht einmal bemerkt.

Und dann passiert es.

Ich begegne ihr eines Nachmittags in dem Dorf, in dem ich seit Jahren meine Einkäufe mache. Wir kommen uns auf diesem albernen, neuerdings mit Naturstein ausgelegten Fußweg entgegen, auf dem man sich kaum ausweichen kann. Sie im leichten Strandkleid mit einer Leinentasche über der Schulter, ich mit einer Plastiktüte in der Hand, um frischen Fisch und Gemüse zu besorgen. Ich hätte ihr auf diesem Weg drei Jahre früher begegnen können oder auch drei Jahre später. Je näher wir uns kommen, desto befangener und steifer werde ich. Ich hätte auf den ausgetretenen alten Parallelpfad neben dem neuen Fußweg ausweichen und sie aus sicherem Abstand grüßen können. Gleichzeitig ist mir klar, dass ich mir diese Feigheit nie verzeihen würde. Also bleibe ich auf dem Weg, auf dem wir uns begegnen müssen. In meinem Kopf toben halb vergessene Eröffnungsformeln, die sich früher einmal bewährt hatten. Ich entscheide mich für die dümmste: Wir kennen uns vom Sehen, sage ich. Hätten Sie Zeit für einen Drink? – Ich bin bald siebzig, nicht etwa siebzehn. Und habe mich seit meinen Studententagen nie so idiotisch und verletzlich gefühlt wie in diesem Augenblick. Ich bin sicher, dass sie an mir vorbeigehen wird, ohne den Kopf zu wenden. Und genau so geschieht es auch. Sie ist schon an mir vorbei, da bleibt sie plötzlich stehen. – Natürlich kennen wir uns, sagt sie und schaut auf die Uhr.

Das war's, denke ich. Sie wird Zeitmangel vorschützen.

Stattdessen sagt sie: Warum nicht? Ich habe eine halbe Stunde. Aber ich trinke keinen Alkohol!

Ich schlage das einzige Café vor, das überhaupt infrage kommt und das sie natürlich kennt. Es ist eher eine Bar als ein Café, mit diskretem Jazz, uralten Miles-Davis- und Rolling-Stones-Fotos an den Wänden und einem großartigen Blick auf das Meer. Plötzlich sitze ich also an einem Tisch mit der Frau, deren Anblick mich seit Jahren in Bann schlägt, und tausche unbegreifliche Sätze mit ihr aus, die niemanden interessieren. Seit wann hier und warum überhaupt, ich der Zahnarzt mit seinen Patienten, sie eine verheiratete Dolmetscherin in Brüssel, die vier Sprachen handhabt. Als wäre es damit nicht genug, erinnert sie sich an den kurzen Austausch zwischen uns, in Gegenwart eines gemeinsamen Bekannten und meiner »sympathischen

Frau«. Ich behaupte, mir sei diese Begegnung völlig entfallen. Ist der gemeinsame Bekannte ihr Mann, rumort es in mir.

Aber plötzlich geschieht etwas mit mir. Ich bin nicht mehr der Herbert, den ich kenne, ich bin außer mir. Ich erkläre ihr, dass sie mich seit Jahren fasziniert, dass ich besessen bin von ihr, dass ich die Augen niederschlage, wenn sie an mir vorbeigeht, um mich nicht zu verraten. Ich suche nach Worten, rede irgendwelchen Unsinn über die Harmonie ihrer Bewegungen, sage ihr, dass ich glühe, dass ich sie begehre, dass sie mich um den Verstand bringt. Schließlich fasse ich mich und sage ihr in aller Ruhe zwei Sätze: Heiraten Sie mich! Natürlich ist mir klar, dass ich null Chancen habe.

Serena holt Luft und vergisst auszuatmen – sekundenlang, so scheint es mir, sitzt sie mir mit offenem Mund gegenüber, kann sich offenbar nicht zwischen Lachen und Entrüstung entscheiden. Bisher haben wir, ich mit starkem Akzent, nur Italienisch miteinander gesprochen.

Aber Monsieur, sagt sie und fährt in tadellosem Deutsch fort, wo denken Sie hin? Ich kenne Ihre Frau. Und es gibt in Europa bekanntlich Gesetze gegen die Vielehe!

Dann fliegen wir eben nach Las Vegas und heiraten dort!

Moment, unterbrach ihn Roland. Du hast einer Frau, mit der du vorher nie ein Wort gewechselt hast, einen Heiratsantrag gemacht? Ohne die geringste Idee, auf wen du dich einlässt!

Ganz falsch. Ich kannte jeden Zentimeter, jeden Winkel ihres Körpers, jede Falte in ihrem Gesicht und auch die Fältchen, die mit den Jahren hinzugekommen waren. Das ist doch das Rätsel: Ein Mann kann sein Herz an eine Frau verlieren, die er seit Jahren nur vom Sehen kennt. Er hat ihren Anblick in sich aufgenommen, er lebt mit den Bildern von ihr und bildet sich irgendwann ein, dass er ohne sie nicht sein kann. Eine Frau würde sich auf eine solche Wette niemals einlassen – oder doch? Ich sagte es schon: Ich war verrückt, ich war außer mir. Ich ließ meine Zunge einfach gehen, aber ich meinte genau das, was ich sagte. Und Serena verstand, dass es mir ernst war.

Bist du dir nicht wie ein Verbrecher vorgekommen? Wie ein Verräter?

Das war mir in diesem Augenblick egal. Ich musste Serena irgendwie kundtun, was sie mir bedeutete. Selbstverständlich haben mich Schuldgefühle geplagt, aber die kamen später. Einstweilen hatte ich ja nur eine Absicht bekundet. Serena ließ mit keinem Wort erkennen, ob sie meinen Antrag auch nur erwägen würde. Immerhin ließ sie sich, als sie sich Minuten später verabschiedete, dazu überreden, mir ihre E-Mail-Adresse zu geben.

Als sie gegangen war, bestürmten mich die widersprüchlichsten Gefühle. Ich schämte mich in Grund und Boden, wollte nicht glauben, was ich eben veranstaltet hatte; gleichzeitig war ich stolz auf mich. Sie hatte mich in dem Café sitzen gelassen, aber doch mit einer kleinen Hoffnung – mit ein paar hingekritzelten

Kleinbuchstaben und einem griechischen Vokal in der Mitte. Du hast mich wegen meiner Neigung zu philosophischen E-Mails einmal einen »zum Glück verhinderten Schriftsteller« genannt. Oft hatte ich das Gefühl, dass ich dich mit meinen Erörterungen von Sokrates bis Lacan belästigte – jedenfalls fielen deine Antworten kurz bis nichtssagend aus, manchmal blieben sie auch ganz aus. Serena reagierte auf meine Briefe vollkommen anders, allerdings schrieb ich an sie, wie du dir denken kannst, auch andere Briefe als an dich. Ich erzählte ihr alles, was mir seit Jahren durch den Kopf gegangen war – wenn ich sie aus dem Wasser steigen sah oder in den hohen Brandungswellen an dem felsigen Kap aus dem Blick verlor. Ich berichtete ihr von meinen Tag- und meinen Nachtträumen, in denen sie mir erschien – einige dieser Träume, gebe ich zu, waren frei, aber gut erfunden. Dass sie meine Briefe überhaupt las, merkte ich daran, dass sie hin und wieder ein von mir aus dem Gedächtnis abgerufenes Zitat überprüfte und mir die korrekte Version zuschickte. Nach einer Liebeserklärung, in der ich alles aufbot, was mir an zitierbaren, gestohlenen und selbst fabrizierten Sätzen zur Verfügung stand, schrieb sie zurück, es sei ihr noch nie passiert, dass sie sich von einem wildfremden Mann so verstanden fühle. Ich werde die besten Sätze meiner Werbung um Serena hier nicht ruinieren, indem ich sie dir wiederhole. Aber ich kann sagen, dass ich, ein schreibender Zahnarzt, Serenas Herz durch meine Briefe gewonnen habe. Durch meine Briefe – und durch meinen irren Heiratsantrag.

Heißt, dass ihr inzwischen nach Las Vegas geflogen und verheiratet seid?

Falls es in unserem Alter noch Märchen gibt, dann sind sie gespickt mit Fallen, Umwegen und Komplikationen. Immerhin stellte sich in unserem täglichen Brief- und SMS-Austausch heraus, dass Serena gerade eine Scheidung hinter sich hatte. Entweder hast du einfach Glück gehabt, schrieb sie, oder in all deiner Verwirrung einen erstaunlichen Instinkt bewiesen. Denn als verheiratete Frau und Mutter von vier Kindern hätte ich keinen Gedanken auf einen Mann verschwendet, der mir einen solchen Antrag macht.

Fünf Kinder?, fragte Roland.

Vier, hatte ich gesagt. Das ist nur eine von den Komplikationen. Zum Glück stammen sie nicht alle von demselben Vater. Bis zu diesem Zeitpunkt war zwischen uns außer Briefen nichts passiert. Schließlich verabredeten wir uns für ein Wochenende in Straßburg, wo Serena als Dolmetscherin zu tun hatte. Mit ihrem Einverständnis kümmerte ich mich um das Hotel. Soll ich e i n Zimmer mieten, hatte ich gefragt, oder zwei? Wenn du lieber zwei Zimmer mieten willst, brauchst du gar nicht erst zu kommen, hatte sie geantwortet. Am Abend vor unserer ersten Nacht fuhren wir zu einem Restaurant, in dem sie sich vor unerwünschten Zeugen sicher glaubte. Beim Rückwärtseinparken passierte mir der Lapsus, der mir in meinem ganzen Autofahrer-Leben noch nie zugestoßen ist. Als mir der Abstandsmelder die Nähe der Hecke ankündigte, drückte ich statt auf die Bremse aufs Gas. Der vierrädrige Antrieb meines Geländewagens walzte die Hecke platt und durchbrach die dahinterliegende Begrenzungsmauer, der Motor starb ab. Was machst du?, fragte Serena, eher neugierig als vorwurfsvoll. Ich blieb jede Antwort schuldig und ließ den Motor wieder an. Und trat zum zweiten Mal auf das falsche Pedal. Der Wagen schoss mit Wucht noch einmal rückwärts und kam erst unmittelbar vor der Glasfront des Restaurants zum Stehen – gerade noch rechtzeitig hatte Serena die Handbremse gezogen. Im Rückspiegel sah ich, wie die Gäste, die Zentimeter von der Stoßstange meines Wagens entfernt dinierten, vom Tisch aufsprangen und das Weite suchten.

Die Straßburger Polizei hat den Unfall mit erstaunlicher Diskretion aufgenommen und verzichtete, vielleicht meiner weißen Haare wegen, auf einen Alkoholtest. Er hätte nichts ergeben, da ich stocknüchtern war. Für jenen Rausch, den die Hormone im Verbund mit einem schlechten Gewissen bei einem Mann meines Alters auslösen können, gibt es zum Glück keine Messgeräte. Die Nacht in unserer Suite, die ich anstelle von zwei Zimmern gemietet hatte? Es war ein Fest.

Und wie geht es weiter?

Keine Ahnung. Inzwischen hat der unschöne, der kaum erträgliche Teil des Märchens begonnen. Natürlich konnte ich Helga die Geschichte mit Serena nicht länger verheimlichen. Sie kennt mich, weiß, was in mir vorgeht, sie hat mir immer beigestanden –

eigentlich verdiene ich sie gar nicht. Und ich muss leider ernst nehmen, wenn sie sagt: Du hast mein Leben zerstört. Ich fühle mich nicht nur wie ein Verbrecher, ich bin einer. Das Leben in unserem Haus ist zur Hölle geworden. Beide können wir nicht schlafen, und manchmal höre ich sie schreien, stundenlang schreien – und weiß nicht, wie ich ihr helfen soll. Aber auch Serena kann ich das Unglück meiner Frau, das auch meines ist, nicht länger verschweigen. Sie war entsetzt, als ich ihr gestand, dass ich mit meiner Frau immer noch zusammenlebe. Was du ihr zumutest, sagt sie mir, ist barbarisch. An so einer Gemeinheit will ich nicht mitschuldig werden – es widerspricht meinen Prinzipien. Trotzdem will sie nun mit ihren vier Kindern eine Wohnung in Berlin suchen und hier eine Sprachschule aufmachen. Das habe sie ohnehin vorgehabt, erklärt sie.

Es gab einen entscheidenden Unterschied, sagte Roland, in eurer Ausgangskonstellation: Serena hatte eine Scheidung hinter sich und war in ihrer Entscheidung frei; du fühltest dich nur frei, hattest dich aber aus deiner Ehe keineswegs gelöst. Nun gut, du hast dir wahrscheinlich gar nicht vorstellen können, dass du Serena mit deinem Überfall gewinnen würdest. Aber vielleicht darf man solche Vorstöße nur riskieren, wenn man den Erfolgsfall einkalkuliert und damit niemanden, an den man noch gebunden ist, zu Tode verletzt.

Und dein Vorschlag?

Leg alle Karten auf den Tisch und zieh von zu Hause aus.

Herbert blickte Roland entgeistert an.

Du weißt nicht, was die Folgen wären!

Roland zuckte mit den Schultern. Sie verabschiedeten sich.

# 27

Sie wolle ihn noch in diesem Jahr wiedersehen, schrieb Leyla. Angesichts ihrer Sommerverpflichtung in Palo Alto und des notorisch kurzen Jahresurlaubs in den USA schlage sie eine Woche im frühen Oktober vor. Ob in Berlin oder an einem wärmeren Ort, z.B. in Italien, und ob überhaupt – das müsse er entscheiden.

Ein heißer Strom fuhr Roland durch die Glieder, gleichzeitig war er hin- und hergerissen. Eigentlich waren sie seit seiner Abreise aus New York getrennt. Wenn er jetzt zustimmte, würde alles von vorn beginnen – und womöglich mit einem neuen und endgültigen Abschied enden. Oder könnte diese eine Woche doch ein neuer Anfang sein?

In der Rolle des »weisen Mannes«, die Leyla ihm zugewiesen hatte, versuchte er das Risiko für sie beide einzuschätzen. Wenn es schiefging, würde Leyla allenfalls eine Woche ihres Lebens auf ihn verschwendet haben. Er hingegen, was hatte er zu verlieren? Ohnehin war er überzeugt, dass Leyla seine letzte Liebe war. Nach ihr würde nur noch das ganz andere kommen, die allmähliche Krümmung des Körpers zur Erde, die er bei Leuten seines Alters beobachtet hatte und sich bei sich selbst immer noch nicht vorstellen konnte, der Verfall, die Einsamkeit. Er wäre verrückt, dieses Risiko nicht einzugehen.

Ich habe das Gefühl, schrieb Leyla, dass du weit weniger enthusiastisch über unsere Woche in Italien bist als ich. Ich höre seit vier Tagen nichts von dir. Bist du krank?

Wenn ich ein paar Tage nicht schreibe, erwiderte Roland, heißt das nicht, dass ich einen Herzanfall erlitten habe. Ich habe nachgedacht, und dabei stellt sich heraus, dass ich eigentlich viel mehr Zeit habe als du. Ich kann dir alle Zeit geben, die mir bleibt. Du dagegen fürchtest, dass dir die Zeit davonläuft – und hast Grund dazu. Jetzt haben wir also die Wahl, eine großartige Woche in Italien zu verbringen – und ich garantiere dir, dass ich genau das richtige Hotel dafür weiß – oder diese Woche zu verpassen. Ich kann es nicht erwarten, dich am Flughafen Fiumicino zu umarmen.

Zehn Tage später holte er sie dort ab. Er musste lachen, als er die zierliche Leyla auf ihren Plateauschuhen mit einem Riesenkoffer und beladen mit zwei großen Taschen aus den Glastüren der Ankunftshalle treten sah. Er selbst reiste seit Jahren mit einem handlichen Rollköfferchen, auch wenn er sechs Wochen lang unterwegs war. Leyla hatte offenbar das Limit von 23 Kilo voll ausgeschöpft und weitere Kilos von Unentbehrlichkeiten in ihre Taschen gestopft. Irritiert blieb sie stehen, als sich zwei Taxifahrer vordrängten und ihr zuwinkten, als wären sie für sie bestellt. Roland reckte beide Arme in die Luft.

Excuse me, sagte Leyla zu den beiden Taxifahrern, but I take this driver! Und umarmte Roland.

Nach deinem Gepäck zu urteilen, willst du nicht für eine Woche, sondern für immer bleiben, sagte Roland, als er ihr den Koffer und eine Tasche abnahm.

Stop it, Rooooland, erwiderte Leyla und blieb stehen. Sonst fliege ich gleich wieder zurück!

Es war kein Vorwurf, sondern eine Hoffnung, sagte Roland.

Er sah sie – unbemerkt, wie er meinte – von der Seite an. Sie war stark gepudert und geschminkt, was ihrem Gesicht etwas Maskenhaftes gab. Sie hatte ihn gewarnt: Sie sähe furchtbar aus, er werde sie nicht wiedererkennen. Ihre Lippe sei wegen eines Herpes-Anfalls geschwollen, desgleichen, wenn auch aus anderen Gründen, ihre Nase.

Was starrst du mich so an? Anything wrong with me?

Nach deinem Brief war ich auf das Schlimmste gefasst, erklärte Roland. Und finde dich so schön wie immer!

Weil du blind bist!

Gilt das Kompliment eines Mannes, der vor Liebe blind ist, etwa nichts?

Leyla schenkte ihm ein zerstreutes Lächeln.

Es regnete in Strömen, als sie zu der Garage gingen, in der sein Mietwagen stand. Die wenigen Minuten im Freien, die sie brauchten, um die Garage zu erreichen, genügten, um sie beide völlig zu durchnässen.

Are you sure this is Rome?, fragte Leyla.

In einer halben Stunde scheint die Sonne, behauptete Roland.

Bevor Leyla sich anschnallte, zog sie ihre nasse Seidenbluse aus, trocknete sich mit ihrem Schal ab und streifte sich ein T-Shirt über. Sie blieb stumm, als er in rascher Fahrt hinter, neben und vor anderen Autofahrern, die ohne Vorwarnung auf die Überholspur wechselten und Wasserschwaden auf die Frontscheibe des Mietwagens drückten, die Ausfahrt auf die Autobahn nach Süden suchte. Wenn in Rom ein solcher Platzregen niedergehe, erklärte er, herrsche der Ausnahmezustand im Verkehr. Einige würden im Schritttempo weiterfahren, andere doppelt so schnell wie sonst, wieder andere würden ihr Auto einfach stehen lassen und abwarten, bis die Sonne wieder schien.

Wie lange müssen sie denn im Extremfall warten?, fragte Leyla.

Eine halbe Stunde, manchmal auch zwei Tage, erwiderte Roland und verbesserte sich sofort, als er merkte, dass sein Scherz nicht gut ankam. Nein, nein, jeder geht hier davon aus, dass die Sonne gleich wiederkommt.

Obwohl Roland die Strecke im Schlaf zu kennen glaubte, verfuhr er sich zweimal, bis er den Abzweig zur SS 148 fand – zu jener doppelspurigen Schnellstraße, die auf einem kürzeren Weg als die Autobahn nach Süden führte. Er erklärte Leyla nicht, dass diese kostenlose Strecke von den Italienern als eine Autobahn benutzt wurde und wegen des Wechsels zwischen vierspurigen und zwei- oder dreispurigen Landstraßenabschnitten zu den unfallträchtigsten Straßen Italiens gehörte. Wenn nach einem solchen Wechsel zwei Autos gleichzeitig zu einem Überholmanöver ansetzten, konnte man nur noch beten, dass eines von ihnen rechtzeitig vor dem Zusammenprall noch eine Lücke fand.

Sie waren noch nie zusammen Auto gefahren. Erleichtert stellte Roland fest, dass sein forscher Fahrstil Leyla nicht zu stören schien. Von früheren Erfahrungen wusste er, dass ein Streit über den Fahrstil – wie ein Lachen im Film an der falschen Stelle – zu jenen Störungen zwischen Verliebten gehörte, die kaum zu kurieren waren.

Leyla fuhr ihm mit der Hand in die Haare. Ich mag deine Haare und deine Haut! Das ist erst einmal die Hauptsache.

Sechs Monate allein, fragte Roland, und ganz ohne Mann?

Man ist doch nie allein, erwiderte Leyla. Nach unserem Abschied in New York wollte ich nicht treu sein, falls es das ist, was du wissen willst. Aber kaum ist man frei, kaum hat man Atem geholt, melden sich plötzlich alte, längst gelöschte Liebhaber auf dem Handy und fordern ein Recht auf Auferstehung.

Munter erzählte Leyla von einem Missgeschick mit einem ihrer abgelegten Lover. Nachdem sie seine Anrufe während ihrer Romanze mit Roland in New York immer wieder abgewimmelt hatte, hatte der Mann irgendwie herausgefunden, dass Leylas »teutonischer Liebhaber« nach Europa abgeschwirrt war. Mit der Folge, dass er sie zu jeder Tages- und Nachtzeit mit

Anrufen und SMS bombardierte. Ja, vor vielen Jahren sei sie einmal sehr verliebt in ihn gewesen. Aber dann hatte er einen Fehler gemacht, der nicht mehr gutzumachen war. Nach einem besonders gelungenen und zärtlichen Beischlaf habe sie ihm dummerweise gesagt, er könne jetzt alles mit ihr machen, was er wolle – und habe es sofort bereut. Denn kaum hatte sie ihm diesen Freipass ausgestellt, habe er sie auf den Bauch gedreht und sein gewaltiges Gerät in ihren bis dahin unberührten Anus gestoßen. Ohne Vorwarnung wohlgemerkt, vor allem ohne jede Vorbereitung, etwa mithilfe einer Salbe. Sie habe vor Schmerz und Wut aufgeschrien. Der Tölpel, dies zu seinen Gunsten, habe zwar sofort von ihr abgelassen und sich entschuldigt. Sie aber habe ihre Lust auf ihn ein für alle Mal verloren, keineswegs jedoch ihre Neugier auf die sexuelle Variante, mit der er sie zum ersten Mal bekannt gemacht hatte. Seit damals verfolge sie der ungeschickte »Erstbesteiger« mit seinen SMS und Anrufen zu jeder Tages- und Nachtzeit – offenbar, um sich zu »bewähren«. Inzwischen hätte sich der Ärmste wahrscheinlich aus Reue mit der Missionarsstellung begnügt. Seine SMS und seine Anrufe seien zu einer solchen Plage geworden, dass sie seine Nummer und seine Adresse gesperrt habe. Mit dem Resultat, dass er ihr nun vor ihrer Tür auflauere. Im Bett jedoch, schloss Leyla ihre Erzählung, gebe es keine Bewährung und keine Revisionsinstanz, sondern nur endgültige Urteile.

Roland, der gerade zu einem riskanten Überholmanöver ansetzte, verbot sich jeden Kommentar.

Warum ist es bei euch Männern so, fragte Leyla, dass ihr euch über die Tragweite eines Verlusts erst klar werdet, wenn er bereits geschehen ist? Und dann alles tut, um ihn rückgängig zu machen, statt vorher alles zu tun, um ihn zu vermeiden?

Als sie sich Terracina näherten, sahen sie linker Hand die steilen gelbroten Felsen, die zum Jupitertempel aufstiegen, und rechter Hand das Meer. Leyla jubelte wie ein Kind und verlangte eine Pause. Sie streifte die Schuhe ab und watete mit aufgekrempelten Hosenbeinen ins flache Wasser. Als hätte sie auf diesen Augenblick gewartet, zeigte sich zum ersten Mal die Sonne. Von rot aufglühenden Wolkenrändern halb verdeckt, schickte sie eine glitzernde Lichtstraße über das Meer.

Alles für dich, rief Roland. Und erzählte Leyla von dem formidablen Hotel, in das sie nach einer guten Stunde Fahrt einziehen würden.

Als sie wieder im Auto saßen, erkundigte Roland sich nach Nazrin. Irgendwie habe er ihre Freundin oder Schwester – wie kommst du auf Schwester?, unterbrach ihn Leyla –, also ihre schwesterliche Freundin, lieb gewonnen. Zumindest finde er ihre Missgeschicke unterhaltsam.

So unterhaltsam wie dein Missgeschick mit Madeleine, fragte Leyla. Nazrins Problem ist, dass sie ein Magnet für Missverständnisse ist, und dies vor allem, weil sie sich selbst nicht versteht. Wer ihren Liebesabenteuern folgt, gewinnt den Eindruck, dass sie vor allem das Gefühl der Verliebtheit sucht – weniger den Mann, der dieses Gefühl ausgelöst hat. Und wenn der Mann dann nicht dem Bild entspricht, das sie für ihre Verliebtheit braucht, sucht sie das Weite. Aber der Eindruck ist falsch! Wenn es so einfach wäre, wäre sie nichts weiter als eine Liebesschwindlerin, die sich selbst ebenso betrügt wie den Pechvogel, den sie bezaubert hat. Aber es ist leider komplizierter. In der russischen Bar hatte ich dir von dem Abend erzählt, an dem Nazrin ihrem Einen und Einzigen endlich begegnet ist …

… der inzwischen ein fetter, glatzköpfiger Trunkenbold geworden war und während der Lesung zweimal die Toilette aufsuchen musste.

Das mit der Toilette hast du erfunden. Aber wenn es so gewesen wäre, es hätte Nazrin nicht gestört. Nein, es war eine glückliche Begegnung, die genauso verlief, wie Nazrin sie sich vorgestellt hatte. Selbstverständlich hatte der Unhold bei dem anschließenden Empfang nur noch Augen für Nazrin – selbst in seinem besoffenen Zustand merkte er, dass eine Verehrerin wie Nazrin seinen untergehenden Stern noch einmal zum Leuchten brachte – und selbstverständlich folgte Nazrin seiner gelallten Einladung auf sein Zimmer. Nicht nur ich, ihre Schulfreundinnen, ihre Eltern, alle machten sich Sorgen, ob sie lebend aus diesem Zimmer zurückkehren würde. Am anderen Morgen trat sie ans Tageslicht, mit dem Schmelz auf dem Gesicht, der Frauen nach einer glücklich verbrachten Nacht eigen ist und sofort neue Anwärter anlockt. Nazrin war happy wie nie und gab es zu.

Und die Geschichte ging wie ein Märchen weiter. Nazrin begleitete ihren nicht mehr ganz frischen Helden zu seinen Einladungen in aller Welt, machte sich allerdings keine Illusionen darüber, dass diese Einladungen eigentlich dem Autor des Weltbestsellers und nicht seinen letzten Hervorbringungen galten. Durch ein geschicktes Regime von Appellen an sein verlottertes Genie und angedrohten Liebesentzug brachte sie ihn dazu, die von ihr vorgeschriebene Diät einzuhalten und die Whiskyflasche erst nach Sonnenuntergang zu öffnen. Als ich Nazrins Geliebten ein paar Jahre später wiedersah, erkannte ich ihn kaum wieder. Er wirkte 15 Jahre jünger, hatte plötzlich Muskeln an den Oberarmen – zum ersten Mal konnte ich seine Augen in dem vorher aufgedunsenen Gesicht erkennen. Und diese Augen leuchteten. Er hatte gerade einen neuen Bestseller auf den Weg gebracht – es war eine einzige Liebeserklärung an Nazrin, die er ihr auch hatte widmen wollen. Sie hatte jedoch darauf bestanden, dass er ihren Namen in seiner Widmung durch ein Pseudonym ersetzte. Natürlich wolle Nazrin berühmt werden, und zwar weltberühmt, erklärte sie mir, aber nicht durch eine läppische Widmung ihres Liebhabers.

Verstehst du Nazrins Problem? Natürlich wählt sie aus dem Kreis der Männer, die Schlange stehen, um sie zu erobern, den jeweils genialsten, den reichsten, den berühmtesten aus. Im Grunde sucht sie aber gar keinen Mann, oder besser, sie sucht einen Mann, der den Abstand erträgt, den sie braucht, um sich selbst zu entfalten. Aber ich denke, sie wird endlich zu sich finden – mit oder ohne Mann.

Die Schnellstraße führte nun wieder dem Meer entlang. Leyla entdeckte die Lichtstraße auf dem Meer wieder, die wie in Terracina direkt auf sie zulief.

Es ist, als würde sie uns folgen, sagte Leyla.

Eine Täuschung unserer Augen, sagte Roland. In Wahrheit kommt das Spektakel ja nur zustande, weil wir es sehen.

Also wenn ich jetzt die Augen schließe, verschwindet diese Lichtstraße? Ich meine: objektiv?

Objektiv gibt es sie gar nicht.

Aber ich kann sie doch fotografieren, sogar mit geschlossenen Augen!

Weil der Fotoapparat genau dasselbe macht wie deine Augen. Er hält das Bild fest, das du siehst.

Ziemlich deprimierend, findest du nicht, sagte Leyla.

Die Sonne stand jetzt seitlich von ihnen, in einem Dunst von rot glühenden Schwaden, als würde sie sich dagegen wehren, gleich vom Meer verschluckt zu werden. Die Wasserfläche vor ihnen war inzwischen dunkler geworden und hob sich deutlich vom Horizont ab. Die bis eben noch flache Küste schob sich in felsigen Ausläufern zwischen die Sandstrände.

Leyla wollte wissen, warum auf jedem zweiten Plakat der Name »Ulysse« auftauchte – »Costa di Ulysse«, »Riviera di Ulisse«, »Hotel Ulisse« –, versehen mit dem Porträt eines bärtigen Mannes mit halber Nase, das offenbar den Helden der Odyssee darstellte.

Ob es ihn jemals an diese Küste verschlagen hat, erwiderte Roland, weiß nur Odysseus selbst – falls es ihn je gegeben hat. Aber alle hier behaupten es, weil niemand das Gerücht widerlegen kann. Und dem Tourismus tut es gut.

Als sie das weiße, auf einem Tufffelsen erbaute Sperlonga hinter sich ließen, verlangsamte Roland die Fahrt und zeigte auf das gewaltige dunkle Loch in dem felsigen Küstenvorsprung, dem sie sich näherten. Der Legende nach habe der römische Kaiser Tiberius in dieser Grotte diniert und Orgien gefeiert.

Was für Orgien, fragte Leyla.

Orgien mit Knaben, Jungfrauen, Prostituierten und geilen alten Männern, erwiderte Roland. Und die jeweilige Geliebte des Kaisers wurde dann von ihm persönlich vom höchsten Fels ins Meer gestoßen – alles Seemannsgarn, üble Nachrede der Zeitgenossen und Historiker, nichts davon sei verbürgt. Halbwegs sicher sei nur, dass der Kaiser zeitlebens von einem feuchten Hautausschlag im Gesicht geplagt wurde und sich deswegen lieber in seiner Grotte zeigte als in seinem Palast in Rom.

# 28

Der Abzweig zum Hotel führte eine steile Serpentinenstraße hinab. Das in Stufen angelegte Gebäude am Ende der Zufahrt war so üppig von verschiedenartigen Bäumen, Palmen, Kaktuspflanzen und von Bougainville- und Oleander-Büschen eingehegt, dass man es kaum sah. Sie stellten ihr Gepäck in ihrer Suite ab und traten auf die Terrasse. Vom Strand leuchteten violette und rote Blütenrabatten herauf, die über die gemauerte Brüstung eines Gehwegs fielen. Dicht unter ihnen lag in dunkelgrünen, kaum bewegten Farbschwingungen das Meer.

Leyla ließ sich aufs Bett fallen, befand es für gut und sprang gleich wieder auf. Sie war fest entschlossen, noch vor dem Abendessen schwimmen zu gehen, kramte ihren Bikini aus dem Rollkoffer und ging damit ins Bad; offenbar hielt sie es nach einer so langen Zeit des Getrenntseins für unangemessen, sich beim Umziehen beobachten zu lassen.

Weil die Saison für die Italiener längst vorbei war und es bereits dämmerte, waren sie die einzigen Badegäste.

Lange stand Leyla am Strand und ließ ihre Blicke über das Meer gleiten, das gelassen in der Bucht lag und nur ein sanftes Schwappen hören ließ. Roland watete in das seichte Uferwasser, warf sich hinein, als es seine Brust erreicht hatte, und tauchte lange. Als er auftauchte, sah er sich nach Leyla um. Die Stelle, an der sie eben noch gestanden hatte, war leer. Offenbar hatte sie es ihm nachgetan, aber vergeblich wartete er darauf, dass sie auftauchte. Dann hörte er ihr Lachen in seinem Rücken. Sie war an ihm vorbeigetaucht und noch zehn Meter weitergeschwommen. Sie wartete, bis er sie erreichte.

Zum ersten Mal seit ihrem Wiedersehen küssten sie sich. Leyla hinderte ihn daran, Luft zu holen, indem sie ihre Lippen auf seinen Mund presste, bis er sich von ihr lösen musste. Das Küssen im Wasser war eine Disziplin, die Leyla besonderen Spaß zu machen schien. Mit ihrem Mund auf seinem umschlang sie ihn, blockierte mit ihren Beinen seine Knie, bis beide nach unten sanken und sich das Wasser über ihnen schloss. Die Sekundenspanne unter Wasser, während der sie einander in die Augen schauten, schien einer anderen Zeitrechnung anzugehören. Wie fremde Wesen blickten sie sich an, bis Leyla, wie von einer mächtigen Hand gezogen, nach oben schoss.

Die Fremdheit, die ihn beim Wiedersehen am Flughafen irritiert hatte – Leylas Übergepäck und ihr puppenhaftes Aussehen –, war durch die Begegnung im Meer gelöscht. Sie schwammen dem matten Glimmen entgegen, das die untergehende Sonne am Horizont hinterließ.

Als sie zurückschwammen, konnten sie aus dem Abstand die ganze Hotelanlage in Augenschein nehmen. Der Gründer – ein reicher Amerikaner, wusste Roland – hatte sich offenbar in dieses Stück Küste verliebt und alles getan, um sie mit seinen Bauten nicht zu verschandeln. Entlang der Serpentinenstraße bis hinauf zur Flacca hatte er Treppen, Mäuerchen und kleine, von allen Pflanzen der Region umstandene Aussichtsplattformen und Steinhäuser für seine Gäste angelegt. Ein spektakulärer Wasserfall stürzte aus großer Höhe über Stufen herab, die von Maurern in den Fels gehauen worden waren, und speiste einen Swimmingpool. Alles an der Anlage zeugte von der Umsicht eines Gründers, der die luxuriöse Anlage so weit wie möglich dem Charakter dieser Küste anverwandeln wollte. Die sanften Rundungen des aus Naturstein errichteten Gehwegs hinter dem Strand wirkten, als seien sie von der Meeresbrandung geschaffen worden; das Dach des riesigen offenen Strand-Restaurants wurde von echten oder gut gefälschten Säulenstümpfen getragen; die Bungalows längs des Strandes waren in den Farben der Region gehalten – rosa, ockergelb, hellblau und rostrot.

Links von der Anlage, kurz vor dem Sandstrand, öffnete sich das Riesenmaul einer Grotte in der Felsküste. Trotz des abnehmenden Lichts wollte Leyla unbedingt in die Höhle hinein. Das Wasser in der Grotte war sauber und knietief, der Grund sandig. Sie wateten bis zum dunklen Ende mit dem Blick auf ihre Füße, immer darauf gefasst, dass ein größerer Fisch – das Wort »Muräne« verkniff sich Roland – aus einer Felsspalte schoss. Unheimlicher jedoch als der Grottenboden war die wilde Deckenformation der Höhle, die aus krebsartigen Beulen und Wucherungen zu bestehen schien und deren Farben – aschgrau, aschschwarz, schimmelgrün – sie schaudern ließ. Am Ende des begehbaren Teils wucherte die Grotte irgendwohin weiter; wohin, das wollten sie nicht wissen.

Als sie aus der Höhle heraustraten, fiel Leyla eine kleine Sandbucht ins Auge, die vom Hotelstrand durch ein paar vorgelagerte Felsen abgetrennt war. Für die Hotelgäste war sie nur zu erreichen, wenn sie im Wasser an diesen Felsen vorbeiwateten oder -schwammen. In diesem natürlichen Séparé, setzten sie sich in den Sand – dicht nebeneinander, um sich zu wärmen –, und blickten in das Zwischenlicht, das nach dem Verschwinden der Sonne geblieben war. An der Stelle, wo sie untergegangen war, hatte sie einen hellen, von zarten rosa Streifen durchzogenen Fleck am Horizont hinterlassen. Das Grottenmaul war inzwischen in dem Küstenvorsprung verschwunden, der jetzt eine scharfe schwarze Linie zog zwischen ihnen und der kaum mehr wahrnehmbaren Lichtung am Horizont, am Ende alles Sichtbaren. Der Himmel über ihnen war von einem dichten grauen Dunst verhüllt. Wenige Sterne zeigten an, dass ein dünner Schleier über ihnen lag und sie nur warten mussten, bis die anderen Himmelskörper aus dem Dunst hervortraten.

Ihre Einsamkeit am Fuß der dunklen Felsküste war so groß, dass sie sie nicht durch Worte stören wollten. Leyla zog ihren Bikini aus, wrang ihn aus und trocknete damit ihre und seine Haut. Es war ein einfaches Ritual, das aus der Situation entstand, so neu und selbstverständlich, dass dazu nichts zu sagen war. Er leckte Leylas salzige Haut, liebkoste ihre von der Kälte hart gewordenen Brustwarzen, nahm alle Sandkörner mit, die seine Zungenspitze fand, spie sie aus oder schluckte sie herunter und setzte seine Zärtlichkeiten fort. Leyla drückte seinen Kopf an sich, streichelte seinen Nacken, seinen Rücken, soweit ihre Arme reichten, bis sie ihn mit einem kurzen Auflachen – ihrem Protestlachen! – auf den Rücken drehte und sich auf ihn legte. Nie hatte er ihren Körper als so genau für ihn gemacht empfunden. Sie hatten es nicht eilig, genossen ihre sandigen Berührungen und auch die Erregung, die allem Sand zum Trotz einsetzte. Als er die Augen öffnete, war es, als sei der Himmel explodiert. Das ganze Firmament war mit Sternen übersät. Sie leuchteten so stark, als wären sie der Erde um Lichtjahre näher gekommen.

## 29

Am anderen Morgen schlug er vor, ein ihm bekanntes Ehepaar zu besuchen, das in der Nähe wohnte. Beide seien Städter, sie aus Milano, er aus Bari, und hätten sich dazu entschieden, ihre Kinder in dieser Gegend auf dem Land aufzuziehen. In einem der alten Wachttürme, die in der Zeit der Sarazenen-Überfälle an jedem Kap errichtet worden waren, hatten sie sich eingerichtet und darin für ihre inzwischen weitläufige Familie ihr Nest gebaut. Leyla werde diese Familie lieben.

Leyla war von seinem Vorschlag nicht gerade begeistert.

Wir sind kaum angekommen und haben bereits einen Termin?

Sie sei nicht in der Stimmung, fremde Leute zu besuchen. Erstens sei sie noch nicht ausgeschlafen, zweitens könne sie kein Italienisch, drittens habe sie keine Lust, sich umzuziehen.

Vergeblich setzte Roland ihr auseinander, es bestehe nicht der geringste Anlass, sich für den Besuch groß umzuziehen. Schließlich handele es sich um ein einfaches Landhaus in Süditalien, nicht um die Oper in New York.

Sie wolle lieber die Hotelanlage erforschen und sich unter dem grandiosen Wasserfall an den Swimmingpool legen, sagte Leyla. Roland könne seine Freunde ja allein besuchen – falls er dies für nötig halte.

Als er die Bereitschaft zeigte, ihrem Vorschlag zu folgen, wurde Leyla wütend. Wie er sich das vorstelle, sie hier gleich am ersten Tag nach ihrer Ankunft allein zu lassen. Sie beide hätten ja kaum Zeit gehabt, nach der langen Pause wieder miteinander vertraut zu werden. Sie komme mit, allerdings werde er eine Stunde warten müssen, bis sie in einem vorzeigbaren Zustand sei.

Geht es nicht etwas schneller?

Kannst du dir nicht vorstellen, für wen ich meine schönsten Kleider mitgebracht habe, Idiot!

Die Strandbar, in der Roland wartete, war in eine natürliche Grotte eingelassen, deren felsiger Hintergrund in seinem Urzustand belassen worden war. Als er Leyla nach zwei Gläsern Grappa auf sich zukommen sah, war er baff. Sie trug ein knöchellanges, schwarz-braun gemustertes Kleid aus einem leichten Stoff, das ihre Formen eher verbarg als enthüllte und ihrer Gestalt eine fast abstrakte Schönheit verlieh, als hätte ein Zeichner den Gestus dieses Körpers mit einem einzigen Strich erfasst. Trotzdem konnte man Leylas Erscheinungsbild keineswegs, wie man in New York sagte, »casual« nennen. Die schwarzen Haare umspielten ihre bloßen Schultern, ihr Gang auf den hohen Korksandalen wirkte königlich, das diskret geschminkte Gesicht über dem langen weißen Hals war wieder einmal zum Verlieben. Während er noch darüber rätselte, wie er seinen Freunde und deren Kindern Leylas Auftritt erklären könnte, setzte sich ein anderer Impuls bei Roland durch. Ja, er war stolz darauf, dass Leyla ihn begleitete. Leyla hatte sich für ihn schön gemacht und wollte schön sein in jeder Umgebung, solange er Teil dieser Umgebung war.

Er habe sich in die Literatur ihres Herkunftslandes eingelesen, sagte Roland. Deswegen kann ich nur zitieren: Du bist meine Kerze und ich bin der Falter, der sie umflattern muss, bis er an ihr verbrennt.

Ach, hör schon auf mit diesem persischen Kitsch!

Er musste den ersten Gang einlegen, um die Steigung der Serpentinenstraße bis zur Flacca zu bewältigen. Der Turm der Familie Bondi, sagte er, liege am Ende eines benachbarten Kaps. Rechter Hand sahen sie die Stadt Gaeta liegen, deren oberer Teil auf einer senkrechten Felswand zu stehen schien. Der Legende nach war der trojanische Held Äneas nach der Flucht aus Troja mit einigen Schiffen in jener Bucht gelandet, hatte die Stadt Gaeta gegründet und von dort aus das Gebiet von Rom besiedelt.

Ach, dieser Hunger nach bedeutenden Vorfahren und einer langen, ruhmreichen Geschichte!, stöhnte Roland. So wie jeder kleine Beamte in Deutschland am Ende von jahrzehntelangen Ahnenforschungen herausfinde, dass er von Karl dem Großen abstamme, so statte jeder Strandpächter und Barbesitzer an dieser Küste seinen Schuppen mit den Namen von Odysseus oder Aeneas aus. Dabei sei es ziemlich unwahrscheinlich, dass sich griechische und trojanische Schiffe ausgerechnet an die westliche Küste Italiens verirrt hätten. Die adriatische, der Türkei und Troja zugewandte Küste Italiens habe entschieden näher gelegen.

Roland lenkte den Wagen eine steile kurvenreiche Passage hinab – diesmal war es keine Asphaltstraße, sondern ein mit rissigem Beton befestigter Feldweg. Sie passierten neu gebaute Villen, deren Eingänge mit prunkvollen schmiedeeisernen Portalen verschlossen waren; dann wieder verfallene, aus Feldsteinen gemauerte Stallungen und Hirtenhäuser, hinter denen Zement-Skelette aufragten, die offenbar seit Jahrzehnten auf ihre Fertigstellung warteten.

Der Empfang durch die Familie Bondi war herzlich und unkompliziert. Natürlich wirkte Leyla in den Mauern des uralten, vorsichtig modernisierten Turms wie eine extraterrestrische Erscheinung. Aber Rolands Freunde freuten sich rückhaltlos an dem schönen Wesen, das Roland mitgebracht hatte, und überhäuften Leyla mit Komplimenten. Besonders die beiden halbwüchsigen Töchter von Marcella und Andrea konnten sich an Leyla gar nicht sattsehen und fragten in ihrem vokalfrohen Englisch, in welcher römischen Boutique Roland dieses Kleid für sie erstanden habe. Dazu habe Roland leider gar keine Gelegenheit gehabt, erwiderte Leyla, sie seien vom Flughafen sofort gen Süden gefahren. Und nannte die New Yorker Adresse ihrer Lieblingsboutique.

Marcella zwinkerte Roland anerkennend zu und raunte ihm ins Ohr: Ma che bella! E una regina!

Nun wollten die beiden Töchter alles über Leyla und New York wissen: wo sie dort wohne, in welche Clubs sie gehe, wo sie arbeite. Leyla zeigte ihnen einige Fotos in ihrem Handy und ließ sich von der Begeisterung der Mädchen für den Sehnsuchtsort New York anstecken. Die Mädchen fragten aus Leyla Geschichten und Informationen heraus, die auch Roland neu waren. Dass sie immer wieder mal ins Maxim gehe und einmal – mit einem kläglichen Ergebnis – am Stadtmarathon in Manhattan teilgenommen habe. Einmal habe sie sogar George Clooney kennengelernt – von Weitem. – George Clooney? – Da habe sie in ihrer Boutique ein Kleid anprobiert. Als sie sich vor dem Spiegel drehte, sei jemand vor dem Schaufenster stehen geblieben und habe den Daumen hochgereckt – George Clooney. – Und dann? – Kein »und dann!«. George Clooney sei weitergegangen und sie habe ihm nicht hinterhergeschaut.

Und hast du das Kleid dann gekauft?

Natürlich, erwiderte Leyla und zwinkerte Roland zu. Für den Fall, dass ich Clooney wiederbegegne.

And Nine/eleven, fragte die ältere Tochter in ihrem singenden Englisch. Ob Leyla an diesem Tag in der Stadt gewesen sei? Leyla stockte plötzlich, überwand dann – wohl wegen der unschuldigen Frage des Mädchens – ihren Widerwillen.

Es sei wie ein Erdbeben gewesen oder wie ein Vulkanausbruch – der Rauch, der glühende weiße Staub, die Asche.

Wie der Vulkanausbruch des Vesuv!, rief die jüngere Tochter dazwischen.

Nicht so schlimm wie der Vesuv, aber sehr schlimm, korrigierte Andrea.

Aber sie habe an diesem Morgen, fuhr Leyla fort, einen freien Tag gehabt und sei zu Hause geblieben. So habe sie erst mittags, als die beiden Türme bereits eingestürzt waren, von der Katastrophe erfahren. Das kennt ihr ja alles aus dem Fernsehen! Aber noch Tage danach habe jeder, der sich in die Nähe von Ground Zero begab, den feinen weißen Staub nach dem Brand auf der Haut und in den Kleidern gehabt.

Ist jemand, den du kennst, in den Türmen umgekommen?, fragte die jüngere Tochter.

Ein Bekannter von mir, sagte Leyla nach einer Pause, hatte an diesem Morgen einen Termin im südlichen Turm. Aber dank einer guten Fee hat er diesen Termin verpasst. Er hat die Katastrophe buchstäblich verschlafen.

Che culo, rief die jüngere Tochter und wurde von Marcella mit einem ärgerlichen Wink zum Schweigen gebracht. Es war ein Ausruf, den Roland verstand, aber nicht übersetzte. Denn das Wort »culo«, sonst ein eher vulgärer Ausdruck für »Gesäß«, war im Italienischen auch eine Bezeichnung für Glück. Marcella hatte eine Entschuldigung auf den Lippen, der Leyla mit einem verständnisvollen Lächeln zuvorkam. Es sind doch

Kinder, schien ihr Blick zu sagen, und sie haben ein Recht zu solchen Fragen. Aber Roland sah noch etwas anderes in Leylas Augen: Sie musste ihre Tränen zurückhalten.

Er war überrascht, sogar verstört. Wie konnte es sein, dass Leyla den Mädchen etwas offenbarte, das sie ihm verschwiegen hatte? Oder wollte sie die Mädchen nur beruhigen? Hatte sie ihm nicht gesagt, sie habe in dem Inferno vom 11. September einen Mann verloren, den sie liebte?

Beim Mittagessen wollte Leyla von den Gastgebern wissen, wie sie Roland kennengelernt hatten. Andrea und Marcella übertrafen sich gegenseitig mit schmeichelhaften Anekdoten über Roland. Wie es ihn vor rund zwanzig Jahren in diese Gegend verschlagen habe, erzählten sie, und wie er mit seinem bescheidenen Auftreten und seinem Wissen immer mehr Freunde gewonnen habe. Immer wieder hätten ihre Freundinnen sie gefragt, behauptete Marcella, wer dieser »bell' uomo« aus Deutschland sei. Aber Roland sei wie blind durch die Gegend gelaufen und habe nur sein Puzzle aus Marmorscherben in der Höhle des Tiberius im Sinn gehabt; die Blicke ihrer Freundinnen habe er gar nicht bemerkt.

Vergeblich suchte Roland diese Geschichten abzuschneiden, aber Andrea und Marcella waren nicht aufzuhalten. Es war, als hätten sie es darauf abgesehen, ihren deutschen Freund bei Leyla in das bestmögliche Licht zu setzen.

Wir haben ihn gleich adoptiert, sagte Marcella zu

Leyla. Übrigens würde die Figurengruppe im Museum des Tiberius gar nicht existieren, ergänzte Andrea, wenn Roland nicht in einer seiner schlaflosen Nächte die entscheidende Vision von der Endgestalt der Skylla-Gruppe gehabt hätte. Erzähl doch!

Roland schüttelte nur verlegen den Kopf, doch Leyla war beeindruckt.

Warum hast du mir nie von deiner Arbeit in Italien erzählt?

Weil wir in New York waren, erwiderte Roland. Und weil die beiden maßlos übertreiben!

Weil er zu bescheiden ist, widersprach Andrea.

Wenn jemand einen Brautwerber braucht, sagte Roland, muss er nur zu Freunden nach Italien fahren.

Nach dem Essen zeigten die Töchter Leyla und Roland den Turm. Von der breiten Basis, in der die Küche und das Bad untergebracht waren, führte eine Wendeltreppe zu den oberen Stockwerken. Entlang der Wendeltreppe hatte Andrea eine Bibliothek in die Höhe gebaut. Auf jeder Ebene des Turmes wurden die Zimmer schmaler – drei Kinderzimmer, ein Arbeitsstudio, schließlich im obersten Sektor eine Art Sternwarte mit Fernrohr, das aus einer Luke im Dach in den Himmel zeigte.

Wie sie es fertiggebracht hätten, fragte Roland nach der Besichtigung, die Schießscharten in den denkmalgeschützten Steinmauern zu stattlichen Fenstern zu erweitern und Licht und Wärme in den feuchten Turm zu bringen.

Abusivamente, erklärte Andrea. Wie jeder hier haben wir natürlich die Gesetze übertreten. Nachträglich begründeten wir den Verstoß mithilfe von Gutachten eines Lungenarztes und bezahlten eine erträgliche Strafe.

Und wie kommen die Kinder in die Schule, fragte Leyla. Oder unterrichtet ihr sie selber?

So etwas gibt es nicht in Italien, erklärte Marcella, und ich würde eine solche Lösung auch nicht befürworten. Natürlich brauchen die Kinder die Gesellschaft anderer Kinder. Ich bringe sie jeden Morgen in die Schule nach Gaeta, wo ich selber als Lehrerin arbeite.

Anschließend gingen alle zur Badestelle. Ein enger Pfad führte zu einem mit zwei Liegen bestückten Felsvorsprung, der in drei Meter Höhe über das Wasser hinausragte. Andrea hängte eine bereitliegende Strickleiter in zwei Stahlösen ein. Die Mädchen stürzten sich eine nach der anderen vom Felsen ins Meer. Leyla und Roland bevorzugten die Leiter.

Und wenn jemand, den wir alle nicht kennen, die Leiter hinaufzieht?, fragte Roland.

Und Leylas wunderbares Kleid mitnimmt, ergänzte Andrea und gab gleich die Antwort. Dann schwimmen wir an der Küste entlang und warten auf das Schiff des Odysseus.

Auf der Rückfahrt stellte Roland Leyla die Frage, die er in Gegenwart der Familie Bondi vermieden hatte: Du hast mir die Geschichte vom 11. September – ich meine deine Geschichte – ganz anders erzählt.

Er sah, wie sich ihr Gesicht verschloss.

Wir wissen vieles nicht voneinander, sagte sie schließlich. Ich nicht von dir und du nicht von mir. Und ich finde es besser so.

Angespannt blickte sie geradeaus, einem Lastwagen entgegen, der gerade einen Pkw überholte. Roland verringerte sein Tempo. Leyla atmete erst aus, als der Lastwagen sie passiert hatte.

Manchmal genügt eine Sekunde, sagte sie und schnippte mit den Fingern, und futsch ist dein ganzes Glück. Nein, ich habe den Mann meines Lebens nicht im Feuersturm des 11. September verloren. Er ist nicht aus dem Fenster seines Büros gesprungen, er ist nicht Teil der Asche geworden, die wir damals einatmeten und tagelang auf der Zunge spürten. Es war harmloser, gleichzeitig schlimmer – er lebt ja noch. Aber an diesem Tag ist er aus meinem Leben verschwunden.

Vergeblich bemühte sich Roland, mehr zu erfahren. Sie lehnte den Kopf an seine Schulter und schwieg.

Als sie in ihrer Suite ankamen, warf sich Leyla aufs Bett und schlief sofort ein. Sie sei es nicht gewohnt, schon mittags eine Flasche Wein zu leeren, murmelte sie, bevor sie sich auf die Seite rollte. Behutsam zog Roland ihr die Schuhe aus und deckte sie zu.

## 30

Anderntags wollte Roland Leyla das Museum des Tiberius zeigen, aber sie hatte sich in den Kopf gesetzt, die Ruinenstadt Pompeji zu besuchen. Roland gab zu bedenken, dass die Reise eine herbe Enttäuschung werden könne. Schon vor zehn Jahren, als er Pompeji mit einer Studentengruppe zuletzt besucht hatte, sei ein Teil der wichtigen Häuser wegen angeblicher Renovierungsarbeiten geschlossen gewesen. Soweit er diesen Teil Italiens kenne, sei wahrscheinlich seit der Schließung nicht viel passiert. Und inzwischen habe ein kleineres Erdbeben weitere Zerstörungen angerichtet.

Und wenn schon, sagte Leyla. Die Fahrt dauert doch nur eine Stunde. Und wann in meinem Leben komme ich noch mal in diese Gegend?

Rolands Vorschlag, leichte Hosen und flache Schuhe anzuziehen, war in den Wind gesprochen. Immerhin war sie bereit, die genannten Utensilien in ihre Handtasche zu packen.

Er war sicher, dass er den Weg nach Pompeji noch von seinen früheren Ausflügen kannte. Inzwischen gab es jedoch so viele Baustellen, Umleitungen und Sperrungen, dass er es vorzog, sich dem Navigator anzuvertrauen. Leyla hatte sich gewünscht, so lange wie irgend möglich am Meer entlang zu fahren.

Sie wunderte sich über die Schäbigkeit der Dörfer, die sie durchquerten. Man sehe kaum einmal eine schöne alte Piazza, selten einen bemerkenswerten Palazzo hinter den absurd hohen Mauern; stattdessen vor allem Rohbauten, für deren Fertigstellung offenbar das Geld gefehlt hatte, und Müllberge überall. Sie könne sich des Eindrucks nicht erwehren, durch Neubaugebiete in Lateinamerika oder Afrika zu fahren.

Dies hier i s t in den Augen der Norditaliener Afrika, sagte Roland. Zwar seien sie immer noch in Latium. Aber das ganze Gebiet südlich von Rom sei mit allen Übeln Afrikas und Lateinamerikas geschlagen, Massenarbeitslosigkeit, Korruption, Abwesenheit des Staates, Allgegenwart der Mafia. Auch Pompeji sei davon betroffen. Die Ruinenstadt, die bis zu ihrer Entdeckung im 18. Jahrhundert unter einer sechs Meter starken Schicht von Asche und Bimsstein bestens erhalten gewesen sei, verfalle seit ihrer Ausgrabung immer weiter. Nachts würden Kunsträuber in die unbewachten Villen eindringen und Fresken und Mosaike aus den Böden und Wänden brechen. Vor ein paar Jahren habe Brüssel 100 Millionen für die Restaurierung und Erhaltung der Ruinenstadt bereitgestellt. Aber von den 115 geplanten hätten nur ganze sieben Baustellen mit der Arbeit angefangen. Die bewilligten Millionen müssten aber innerhalb von zwei

Jahren ausgegeben werden. Was in dieser Frist nicht verbaut bzw. verbindlich in Auftrag gegeben sei, müsse zurückerstattet werden.

Wird nicht wenigstens die Mafia dafür sorgen, dass rechtzeitig überall Scheinbaustellen entstehen?

Das wird sie zweifellos tun und dabei den größten Teils des Geldes in die eigenen Taschen leiten. Aber das ändert nichts am Ergebnis: Die Stadt ist zum zweiten Mal dem Untergang preisgegeben – diesmal nicht wegen eines Vulkanausbruchs, sondern dank der Unfähigkeit und Korruption der Behörden.

Ein Grund mehr, um hinzufahren, meinte Leyla. Wenigstens können wir dann sagen: Wir haben Pompeji noch gesehen!

Im Mittagsdunst fuhren sie durch immer neue gesichtslose Dörfer, vorbei an Wohnblöcken in genormten Industriefarben und kaum verputzten, aber bewohnten Familienhäusern, deren zweite oder dritte Stockwerke aus verrosteten Moniereisen bestanden, die in den Himmel ragten. Überall hing Wäsche auf den Balkonen. Roland erinnerte sich einer angeblichen Gesetzesinitiative aus Brüssel, die den Aushang von Wäsche vor den Fenstern in der gesamten EU – von Finnland bis nach Sizilien – verbieten wollte. Der Vorschlag sei wahrscheinlich von der Wäschetrockner-Industrie gekommen, meinte Leyla und staunte über die Apfelsinen- und Zitronenbäume in den engen Vorgärten, deren Früchte wie Abfall auf dem Boden lagen. Nur das Leuchten der Oleandersträuche und der Bougainvillea-Kaskaden, die über die Zementmauer eines Vorgartens fielen, erzeugte ein Gefühl von Wohlstand und Üppigkeit, ja von Verschwendung.

Sobald sie ein Dorf oder ein Städtchen hinter sich gelassen hatten, dehnten sich in der flachen Landschaft Olivenhaine aus, deren Blätter bei jedem Windhauch silbrig aufglänzten. Dann wieder endlose Mais- und Getreidefelder, die von mit Plastikfolien überdachten Gemüse-Plantagen durchschnitten waren. Früher sei die ganze Küste von solchen Gemüse-Plantagen gesäumt gewesen, erklärte Roland. Inzwischen seien sie fast alle in Parkplätze verwandelt worden, weil diese Nutzung des Bodens einen höheren Ertrag versprach als die Kultivierung von Zucchini, Tomaten und Paprikaschoten.

Und das ist er, der Vesuv, fragte Leyla.

Fixiert auf den Navigator hatte Roland nicht bemerkt, dass sich links von ihnen die unverkennbare Linie des Vulkans im Mittagsdunst abzeichnete. Aus dem Abstand sah er vollkommen unschuldig aus. Er wirkte kaum höher als die anderen Berggipfel des kampanischen Apennin, die während ihrer Fahrt am südlichen Horizont aufgetaucht und wieder verschwunden waren. Aber Leyla hatte recht: Das war er!

Nach einem kurzen steilen Anstieg des vorgelagerten Zwillingsberges fiel die Linie zunächst sanft ab, stieg dann wieder an bis zur Spitze des Vulkans, um danach in einer gemächlichen Neigung nach Südosten zu verebben. Eigentlich war nichts Besonderes an diesem Berg – bis auf seine monströse Geschichte. Kraft seiner Ausbrüche hatte er sich die Autorität eines Monsters erworben, dessen Namen jedes Kind kannte.

Leyla drängte sich mit ihrem Haarschopf vor Rolands Gesicht an die Frontscheibe, um den berühmten Berg mit ihrem Handy einzufangen.

Er sieht so friedlich aus! Ich hatte mindestens eine kleine weiße Wolke über dem Krater erwartet.

Er ist seit Jahrzehnten ruhig – und immer noch einer der gefährlichsten Vulkane der Welt.

Und was ist mit all den hübschen Siedlungen an den Hängen des Vesuv?

Schon ein kleiner Ausbruch würde sie vernichten.

Warum verbietet die Regierung dort das Bauen nicht?

Es ist ja längst verboten, aber niemand hält sich daran. Und noch nie ist in diesem Teil Italiens ein Haus abgerissen worden, weil der Besitzer keine Lizenz zum Bauen hatte.

Warum setzen sich die Menschen so großen Gefahren aus?

Weil sie sich in Neapel keine Wohnung leisten können. Weil sie von den Hängen des Vesuv aus einen schöneren Ausblick haben. Weil sie seit Generationen daran gewöhnt sind, mit einer Gefahr zu leben, die sich nicht genau datieren lässt. Ob du in Neapel wohnst, am Fuße des Vesuv, oder ein paar Hundert Kilometer weiter südlich oder nördlich in einem Bergdorf der Abruzzen – nirgends bist du wirklich sicher. Du gewöhnst dir ab, an die Zukunft zu denken.

Was ja manchmal durchaus Vorteile hat, sagte Leyla.

# 31

Sie ärgerten sich über den exorbitanten Preis der Eintrittskarten und über den touristischen Schnickschnack. Die jungen Frauen an der Kasse in ihren schicken Uniformen hätten es mit den Models einer Auto- oder Modemesse aufnehmen können. Dicht hinter dem Eingang boten Führer in allen möglichen Sprachen ihre Dienste an.

Roland nahm Leyla den Euroschein aus der Hand, mit dem sie eine Audio-Begleitung per Kopfhörer durch die Ruinenstadt erwerben wollte.

Wenn du jemals einen guten Grund hast, auf einen Kopfhörer zu verzichten, sagte er, dann hier und jetzt.

Sorry, Professore! Ich wollte Sie keinesfalls beleidigen!

Aber sie ließ es sich nicht nehmen, ein Bilderbuch für Kinder zu kaufen, auf dessen Seiten man die rekonstruierte ursprüngliche Version der Stadt über deren aktuelle Ansicht schieben konnte. In solchen Spielen der Veranschaulichung, gab Roland zu, waren die Italiener Meister.

Sie nahmen den Zutritt zu der antiken Stadt von der Westseite her, durch die Porta Marina. Roland führte Leyla zum Forum, damit sie einen Überblick über den zentralen Platz gewinnen konnte. Hier hatten die Gladiatorenspiele und die Initiationsfeierlichkeiten junger Mädchen und Knaben stattgefunden, die Apollo und Diana zu ihren Schutzgöttern erkoren hatten. Leyla sah die Stadtmauer und die Reste des gewaltigen Säulengangs, der vom Apollo-Heiligtum zum Forum führte, mit anderen Augen, als Roland ihr erklärte, dass die meisten Steine, die beim Bau von Pompeji verwendet worden waren, aus vorhergegangenen Ausbrüchen des Vesuv stammten.

Dann hätten die Erbauer von Pompeji doch ahnen müssen, was ihnen bevorstand.

Offenbar wussten sie nichts von diesen Ausbrüchen – oder wollten nichts davon wissen. Der letzte Ausbruch hatte 160 Jahre vor der Gründung Pompejis stattgefunden, aber war in Vergessenheit geraten. Die Römer hatten nicht einmal ein Wort für das Phänomen Vulkan.

Gibt es Schätzungen darüber, wann der nächste große Ausbruch bevorsteht?

Alle zweitausend Jahre, meinen die Experten.

Also in etwa fünfzig Jahren?

Vielleicht auch fünfzig Jahre früher.

Heute wird er jedenfalls nicht passieren, entschied Leyla. Dasselbe werden natürlich auch die Touristen in fünfzig Jahren sagen! Aber vor dem großen Vulkanausbruch gab es doch ein Erdbeben – fünfzehn

Jahre früher oder so. Haben die Pompejianer nicht darüber nachgedacht, wie sie sich in Zukunft schützen könnten?

Es ist wohl eher das Gegenteil der Fall gewesen, erwiderte Roland. Pompeji war ein beliebter Ferienort der römischen Aristokratie. Und Rom kam dem verwüsteten Pompeji mit Spendenaufrufen an das ganze Reich und mit großzügigen Hilfen entgegen. Mit diesen Geldern geschah ziemlich genau dasselbe wie mit den Zuwendungen aus Brüssel. Schon damals ist ein guter Teil dieser Hilfsgelder in den Taschen korrupter Baufirmen und lokaler Sippschaften verschwunden. Echte und falsche Erdbebenopfer mit entsprechenden Beziehungen bauten ihre zerstörten Häuser größer und höher auf, als sie je gewesen waren, und erweiterten ihre Bäder. Die besten Künstler aus Rom und Neapel wurden nach Pompeji geholt, um die Tempel und die Privathäuser der Reichen zu verschönern. Das Motto: Es lebe der Gewinn! war so populär wie zweitausend Jahre später bei der Deutschen Bank und Goldman Sachs. Die Stadt erlebte eine Blütezeit von siebzehn Jahren, in der das Baugewerbe, die Kunst, die Feste und das Vergessen gediehen – bis der Ausbruch des Vesuv alldem ein Ende machte.

Leyla schoss Fotos von allem, was sie sah: von Säulenstümpfen, die kein Dach mehr trugen, von Treppen, die nirgendwohin führten, von einem antiken Lebensmittelmarkt, von einem Amphitheater, in dem eine Schülergruppe auf Plastikstühlen Platz genommen hatte und den Erläuterungen ihres Lehrers lauschte.

Roland hatte das touristische Fotografieren immer für eine überflüssige Leidenschaft gehalten, die das Sehen ersetzte. Und auch jetzt wurde er angesichts von Leylas ständigem Stehenbleiben und Fokussieren ungeduldig. Aber als sie ihm ihre letzten Aufnahmen zeigte, war er überrascht. Leyla hatte nicht weniger, sondern ganz anderes als er gesehen. Ihre Fotos bezeugten einen eigenwilligen Blick für das Leben, das sich zwischen den Ruinen regte – für einen Schmetterling auf einem antiken Säulenstumpf, einen Käfer, der am Schenkel eines nackten Helden hinaufkletterte, eine gelbe Katze, die über eine verbotene Treppe lief, einen Granatapfelbaum, der sich in der engen Lücke zwischen zwei verfallenen Hauswänden zum Licht emporgearbeitet hatte und üppige Früchte trug. Die tote Stadt wurde unter Leylas Blick zu einem Garten, in dem antike Säulen und Gebäudereste die Kulisse für ein anarchisches Leben abgaben, das aus jeder Lücke wucherte. Und Leyla, schien es ihm plötzlich, war Teil dieses Gartens.

Sie trug immer noch ihre Plateauschuhe. In ihrem schulterfreien knöchellangen Sommerkleid, das über und über mit großformatigen Sternen und Zeichen einer unbekannten Sprache bedeckt war, wirkte sie zwischen den alten Mauern und Torbögen wie jemand, der sich auf die falsche Party verirrt hatte. Nein, eher wie eine Einheimische, dachte Roland, wie eine Bürgerin Pompejis. Im Unterschied zu den Touristen mit ihren Kopfhörern, kurzen Hosen, Rucksäcken und Sonnenhüten gab Leylas Erscheinung den Ruinen ihr Leben zurück. Solche auffälligen, elegant drapierten Geschöpfe wie Leyla waren vor zweitausend Jahren durch diese Straßen gegangen.

Er war nicht geübt im Fotografieren. Mehrmals drückte er auf den weißen Knopf seines Handys und noch einmal, als der Knopf ohne sein Zutun rot geworden war. Are you sure this is not a video, fragte er Leyla, weil er nach dem Drücken kein Klacken hörte. Sie wendete sich ihm zu, zog die Schultern leicht hoch und lächelte ihn spöttisch an. Hinterher stellte sich heraus: Es war ein Video. Aber der Spott und ihr dennoch liebevolles Lächeln angesichts seiner gut hörbaren dummen Frage, die sie natürlich nicht beantworten konnte, waren zu einem wunderschönen Dokument geraten. Im Vergleich zu allen Fotos, die er später schoss, gefiel ihm dieser versehentliche Film am besten.

Leyla machte ein Selfie von ihnen beiden. Als sie das Ergebnis betrachteten, waren sie beide überrascht. Auf dem Foto war ein Paar zu sehen, das die Köpfe leicht aneinanderlehnte und an dieser Nähe Gefallen fand. Die Gesichter wirkten völlig entspannt.

Looking like a happy couple! Thanks to the photographer.

Thanks to the couple, sagte Roland.

Vom Forum aus liefen sie zum Haus der Geheimnisse, das schon in der Antike mehrfach umgebaut worden war. Leyla konnte sich nicht sattsehen an den lebensgroßen Figuren auf rotem Grund, dem »Pompeji-Rot«. Sie war begeistert und erschüttert von der Ausdruckskraft und Freizügigkeit der Szenen, von der zelebrierten Nacktheit der Figuren. Da war die kniende Frau, die einen Phallus enthüllt; eine weibliche Figur mit Flügeln, die über der Knieenden eine Geißel schwingt; eine nackte Bacchantin, die in Ekstase einen Tanz aufführt und von der Hausherrin mit Kopftuch – einem sehr kleidsamen und diskreten Kopftuch, fand Leyla – gleichgültig beobachtet wird.

Und danach, überlegte Leyla, nach dem Untergang des Römischen Reiches und dem Sieg des Christentums haben die Maler Europas tausend Jahre lang nur noch die Madonna mit dem Kind gemalt?!

Auf der Via dell' Abondanza liefen sie zum Vicolo Lupanare und zum »Lupanarium« – ein euphemistischer Ausdruck für ein Bordell, erklärte Roland Leyla auf dem Weg, der sich aus dem lateinischen Wort lupo für den Freier – einsamer Wolf – und lupa für die Prostituierte zusammensetzt. Es habe ein paar Dutzend solcher Etablissements in Pompeji gegeben – eine gewaltige Anzahl für eine Einwohnerschaft von zehn bis zwölftausend Leuten.

Das Lupanarium war wegen Baufälligkeit geschlossen.

It's a shame, sagte Leyla.

Die Archäologen, sagte Roland, hätten das Lupanarium vor allem anhand der eindeutigen Szenen identifiziert, die an die Wände gezeichnet und gemalt worden waren. Über den Türen des Bordells, dessen Fenster zur Straße zeigten, damit sich die Damen darin präsentieren konnten, wiesen Szenen mit gewagten sexuellen Stellungen auf das Gewerbe hin. Hinzu kamen eindeutige Graffitis und Inschriften an den Wänden, von denen über hundert noch lesbar waren. Freier rühmten sich der Zahl der Mädchen, die sie hier beschlafen hatten, beschwerten sich über Geschlechtskrankheiten, verewigten ihre speziellen sexuellen Wünsche. Es seien aber auch Inschriften von Prostituierten gefunden worden, die dem einen oder anderen Kunden Lob für seine Künste spendeten. Den Namen nach zu schließen, stammten die käuflichen Damen meist aus Griechenland und aus dem Orient. Die Preise waren niedrig, weil es vor allem Männer aus den niedrigen Ständen und Sklaven waren, die in die Bordelle gingen. Der Lohn für ein sexuelles Geschäft entsprach dem Preis für zwei Gläser Wein.

Es gab also schon damals Sexsklavinnen und Sexhandel, fragte Leyla.

Es gab schon immer, übrigens auch bei den Naturvölkern, jede Form von Niedertracht, Ausbeutung und Gemeinheit. Das interessanteste Fresco jedoch, fuhr Roland fort, sei das Bild des Priapos, der sich in der Eingangshalle des Bordells mit zwei erigierten Penissen vor einem Feigenbaum präsentiere.

Der Gott Priapos, Frucht einer Liebesbeziehung zwischen Aphrodite und Dionysos, war dank der Einwirkung Heras mit einem Handicap zur Welt gekommen – mit einem übergroßen Penis, der nie abschwoll. Dank dieses Missgeschicks wurde er zu einem der populärsten Götter der Antike und als Gott der Fruchtbarkeit verehrt. Junge Mädchen trugen das berühmte »pars pro toto« des Priapos am Gürtel oder um den

Hals, um ihre Fruchtbarkeit zu befördern. Über vielen Haustüren wurde der Penis des Priapos in Stein eingemeißelt – zur Empörung der christlichen Touristen des 19. Jahrhunderts. Nach der Euphorie über die Antike im 18. Jahrhundert wurde Priapos ein Jahrhundert später zu einem endlosen Streitfall gelehrter Herren über die Bedeutung seiner Dauererektion – handelte es sich hier um religiöses Symbol oder um ein Zeichen niedrigster Instinkte? Den damaligen Gelehrten entging die Ironie, die in der Verehrung eines ewig steifen Schwanzes angelegt war. Bedeutete diese Steifheit nicht, dass Priapos nie zum Orgasmus kam und folglich niemals Samen von sich gab? Schon in der Antike war Priapos zum Protagonisten zahlloser Satiren geworden.

Roland schaute auf den Stadtplan und drängte Leyla, die Tour zur Via dell Abbondanza fortzusetzen. Aber auch das Haus des Polibio war wegen angeblicher Renovierungsarbeiten nicht zugänglich. Bei Google fand Leyla sofort den wahren Grund heraus: Nach einem Platzregen war Wasser in diese angeblich besonders geschützte Ikone Pompejis eingedrungen und hatte ein wertvolles Fußbodenmosaik von seinem Grund gelöst. Ein Foto zeigte, dass das Mosaik aufgequollen war und mehrere Zentimeter vom Boden abstand.

Sie standen vor dem Haus, konnten den Eingang, das Dach und einen Säulengang erkennen, aber kamen nicht hinein.

Roland schimpfte lauthals los. Gerade darauf, Leyla das Haus des Polibio zu zeigen, habe er sich gefreut. An keiner anderen Ruine lasse sich das Schicksal der

Pompejaner in den Stunden nach dem Ausbruch besser ablesen als an diesem Haus. Unzählige Romane, zuletzt eine glänzende BBC-Dokumentation, habe das Schicksal der Familie Polibio zum Zentrum einer Rekonstruktion der letzten Tage von Pompeji gemacht.

Das Haus hatte einem Architekten namens Giulio Polibio gehört. Sechs Jahre vor dem Vulkanausbruch war er mit einem Kollegen zum »Duumvirat« als Stadtbaumeister gewählt worden. Fünf Jahre später bewarb er sich noch einmal um dieses Amt, wurde aber nicht gewählt – vielleicht weil sich zwei stadtbekannte Prostituierte auf seiner Hauswand ausdrücklich für seine Wahl ausgesprochen hatten. Natürlich hatte der gute Giulio diese beiden Empfehlungen sofort mit Kalk übertüncht, aber sie hatten sich längst herumgesprochen und waren 1800 Jahre später von erbarmungslosen Archäologen wieder freigelegt worden.

Ist es nicht ein ziemlich indiskretes Gewerbe, warf Leyla ein.

Wer interessiert sich nach so vielen Jahrhunderten noch für die Ehre eines Giulio Polibio? Die stattliche Villa, die du vor dir siehst, war schon zu seinen Zeiten ein antikes Haus gewesen – eine Ruine. Nach dem Erdbeben hat der clevere Giulio es für seine Familie und seine Sklaven groß wieder aufgebaut – wahrscheinlich mit den Hilfsgeldern aus Rom. Das interessanteste Zimmer liegt im Obergeschoss; dort hatte Giulio Polibios Familie mitsamt ihren Sklaven das Ende des Feuersturms abgewartet. Berühmt geworden ist das Skelett einer Schwangeren, wahrscheinlich einer Tochter Giulios, die dort mit allen anderen Familienmitgliedern den Tod fand. Zusammen mit seinen Sklaven, die bis zum Ende dort ausharrten.

Kennt man den Namen der Schwangeren?

Man hat ihr in Romanen und in Filmen alle möglichen wohlklingenden Namen gegeben. Aber man kennt ihn nicht.

Warum sind nicht alle, die Schwangere, die Herren wie die Sklaven, einfach abgehauen, ins Freie?

Niemand hatte damals eine Vorstellung davon, was da kommen würde. Als es passierte, gab es nur einen einzigen Ausdruck dafür: das Ende der Welt. Vulkanologen haben ausgerechnet, dass bei diesem Ausbruch etwa zehntausendmal so viel Energie frei wurde wie beim Einsturz des World Trade Center.

Woher wollen sie das wissen?, fragte Leyla gereizt. Sind sie etwa dabei gewesen? Konnten sie den Ausbruch messen? Und wozu überhaupt dieses ganze Wühlen? Können sie die Toten nicht in Ruhe lassen?

So viel scheint festzustehen, erwiderte Roland, die ungeheure, von Blitzen durchzuckte Rauchsäule über dem Vesuv – sie stieg nach Schätzungen bis zu 25 Kilometer in den Himmel – hatte niemand je zuvor gesehen. Aber auch diejenigen, die ins Freie liefen, haben ihr Leben nur um ein paar Stunden, bestenfalls um einen Tag verlängert. Zuerst sehen sie nur diese Rauch- und Gaswolke, aber dann breitet sie sich aus, es wird dunkel über Pompeji, die Sonne ist nicht mehr zu erkennen. Dann prasselt es auf die Dächer nieder – Unmengen von Bimsstein, denn aus Luft und Lava ist unter der enormen Hitze Bimsstein geworden. Aber auch größere Steine aus dem Inneren des Vulkans gehen auf Pompeji nieder. Viele der total überraschten Einwohner stürzen nach draußen, einigen gelingt die Flucht ans Meer, andere werden von Felsbrocken erschlagen, wieder andere bleiben in ihren Häusern und nehmen Gift. Aber das Schlimmste ist noch nicht gekommen. Etwa acht Stunden nach dem Beginn des Ausbruchs verändert sich die Rauchsäule. Der obere Teil des Schlots bricht zusammen, weil er nicht mehr genügend Zufuhr aus der Magmakammer erhält, und stürzt wie eine Flutwelle die Hänge hinunter. Es ist ein fünfhundert Grad heißes Gemisch aus Gas, Bimsstein, Vulkangestein und Asche – die heute sogenannte pyroklastische Welle. Wer von ihr erfasst wird, stirbt sofort. Er verbrennt nicht, er verkohlt. Das Fleisch verdampft, Zähne und Knochen zerspringen …

Und die Familie Polibio?

Sie ist in ihrem Zimmer von dieser Welle getötet worden. Der Bimsstein und die Asche zogen alle Feuchtigkeit aus der Luft. Jeder hatte Durst, wollte unbedingt etwas trinken, aber schon der erste Atemzug verbrannte die inneren Organe. Beim zweiten Atemzug vermischte sich das Gas mit einer vom Körper automatisch ausgeschiedenen Flüssigkeit und wurde Beton. Der Tod trat augenblicklich ein. Die glühende Asche legte sich um die Körper wie eine zweite Haut. Einer der ersten Ausgräber ist dann auf die Idee gekommen, die Hohlräume in und unter den verbrannten Körpern mit Gips zu füllen. Deswegen sehen wir heute viele Opfer des

Vulkanausbruchs exakt in der Position, die sie bei ihrem letzten Atemzug eingenommen hatten: einen kauernden Eselstreiber, der die Arme schützend vor das Gesicht hält; eine Frau, die mit ihrem ganzen Schmuck um ihr Leben läuft. Andere Skelette und Aschekörper geben bis heute Rätsel auf. Welches Drama spielte sich in dem billigen Hotel ab, in dem eine junge Frau, wahrscheinlich eine Sklavin, mit einem jungen Mann aus den besten Kreisen den Tod fand? Sie trug ein goldenes Armband, in das eine Widmung eingraviert war …

Roland brach ab, weil er sah, dass Leyla sich die Ohren zuhielt.

Muss ich das wissen?, brach es aus ihr heraus. Musst du das wissen? Warum wollt ihr alle das alles immer wissen und spekuliert auch noch darüber? Es geht doch niemanden etwas an! Was stand denn auf dem Armband?

»Von ihrem Herrn für seine kleine Sklavin.«

Was für ein Widerling! Konnte er seine kleine Sklavin in der Widmung nicht mit ihrem Namen ansprechen? Und was soll nun die Geschichte hinter dieser Widmung sein?

Du hast gesagt, ich soll nicht spekulieren!

Aber du tust es, weil du darauf trainiert bist. Also gut, spielen wir »das Drama« durch. Der Herr der kleinen Sklavin ist ein verwöhnter junger Mann aus den besseren Kreisen, vielleicht ein Sohn von Giulio Polibio – oder Polibio selbst. Wahrscheinlich hat er sich kurz vor dem Vulkanausbruch mit ihr vergnügt. Plötzlich wird es dunkel, sie sehen die Rauchsäule über dem Vesuv, erste Bimssteine und Steine prasseln auf das Dach. Mit dem Vergnügen ist es erst einmal vorbei. Was nun?

Du würdest sofort ins Freie flüchten, hast du gesagt.

Und du hast gesagt, die Steine fallen überall. Draußen haben sie kein Dach über dem Kopf. Vielleicht beschließen sie, gemeinsam in ihrem Liebesnest zu bleiben.

Das wäre die romantische Version. Der Liebhaber bleibt bei seiner Sklavin und wartet in inniger Umarmung mit ihr auf den Tod.

Und die andere Version?

Nehmen wir an, der Liebhaber der Sklavin ist verheiratet. Er macht sich Sorgen um seine Familie, er will zu seiner Frau, zu seinen Kindern und möchte nicht bei diesem Seitensprung erwischt werden. Er hat versprochen, spätestens in einer Stunde zu Hause zu sein. Auf keinen Fall will er zusammen mit ihr das billige Hotel verlassen.

Und was sagt er seiner Sklavin?

Ich geh jetzt schon mal vor. Du wartest bitte, bis das Unwetter vorbei ist.

Sie ist nicht blöd, sie hat bessere Instinkte als er, sie wird nicht auf ihn hören.

Sie muss. Als Sklavin ist sie verpflichtet, ihrem Herrn zu gehorchen und ihn zu schützen, selbst wenn es ihr Leben kosten sollte.

Ach so! Sie muss sich über ihn werfen, wenn die Decke einkracht, damit sie als Erste erschlagen wird?

Genau so.

Kann er sich angesichts der Todesgefahr, in der sie

beide schweben, nicht zu ihr bekennen und sie von ihrem Sklaven-Dasein erlösen? Und gemeinsam mit ihr der Gefahr entfliehen?

Das kann er. Aber wird er? Vielleicht ist er ehrgeizig, will seinen Ruf nicht schädigen, vielleicht liebt er seine Frau. Ganz bestimmt denkt er nicht an die Archäologen und Historiker, die sein Verhalten später bewerten werden.

Aber er hat ja das Hotel gar nicht verlassen, sagst du! Beide Skelette wurden in dem billigen Hotel gefunden.

Weil er es nicht verlassen konnte. In kurzer Zeit war so viel Bimsstein und Vulkangestein niedergegangen, dass er die Tür nicht mehr öffnen konnte.

Was für ein Feigling! Der »Herr« hat seine Frau – sagen wir ein paar Jahre lang – betrogen und mit seiner Sklavin seinen Spaß gehabt. Vielleicht war es auch mehr als ein Spaß, vielleicht war er sogar in sie verliebt. Und plötzlich gibt ihm der Vesuv eine Chance. Er führt dem Mann die Tragweite seines Seitensprungs vor Augen, das Risiko, dass jeder untreue Mann erst mal eingeht – natürlich in der Hoffnung, dass dieser Fall nie eintritt. Er sitzt mit seiner Geliebten in der Falle, er kann die Spuren seines Doppellebens nicht mehr verwischen. Während es auf das Dach prasselt, muss er es geahnt haben: Es ist vorbei mit seinen Lügen, er wird seinen letzten Atemzug zusammen mit seiner Geliebten tun und mit ihr in diesem Zimmer aufgefunden werden. Und was tut dieser Wicht? Statt sie zu umarmen und zu beschützen, statt sich in dieser letzten Sekunde zu ihr zu bekennen, will er zu seiner Frau, wie er noch nie zu ihr wollte, rüttelt an der Tür und befiehlt seiner Sklavin, die bereit ist, mit ihm, für ihn zu sterben, zu warten. »Du hörst von mir!«, sagte er noch, bevor er geht.

Wutblitze schossen aus Leylas Augen, während sie ihre Sätze auf Roland niederprasseln ließ.

Was ist denn los mit dir, sagte er, wir haben doch nur spekuliert!

Leyla schüttelte den Kopf, setzte zu einer neuen Wutrede an, schluckte, wischte sich mit der Hand ein paar Tränen aus dem Gesicht, schüttelte abermals den Kopf und sank in sich zusammen. Er sah sie zusammengekauert auf den gut erhaltenen uralten Straßensteinen vor Polibios Haus – ein schönes Häufchen Elend in ihrem langen Kleid, das jetzt wie ein Fächer um sie lag. Nur ihr Weinen, rücksichtslos und ansteckend wie ihr Lachen, blieb von ihr übrig.

Er setzte sich neben sie, sie wehrte seine Umarmung ab. Einige Touristen waren aufmerksam geworden und fragten, ob sie Hilfe holen sollten. Andere, nein, dieselben, nahmen ihre Handys und schossen Fotos von dem Paar. Es war ihm egal – und dem Vesuv, der sein mächtiges Haupt am Ende der Gasse sehen ließ.

Den Rückweg aus der Ruinenstadt legten sie zurück, ohne einen Blick nach links und rechts zu werfen. Kurz vor dem Ausgang fiel Leyla eine Touristenkneipe auf, die erstaunlicherweise vollkommen leer war. Unter einem Gewirr von künstlichen Melonen, Weintrauben, Oliven, Apfelsinen und Zitronen waren billige Imitationen von römischen Amphoren und Masken aufgehängt; Nachbildungen von berühmten Skulpturen aus Pompeji, deren Originale längst ins Museo Nazionale in Neapel verbracht worden waren, standen – als Gäste sozusagen – neben den Tischen. Leyla setzte sich an einen Tisch, neben dem ein lebensgroßer Priapos aufgestellt war. Sie rückte den unglücklichen Gott ein wenig ab, weil er ihr zu nahe kam.

Nachdem sie schweigend einen Teller Pasta verspeist und eine Flasche Greco di Tufo geleert hatten, begann Leyla über ihren »Blackout« zu sprechen. Ja, es war eine Art Nervenzusammenbruch! Ein Signalwort, dessen Folgen Roland nicht habe vorhersehen können, hatte ihn ausgelöst: »Die zehntausendfache Energie des Anschlags vom 11. September«. Wie Roland wisse, sei sie Augenzeugin des Anschlags gewesen. Und es könne ihm nicht entgangen sein, dass ihr Appartement nur vierzehn Blocks vom Ort des Anschlags entfernt sei. Und ja! Sie habe am 11. September einen geliebten Menschen, falsch, die große Liebe ihres Lebens verloren. Aber nicht auf die Art, wie er, Roland, dies aufgrund ihrer Andeutungen vermutet habe. Die Katastrophe, die ihr an diesem Tag passiert sei, sei eigentlich banal gewesen. Ihr Geliebter habe am Morgen des 11. September einen Termin in einem der beiden Türme gehabt. Er habe diesen Termin, wie schon öfter andere Termine am Dienstag, unter einem Vorwand abgesagt. Tatsächlich sei er an diesem Dienstagmorgen in ihrem Bett gewesen. Sie erinnere sich nicht genau – es sei wohl gegen 10 Uhr vormittags gewesen, als sein Handy klingelte. Er habe den Anruf wie sonst, wenn er mit ihr zusammen war, zunächst nicht angenommen und auch nicht nachgeschaut, wer da anrief. Aber als es wieder und wieder klingelte und er auf dem Display den Namen seiner Frau erkannte, habe er den Antwort-Button gedrückt. Wo bist du, lebst du noch, habe die Stimme seiner Frau gefragt, so laut, dass auch Leyla es hörte. Wieso fragst du, natürlich lebe ich, habe er geantwortet und das Gespräch mit einem nachdrücklichen »I love you!« beendet. Erst nach diesem Anruf hätten sie den Fernseher angestellt.

Leyla wollte oder konnte nicht weitersprechen.

Und dann, fragte Roland.

Er hat sich so rasch wie möglich angezogen, ging zur Tür, ja, diese Tür ließ sich ohne Weiteres öffnen, drehte im Flur noch kurz den Kopf zu mir: I love you, Darling, you' re the one! sagte er, We keep in touch!

Und das war alles?

Er ist zu seiner Frau und seinen Kindern zurückgegangen und hat sich nie mehr gemeldet. Ach doch: Drei Monate später! Er wollte tatsächlich einen Kaffee bei Starbucks mit mir trinken.

Eigentlich verdankt er dir sein Leben!

Dem Seitensprung mit mir – ist es das, was du sagen wolltest? Es war aber kein Seitensprung. Es waren Seitenjahre, ein Seitenleben! Er war glücklich mit mir! Wir wollten Kinder haben! Verheiratete Männer lügen ihrer Geliebten immer etwas vor, das wissen wir – die Geliebten. Aber wenn diese Männer dann ertappt werden – in diesem Fall durch eine Katastrophe –, haben sie ihrer Geliebten und ihrer Frau nichts zu bieten als ihr schlechtes Gewissen. Und entscheiden sich für »die Familie«, die sie längst verlassen haben.

Und seither hast du ihn nie mehr gesehen?, fragte Roland.

Für mich ist er am 11. September 2001 gestorben.

Irgendwie erinnert mich die ganze Geschichte an Nazrin.

Wer ist Nazrin?, fuhr ihn Leyla an. Ich kenne keine Nazrin!

Auf der Rückfahrt zum Hotel sprachen sie kein Wort. Beide wurden die Geschichten über die Toten von Pompeji nicht los. Einer von diesen Toten, dachte Roland, war für Leyla der Geliebte, der am 11. September 2001 für immer ihr Bett verlassen hatte.

# 32

Als sie die Hotelsuite erreicht hatten, bestellte Leyla Getränke und verschwand ins Badezimmer.

Roland musste lange warten, bis sie wiederkam. Sie hatte das Kunstwerk aus schwarzer Seide angelegt und sich frisch geschminkt. Wie bei der ersten Begegnung setzte sie sich dicht neben ihn auf das Sofa. Mit ihrem Handy rief sie die Musik auf, die Roland damals betört hatte, und wandte sich ihm zu. Und wieder wurde Roland, kaum hatte er sie geküsst, von dem Rausch erfasst, der ihn damals davongetragen hatte.

Und doch war alles anders.

So hatten ihre Liebesspiele nie begonnen. Leyla war ungeduldig und wollte nicht auf dem Sofa bleiben. Sie befreite sich von dem Negligé, zog ihn zum Bett und legte sich auf den Rücken. Er verstand nicht, was sie ihm ins Ohr flüsterte, als er sich auf sie legte – sprach sie plötzlich Persisch? –, und übersetzte sich ihr Geflüster in einen Wunsch, den er zu erraten glaubte. Mit der Hand ertastete Leyla seinen Schwanz, versuchte ihn zu erregen und ihm die Richtung vorzugeben.

Aber der wollte sich nicht führen lassen, widerstand allen Ermunterungen, wurde plötzlich weich und verkroch sich. Heiliger Priapos, leihe mir für fünf Minuten deine Kraft und Standfestigkeit, lass mich jetzt nicht im Stich! Aber der heidnische Gott blieb taub, fühlte sich wohl schon seit der Einführung des Christentums nicht mehr zuständig und ließ Roland mit seinem Problem allein.

Roland schlug eine Pause vor. Sie sprachen über Unverfängliches, über einen Besuch im besten Ristorante von Gaeta, über einen Ausflug zu einer der nahen Inseln. Gleichzeitig redete Rolands innere Stimme beruhigend auf den Verweigerer ein: Nur kein Stress, du hast alle Zeit der Welt, du musst gar nichts, aber du darfst. Endlich bequemte sich der Delinquent zu einer mittleren Erregung und richtete sich zu halber Höhe auf. Aber kaum hatte er, von Leylas Hand geleitet, die Schwelle zu dem von ihr bestimmten Ort erreicht, kippte er weg und meldete: no service.

In einem gewissen Alter, fuhr es Roland durch den Kopf, weiß man nicht mehr, was ein Ausfall bedeutet. Ein vergessener Name, den man gestern noch genannt hat, ein entfallenes Passwort, das man seit zehn Jahren benutzt, ein Penis, der auf einmal nicht mehr stehen will – handelt es sich da um eine momentane Schwäche oder um das endgültige Ende einer Fähigkeit, um einen neuen Zustand, den man noch nicht kennt?

Vielleicht bezog sich Oskar Wildes Titel »Das Bildnis des Dorian Gray« gar nicht auf das Gesicht des Titelhelden. Vielleicht bildete das verräterische Gemälde auf dem Speicher nur das eingeschrumpelte Gemächt ab, das der vermeintlich ewig junge Held zwischen seinen Beinen trug.

Macht ja nichts, sagte Leyla sportlich.

Bei dem anschließenden Spaziergang am Strand stellte sie eine Frage, die ihn überraschte. Konnte es sein, dass Roland sich verweigerte, weil er die Folgen eines ungeschützten Beischlafs fürchtete? Eine Schwangerschaft?

Daran habe ich nicht eine Sekunde lang gedacht.

Hattest du nicht gesagt, dass du nicht mehr Vater werden willst?

Das war in New York!

Ach komm!, sagte Leyla mit einem Lächeln. Aber ihre Augen lächelten nicht mit.

Sie vermieden jedes Wort, das nach Endgültigkeit geklungen hätte, als sie sich am Flughafen verabschiedeten. Allenfalls Sätze wie »Dein Lachen wird mir fehlen« und: »Vergiß nicht, die rote Stelle an deinem Hals zu untersuchen. Ich glaube nicht, dass es nur ein Kussfleck ist.« Er komme doch bestimmt wieder einmal nach New York?

Er begleitete sie bis zum Gate – eine heftige Umarmung, dann das Loslassen. Sein Winken, als der Beamte ihren Pass zurückreichte. Sie winkte nicht, konnte wohl auch nicht, weil sie mit ihren Taschen keine Hand frei hatte. Kurz drehte sie noch einmal den Kopf zu ihm. Für eine Sekunde sah er ihr Profil, auf die Ferne konnte er nicht unterscheiden, ob sie sich eine Träne oder etwas anderes aus dem Auge wischte. Als er nichts mehr von ihr sah, sah er mit weit offenen Augen nichts mehr. Der Flughafen, die ganze Welt war plötzlich leer.

# 33

Max hatte seinen Wohnungsschlüssel in Rolands Briefkasten geworfen, dazu einen Zettel mit der Mitteilung: Bin auf meiner Weltreise. Vergiss nicht, die Blumen zu gießen. Sollte ich nicht zurückkommen – die Hormone für das Gießwasser liegen im Eisschrank! Aber bitte nicht vor dem Frühling!

Auf seine Rundmail an seine Freunde erhielt Roland vor allem Absagen. Alexander war zwar in Berlin, hatte aber keinen anderen Termin frei.

Winfried teilte ihm mit, er könne in den nächsten Wochen nicht nach Berlin kommen. Im Übrigen gehöre das, was er zu erzählen habe, zu den verbotenen Themen. Ihm stehe eine Prostata-Operation bevor.

Clemente hatte seit dem letzten Treffen nichts mehr von sich hören lassen. Roland stellte sich den Freund, der der Älteste in der Runde war, in seiner endgültigen Einsamkeit vor, in einem fremden Land, mit seinem immer noch gebrochenen Deutsch, das von Jahr zu Jahr eher schlechter wurde.

Er wollte gerade zum Telefon greifen, da klingelte

es. Clemente! Seine Stimme war lauter als sonst, geradezu fröhlich.

Wir haben in Berlin einen genialen Italiener entdeckt, genauer gesagt einen Sarden, der die beste Pizza der Welt zubereitet und ein vorzügliches Wein-Sortiment zu bieten hat. Du musst dieses Restaurant unbedingt kennenlernen, wir haben gerade einen Tisch bestellt. –

Wer ist wir?, fragte Roland.

Nach einigem Zögern erwiderte Clemente: Eigentlich sollte es eine Überraschung sein. Also gut: Ich möchte dir meine neue Freundin vorstellen!

Roland traf pünktlich ein und nahm, weil Clemente und seine neue Freundin nicht zu sehen waren, an einem der hinteren Tische Platz. Er hatte sich kaum gesetzt, da hörte er Clementes Stimme: Eccolo! Roland stand auf und begrüßte das Paar. Clemente war diesmal ohne Hut gekommen. Dafür standen seine weißen Haare um eine ganze Hutlänge zu Berge.

Und das ist …, sagte Clemente und hielt inne.

Clementes neue Freundin!, stellte sich seine Begleiterin vor und hielt Roland ihre Wange hin.

Roland war irritiert. Es dauerte ein paar Sekunden, bis er die Gestalt von Clementes Freundin mit einem unscharfen Gedächtnisbild zur Deckung brachte.

Alice!, rief er. Come mai?

Ihr Gesicht wirkte im Vergleich zu früher etwas bleich, aber die Augen unter ihrer schwarzen Haarpracht sprühten vor Neugier.

Sieht sie nicht großartig aus?, fragte Clemente. Als käme sie gerade aus einem Kurhaus in Kalifornien?

Sie ist nie schöner gewesen, bestätigte Roland. Und die …

Er suchte nach dem italienischen Wort für Schilddrüse und fasste vage an seinen Hals.

La ghiondola, half Alice aus. Ich bin so gut wie geheilt, aber nicht wegen der Operation, die Clemente ständig von mir verlangt hat, sondern dank meines Arztes.

Clementes Stirn verfinsterte sich.

Dank ihrer Willenskraft und ihrer Vitalität, korrigierte Clemente. Du weißt, dass ich nie an den Hokuspokus mit den weißen Globuli geglaubt habe.

Clemente war in Spendierlaune und ließ alles kommen, was das Haus zu bieten hatte. Von der weltberühmten Pizza wollte er nichts wissen. Sondern von Frutti di Mare, marinierten Sardinen, gegrilltem Gemüse, Sogliola, Schwertfisch alla griglia und eingedenk des Strandes, an dem Alice und er sich kennengelernt hatten, eine Flasche Greco di Tufo. Roland überlegte, wie er die Frage, die ihm auf den Lippen lag, formulieren sollte, ohne die beiden in Verlegenheit zu bringen.

Es war also eine Scheidung auf Zeit, sagte Roland und erhob sein Glas. Alice lachte und stieß mit ihm und Clemente an.

Die Scheidung, erzählte Alice, war das Beste, was uns passieren konnte. Es war eben eine italienische Scheidung. Sie hat uns einander nähergebracht. Als wir uns kennenlernten, hatte sich Clemente mir ja mit der Behauptung empfohlen, dass seine Scheidungen meist mit einer Aussöhnung der Partner, sogar mit einer Wieder-Heirat endeten. Natürlich glaubte ich keine Sekunde lang an diesen Spruch, als wir beide uns als Scheidungspartner gegenüberstanden.

In Wahrheit hatte ich bei dieser Scheidung keine Chance, fiel ihr Clemente ins Wort. Alice hatte eine Scheidungsanwältin gefunden, mit der mich eine kleine Vorgeschichte verband. Ich hasste und bewunderte diese Anwältin. Du erinnerst dich an den Scheidungskrieg zwischen Berlusconi und seiner ersten Frau. Ich hatte ihr angeboten, sie zu vertreten. Und wer bekam das Mandat? Die junge, beinharte Anwältin aus Milano, die nun auch Alice vertrat. Bekanntlich hat diese Anwältin eine jährliche Apanage von sechs Millionen Euro für ihre Mandantin erstritten. Als ich erfuhr, dass diese Staranwältin Alice verteidigen würde, dachte ich daran, einen deutschen Pass zu beantragen, um in Berlin von Sozialhilfe zu leben.

Der arme Clemente! Ein Leben unter den Brücken der Spree!, lachte Alice.

Sie schlang den Arm um ihn und gab ihm einen Kuss.

In Wahrheit ging Alices Anwältin geradezu zärtlich mit mir um, erzählte Clemente. Fast hätte ich mich im Gerichtssaal in sie verliebt!

Aber wie hast du diese Staranwältin denn für deinen Fall gewonnen?, fragte Roland Alice.

Es war ganz einfach: Ich fand ihre Nummer im Internet, rief sie an und schilderte den Sachverhalt. Sie sagte zu. Ihr Honorar war mehr als bescheiden. Sie vertritt aus Prinzip ausschließlich Frauen, keine Männer.

Und du hast dich selber vertreten?, fragte Roland Clemente.

Ich vertraute mein Schicksal einem Kollegen meines Alters an, einem Schulfreund, der sich nicht mehr erinnern konnte, auf welche Schule wir gegangen waren.

Meine Anwältin war fantastisch, fiel Alice ein. Sie zerpflückte die Argumente von Clementes Anwalt derart virtuos, dass von ihm nichts als ein Häufchen Elend übrig blieb. Aber ich hegte keine Rachegefühle gegen Clemente, ich wollte ihn nicht ins Verderben stoßen. Er hatte meine Eskapaden während meiner Krankheit ertragen, meine Rechnungen in Indien bezahlt, mir sogar, als im August kein Platz für einen Rückflug mehr aus Indien zu haben war, ein Ticket in der Business-Klasse bezahlt. Eigentlich hat er immer zu mir gestanden.

Es war ein Ticket für die erste Klasse, korrigierte Clemente.

Nein, es war Business, beharrte Alice und nahm den Faden wieder auf. Jedenfalls habe ich meine Anwältin davon überzeugt, dass ich meinen Mann durch die Scheidung nicht vernichten wollte – was ich durchaus hätte tun können.

Der Part der Anwältin wurde zusätzlich dadurch erschwert, sagte Clemente, dass ich ihr ständig Komplimente machte. Der Richter war ratlos, was er mit diesem Ehepaar, das einander keinerlei Vorwürfe machte, anfangen sollte. Schließlich wurde ein Kompromiss vereinbart, der niemandem wehtat.

Und inzwischen seid ihr wieder verheiratet, fragte Roland.

Um Himmels willen, riefen Clemente und Alice. Nie wieder heiraten!

Wir leben in getrennten Wohnungen, erklärte Alice, streiten uns nur noch einmal im Monat, und so geht es uns besser als jemals zuvor.

Roland ließ sich von Alices und Clementes Fröhlichkeit anstecken, so gut es ging. Aber ihm schien, dass sich die Balance zwischen den beiden verschoben hatte. Mit der Wiederherstellung seines Glücks hatte Clemente einen Sprung ins Alter getan. Er wiederholte eine Frage, die Roland vor fünf Minuten beantwortet hatte, orderte eine Flasche, die längst auf dem Tisch stand – worauf ihn Alice diskret aufmerksam machte. Ältere Menschen, dachte Roland, altern nicht in der Zeit, die der Kalender anzeigt. Wir altern in Schüben, und plötzlich, von einem Tag auf den anderen, sind wir fünf Jahre älter. Und solche Schübe ereignen sich vielleicht gerade dann, wenn wir uns in Sicherheit wähnen. Clemente war in guten Händen.

Ein unerwarteter Gast trat an den Tisch: Herbert.

Kurz bevor Roland seine Wohnung verließ, hatte er Herbert eine Mail mit der Adresse von Clementes Sarden geschickt: Bin zurück. Auf einen Drink mit Freunden. Falls du Lust hast. Aber er hatte nicht damit gerechnet, dass Herbert seiner Einladung folgen würde.

Seit seinem Gewichtsverlust hatte Herbert kein Gramm zugenommen. Sein Erscheinungsbild war jedoch wie immer von ausgesuchter Eleganz. Sein markanter Kopf mit dem schlohweißen Haarkranz flößte Respekt ein.

Mit leichter Beklommenheit stellte Roland seine drei Freunde einander vor. Unter dem Siegel der Verschwiegenheit hatte er Clemente einmal von Herberts Geschichte mit Serena erzählt. Sonst wussten sie kaum etwas voneinander.

Complimenti, sage Clemente. Sie widerlegen mein Vorurteil, dass Berliner Männer keinerlei Wert auf ihre Kleidung legen.

Ganz im Gegensatz zu Ihrem Land, erwiderte Herbert, in dem die Männer dafür mehr Geld ausgeben als die Frauen!

Bravo, woher wissen Sie das?, sagte Alice, stieß mit Herbert an und lud ihn ein, neben ihr Platz zu nehmen.

Aber ich möchte nicht stören, sagte Herbert. Ich vermute, ich bin gerade mitten in eine aufregende Liebeserzählung hineingeplatzt.

Die haben Sie schon verpasst, sagte Alice, jetzt möchten wir Ihre hören.

Was ist mit Serena?, fragte Clemente, hat sie abgesagt?

Clementes Frage schien Herbert nicht zu irritieren.

Im Gegenteil, sagte er, sie hat sich für mich entschieden und will mit ihren Kindern nach Berlin ziehen.

Glückwunsch, riefen Alice, Clemente und Roland.

Aber Sie sehen gar nicht glücklich aus, sagte Clemente.

Ich halte den Druck zu Hause nicht aus. Schließlich wohne ich immer noch in dem Haus, in dem ich mit meiner Frau seit Jahrzehnten lebe. Ja, ich habe Serena bei meinem Anfall in dem Café in Sardinien alles versprochen – eine Hochzeit in Las Vegas, ein neues Leben in den USA oder in Berlin. Und bin in den ersten Wochen meinen Versprechen treu geblieben. Ich bin Serena nachgereist, habe mein altes Leben in Serenas Armen vergessen. Was ich nicht vorausgesehen habe, was ich nicht ertragen kann, ist die Verzweiflung, ja die Zerstörung meiner Frau. Diese Frau, die mir nie etwas Böses angetan, der ich alle Liebe und Dankbarkeit der Welt schulde, fragt mich, wenn sie überhaupt noch mit mir redet, nach einem Rezept für Selbstmord. Und ich kann mit dieser Katastrophe nicht leben. Ich kann sie nicht alleinlassen. Und habe jetzt nicht nur Schuldgefühle gegenüber meiner Frau, sondern auch gegenüber Serena.

Am Ende, sagte Clemente, werden Sie sich entscheiden müssen zwischen einer Frau, die Sie mit Ihrer Reue und Ihren Schuldgefühlen nicht werden trösten können, und einer anderen, die Sie glücklich machen können. Zumindest für die nächsten drei bis fünf Monate!

Ach ihr, ihr Vernünftigen, was wisst ihr denn?, rief Herbert.

ENDE

# Danksagung

Anregungen und Details zu den Spekulationen über die im Louvre ausgestellte Mona Lisa verdanke ich Deborah Dixon, Der Mona Lisa Schwindel, Frankfurt 2011.

Bei der Rekonstruktion des Ausbruchs des Vesuvs habe ich mich u.a. an die BBC-Dokumentation »Beyond Imagination – Pompeji: Der letzte Tag« (2012) gehalten.

## Weitere Titel von Peter Schneider bei Kiepenheuer & Witsch

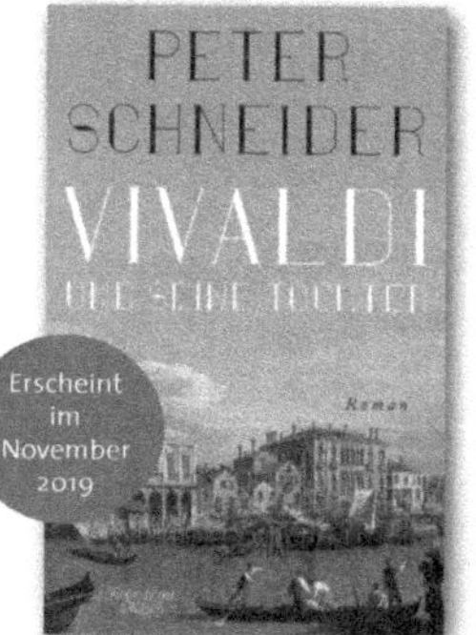